风景中的故乡

谢新茂◎著

花山文艺出版社

河北·石家庄

图书在版编目（CIP）数据

风景中的故乡 / 谢新茂著 . -- 石家庄 : 花山文艺
出版社， 2024.11
ISBN 978-7-5511-7103-8

Ⅰ . ①风… Ⅱ . ①谢… Ⅲ . ①散文集－中国－当代
Ⅳ . ① I267

中国国家版本馆 CIP 数据核字（2024）第 017171 号

书　　名：风景中的故乡
　　　　　FENGJING ZHONG DE GUXIANG
著　　者：谢新茂
责任编辑：郝卫国
封面题字：罗华斌
美术编辑：王爱芹
出版发行：花山文艺出版社（邮政编码：050061）
　　　　　（河北省石家庄市友谊北大街330号）
销售热线：0311-88643299 / 96 / 17
印　　刷：北京一鑫印务有限责任公司
经　　销：新华书店
开　　本：880毫米×1230毫米　1/32
印　　张：11.875
字　　数：260千字
版　　次：2024年11月第1版
　　　　　2024年11月第1次印刷
书　　号：ISBN 978-7-5511-7103-8
定　　价：58.00元

序：熟悉的地方都有文章

刘诚龙

吾师，私下里，也喊吾兄，谢新茂先生本来只会是我座师，小生有幸，谢师当了我新化师范业师，使我得以亲炙。刚读师范，学校把我们当高中生管理，什么数理化、语文外语，都要由各个业师照本宣教，而且期中考试、期末考试，照中学惯例一路考下去，好像还要赶我们去高考似的。考试时为师者还要对调监考。谢兄监考我们，搬椅子，坐讲台上，虎视何雄哉。后来学校开明了，取消了期中考试，放飞我们去搞其他素质，期末考试也是哪位老师教，哪位老师监考，苏师美华先生才成了我座师兼业师。

我是 97 班，谢兄教隔壁 98 班，谢兄当了我业师，是因我班有段时期，缺语文老师，谢师便师情客串，来做了我业师。谢兄教学，先是身子全拦住黑板，手挥五弦，嗖嗖板书，三五句之后，身子侧转，斜倚黑板，让那潇洒的手笔，书法也似呈现。谢师侧身黑板边三五秒，停顿，不动，侧影造型，酷毙了。这个姿势，或最是引女生春心萌动的吧。后来我猜想，我们学校的校花，便是被谢兄这帧帅照，惹动芳心，义无反顾，以身相许吧。

　　毕业几年，有次展读《中国教育报》，突然读过谢师一篇炫夫妻情意绵绵的大作，题目我忘了，一个细节没忘：谢师，搬着一条小板凳，与其孩子坐客厅，听他夫人上课，他手肘顿桌子：老师，此词何解？读来让我爆笑，让我妒羡，这般夫妻情趣，师生雅韵，真个神仙眷侣。

　　三十多年后，谢兄《风景中的故乡》，摆在我案头，让我再次感受到老师与师母或说大哥与大嫂那般情深深意款款。谢师在《妻子》中写道："自十八岁中师毕业开始，这个生在城里长在城里的姑娘，就开始跟着上我家，我那个坐落在故乡的老家，直至现在。我在农村里的家，是一栋 70 年代初垒成的土坯房。牛、羊、猪、鸡、狗、鸭，全部和人生活在一栋房子里；农村里的老式茅坑，甚至就和牛栏、猪栏同处一室。不管什么时候，房子里总是充满了各种各样的混合味道，而以夏天为最。当年为了能和我在一起，每次寒暑假一开始，她就拿着一个小小的提袋，带几件换洗衣裳，跟着我来到我家，在各种各样难闻的味道里，过着乡下媳妇的日子。"甚至帮着扯秧插田，"下田不久，她那一身漂亮的裙装，就糊上了大块的泥巴，更有几只不讲理的蚂蟥，闻着水声，没一会儿工夫就叮到了她的腿上，把她吓得尖叫。"

　　顺便说一句，我把谢师当谢兄，既是自抬身价，也是持之有故，那年，谢师从名校湘潭大学刚毕业，就来教我们语文，也就大我们四五岁，少年叔侄为兄弟，少年师生为弟兄，亦师亦兄，亦师亦友，谢师现在也常"降尊纡贵"，喊我们兄弟。

　　我因谢师、谢兄文学才华，而生发敬意，萌生文心，亦步亦趋，学步学法。"蓬莱文章建安骨，中间小谢又清发。"报刊文章多，多数是难过眼，过眼忘。有一回我又读了谢师一篇大作，至今二十多年了吧，一个细节始终没忘：谢师写的是乡亲对土地的热爱，一位乡亲看得路上有摊狗屎，三步并作一步，好像与人抢宝，双手窝着狗屎，紧跑着，把狗屎捧到禾稻根蔸。这么多年过去，我记得谢师大作这个细节，足见谢师的文学表现力，好生厉害，格外惊人。

这般生活，我太熟悉了。谢师跟我同县，我们都来自有湖南之心之称的新邵县。同样的山，同样的水，同样的乡亲，同样的人文，读《风景中的故乡》，就是读我同样的山水与人文，读我同样的故老与风情。谢师写《老张头》，写的是我们师范老书记张特世，"他刚从部队转业回来，整天穿着一身没有帽徽领章的旧式军装和解放鞋，军帽多是戴着，夏天偶尔没戴，露出一只溜光水滑没几根头发的脑袋，配上他敦实的身材，一副典型的老干部模样"。这个老干部，同学们骂他是老军阀，不承想，老师们也骂他是军阀。"这个人极古板"，记得毕业那天晚上，四个班同学在一栋楼里，开毕业晚会，闹得蛮欢。还没到十点，张军阀走廊上喊起来了："有完没完哪，九点应该关灯了的，十点了还在闹哇。"啪，他把教学楼的电，给拉闸了。张军阀之古板可见一斑。我们熟悉的是他的古板，谢师熟悉的，是他的古板加方正。他是一校之首，学校买了一台车，他不坐。新化师范后来迁移到冷水江，他把车让给筹备处老师坐，他每次去新校址，都是一个人班车去、班车回。这样的"军阀"兼"学阀"还有没有？还有，学校建房，他两次把房子让给老师，一家几口住狭窄公房；他家几个孩子，都待业，学校人事处，有一回不经他同意，帮他解决一个子女就业问题，他不签字，把人事处长骂了一顿饱的，骂了不算，说他拍马屁，把处长位置给撸了，调离人事岗位。我们熟悉的是张书记的古板，我们不熟悉的是张书记的方正。

也一样，我们熟悉的，是谢师写的故乡人事，我们不熟悉的，是谢师写的父老人性。《外婆》写谢师的外婆，家道本来殷实，十岁那年，天降横祸，"家里所有的田产，都被他父亲卖光了去打官司"，然后把十岁的正处花季的小女孩，"卖给了下田冲一户人家做童养媳"。情何以堪？"外婆大哭"，哭得伤心欲绝，从此对老家、对老爹，埋下了刻骨铭心的"仇恨"，虽然婆家与娘家，相距不远，"外婆"从不回去，其内心的创伤有多严重？外婆不回家，却把她的孩子，嫁给只隔一条田垄的村庄："一年春上，外婆送年幼的我回家，她将我送上小河的渡船，不再前行，隔着河目送我走进家门，才转身回去。我清楚地记得，在目送我上船的那一刻，外婆的眼睛，怔怔地隔着河望着孕育了她的生命的村落，久久不曾移开，闪烁的泪光，在夕阳下晶莹地跳动。"细节，又是细节，一个文学的细节，一个人性的细节，一个足见内心的细节，一个打动人心的细节。读到这个细节，让我这般读者，眼泪在眼眶里转。捕捉生活的细节，是作家特有的鹰眼，是作家作文当有的文眼，是作家为读者打开窥视人物内心的天眼。

谢师作品，都这般富有生活的内容与文学的内涵，富有人生的魅力与思想的张力。内容与内涵，都是文章的内在本质，却也是有所不同的，内容指事，内涵指意。写文章高手，可以让内容与内涵陌生化，高手中的高手，内容也许不陌生，写的就是我们的生活，写的让人感觉越熟悉，越让人有共鸣；但内涵，作家要表现的理、义、情、意，却不可以也让我们人人知之，作家之思，不是你能所想，这就是文学的陌生化，作家的本事是，可以让你事先知道其事，不能让你事先知道其思。内容的熟悉度越高，内涵的陌生化要更高，才是好作品。《家有疑难可问谁》，谢师写他小舅。小舅有着乡亲共有的勤劳，也有他内心深处独有的隐秘，他姐妹嫁出去，开枝散叶，生活都好了，独有他种种不如意，他思想着他家只旺"外戚"，不旺"本宗"，千方百计，想把本家旺起来。他学会了"粘鹞子"。小时候，我也见过乡亲捕过老鹰，但不知捕老鹰有那么多的苦难。小舅先在故乡附近山头捕，后来去"遥远的湘西雪峰山区捕"，常是一个月，甚至秋天出发春节才回家，"他有了些许的成功，但这成功，终究耗尽了他所有精力，他像一头牛一样，整天在牛轭下喘息，当他再也背不动犁耙的时候，也就灯尽油枯，成了生活的葬品。"

小舅"成了生活的葬品"，这一声感慨，有大沉痛，拉开了一般作家写亲情的距离，谢师对亲人有着特别感情，他写的也许是家长里短，在家长里短里，谢师更深入生活深处，写出了人生苦难与人物的命运，文章气象与格局，由此不同于一般作者所写的少男少女的风花雪月。《奶奶》一文，奶奶知道她到了哪里，却不知道她是从哪里来的，她是一个没有故乡的人，没有老家的人，"少年丧父，青年丧夫"，守寡到老，"一辈子就是一棵没有根的浮萍"，她一生都不笑，有限的几次笑，是到她同母异父的姐妹家去，一生都在纺棉织布与犁田耙田中活着，这便是我们祖辈的人生，"尽管我不知道姓熊的奶奶来自哪里，但是，我知道我的身体里有奶奶的血脉在流淌"。

写血脉，写情脉，写山脉，写国脉，四脉具，也许是《风景中的故乡》之四大主题吧。若说谢师写血脉用的是苦笔，写国脉用的是哭笔，那么，谢师写山脉与地脉，用的是乐笔与笑笔。在《地理》这一辑里，他以县市区为描摹对象，他所居的娄底市几个县市，全部纳入笔端，老家所在的邵阳市以及行踪所至之处几个地方，都是熟悉着，便描绘着。这些文章，写风土人情，写地域印象，写人物概貌，写历史现实，心存调侃，笔呈诙谐，本地人读了，好熟悉的人与事，指定是会心一笑，两掌相拊，《新化县》写新化美女："站在新化的大街上，望去，迎面走过来的，背后走过去的，那些年轻的姑娘、少妇，一个个袅袅婷婷，腰肢轻摆，莲步慢摇，面容姣好，双眸生辉，叫帅哥们垂涎三尺。不仅新化本地，就是在府城娄底，那些在大街上曼妙无比的女子，十有八成，是新化美女。"新化青石街的美女，真是多的，你不想去一游？

《双峰县》写得好生趣味："双峰这个地名，也有如此妙处。外地人听到双峰这个名字，总以为语含暧昧。本地人知道所指，也常以此打趣调侃。双峰县人有一股特别够劲的精神气质，"双峰人做的比说的好。比方说吧，你让双峰人做事，一旦他答应了，你就可以放下十万个心，根本不用你去催促，等着他来回复你就是。他做得是又快又好，比你想象中还要好"。

这般对地方人地理人格的把握，不特别熟悉，是写不出来的，写出来了的，是让人认可的，是让人颔首的。比如《涟源人》，外地人听涟源人说话，如听鸟语，但涟源人说话，有一股格外的味，涟源人自称"最大"的城市："女孩子稍稍有点儿姿色，涟源人就会形容说'最漂亮哩'；哪个稍微富裕一点儿，就会说'最富裕哩'。至于'最好哩''最坏哩''最开心哩''最有钱哩''最聪明哩''最老实哩''最有本事哩'等，就一路'最'着去吧，反正在涟源人嘴巴里，所有的事情，都是用'最'来形容的，没有'更'好，只有'最'好。所以，当一个涟源人当面说你是个'最'好的人，你千万别信以为真他是在赞美你，你要明白，那只不过是他们的口头禅而已。"

写什么事用什么笔，用什么笔写什么事，这是作家起码本事，不具有几副笔墨，你好意思来当作家？谢师描山摩水，笔调便有山水的清新与灵气，《白云岩》描绘其景，气象万千："午后袅袅升起的炊烟，传递着生生不息、不绝如缕的梦想。往北望，则是波浪一般的连绵大山。群峰之中并无樵夫砍柴的橐橐声，只有绿色的森林在火焰般舞蹈，偶尔有叮咚的牛铃声从森林的缝隙中传来。云是少不了的。夏天的云朵有点儿稀薄，一丝丝，一朵朵，如轻盈的少女在山峰的沟壑里缓缓飘荡，晶亮的眸子把阳光映照出千丝万缕的梦幻。"这样的笔调，与山水与风景，蛮相匹配。写《白水洞》，谢师这么写：

"岁月很安静。在安静中却孕育着深刻的变化。当年衰败的木板房已经从岁月中隐去，只在慈祥老者口中留下若有若无的传说。当年形容憔悴的土坯房也已基本绝迹，只有渐渐倾圮的一两栋隐于士兵一样错落排列的小洋楼背后，喃喃诉说着当年岁月的质朴红装。"动感，静感，沧桑感，画面感，寥寥几笔，有水墨画韵致。

谢师好像有一种作文冲动，凡是其所经历过的生活，他都想把其纳入笔端，作成文章。我手写我心，我心写我熟，我熟入我心，我心得我手。因为对笔下生活与人事，熟悉得不能再熟悉，写起来便得于心而应之手，写到后来，不是写文章了，只是在记录生活了。《同学》一文，从母亲一声哭写起，起笔是："母亲在电话那头说着说着就哭了起来。抽泣了好几回，才说清事情的原委。"原来是村里架高压线，非要从母亲的宅基地过道，谢师只好找老家同学，轻松解决，同学情谊尽在其中。是啊，同学情，很平常，却也很真诚。

庾信文章老更成，老更成者，不讲究文采，而讲究生活本身。汪曾祺与孙犁等文学老前辈，文章老作手，越到后来，越不注重文采，而是让生活自身焕发光华，谢师《心情》一章，让人感觉，真不是在写文章了，他记录着个人心情，感慨着同学情谊，叙述与生活的偶然相遇，恰如苏轼说的："吾文如万斛泉源，不择地而出，在平地滔滔汩汩，虽一日千里无难。及其与山石曲折、随物赋形而不可知也。所可知者，常行于所当行，常止于不可不止，如是而已矣。"想写就写，不想写就不写，写到哪里不想写了，就罢笔不写。

　　熟悉的地方没有风景，熟悉的地方必有文章；没有风景的地方，可以写出有风景的文章；越熟悉的地方或越无风景，越熟悉的地方却越有文章。有些作家，最可恶的是，浪费自己的生活；有些作家，最可爱的是，浪漫自己的生活。作家一味猎奇，老是写那些不是自己真生活的东西，读来让人生厌，从没去过某地，却写某地游记，一本画册，一篇解说词，便敷衍为一篇文章，面目可憎。为发表东西而写文章，与为抒发内心而写文章，格局与气象，迥然有大异。

　　凡是过往，皆为序章；凡为过往，皆是文章。

　　（作者系中国作协会员、湖南省作协全委会成员、著名散文与杂文作家）

目　录

第三辑　地理

第四辑　习俗

第五辑 心情

第一辑　人物

根　系

母　亲

母亲二十岁的时候，嫁给了父亲。

孕育了母亲的村庄，叫下田冲。与父亲所在的村庄周家边，隔着一条河。父亲的村庄在水之阳，离河岸不远；母亲的村庄在水之阴的一个山冲，离河岸有一两公里的路程。母亲从小在她的山冲里生活。父亲亦然。在媒人上门说亲之前，父亲与母亲是否见过，不知道。也许见过。母亲的舅家就在父亲所在村落上游不到三百米的地方。即使见过，也应该没什么印象。父亲是那种老实巴交的人，而且家境非常不好。

不知道哪位媒人说的亲，双方家长都爽快地同意了。在母亲二十岁的时候，父亲领着几个娶亲的乡亲，抬了一扇猪肉，提了三五只鸡、几条鱼，还有几个礼品盒，放了几挂喜庆鞭炮，就将母亲娶了回来。

母亲的家境也不好。外公、外婆一共养大了七个儿女。母亲排行第五。每一个子女，就是一道绳子，勒着外公、外婆的脖颈。七道绳子，将外公外婆勒得喘不过气来。

母亲嫁给父亲，也算是门当户对。

喜庆鞭炮燃过之后，母亲告别孕育了她生命、无忧无虑生活了二十年的故乡，来到父亲所在的村落，开始新的生活。

母亲几乎每时每刻都在为这个新家操劳。在我的记忆中，母亲一直在忙。每天晚上，她先是将白天扯的猪草砍碎，让奶奶用柴火烧出一灶膛通红的柴火，煮成熟潲。其间她架上水烧着，马上就急急忙忙磨豆腐，做成一厢白嫩嫩的水豆腐，让父亲第二天清早卖给乡亲。豆腐做好了，猪潲也煮好了，母亲又拿起针线，将我们的衣服一件件补熨帖。更多的时候，是就着煤油灯，纳鞋底，做布鞋。全家人的鞋子，都是母亲一针一线纳出来的。母亲做的布鞋，又结实又耐看。在她七十岁之前，每年回家，我和妻子、孩子都能穿上她做的崭新温暖的布鞋。母亲什么时候睡的，我从来不知道。我只知道我睡的时候，母亲依然在忙碌着。

白天更忙。母亲特别能干，生产队所有的农活儿，挖土、扮禾、挑大粪，不管多么重多么脏多么累的活儿，母亲都干，只要能挣工分。母亲每年挣的工分，在所有婶婶中，总是最高的。还有自家的自留地。夏天的豆角、南瓜、丝瓜、茄子、白瓜、冬瓜、辣椒，冬天的白菜、萝卜，母亲种的，都是村上最好的。她还要割牛草、扯猪草，每年养两三口肥猪，养一大群鸡、鸭。春天的时候，她到附近的县农场去摘茶叶；秋天的时候，她到山上摘油茶、挖药材，送到供销社换零用钱……

她劳累了一辈子。就在前两年，年近八十的母亲，每年还要拉上父亲，种两三亩水稻。最后几乎是被我和妹妹骂着，这两年才没种。但是养鸡养鸭，种很多的蔬菜，种很多的黄豆和花生，依然被惯性推着，停不下来。

从灿烂花季到风烛残年，近六十年的生命历程，让母亲与父亲的村庄完全融合在一起。年轻的时候，她是村里的媳妇；现在，她早已是村里的长辈。她的儿女的生命，在这里孕育，她的血脉，在这里延伸。她姓罗，可是这个村庄里所有姓谢的子孙，都把她当作自己的长辈。她，早已是谢氏家族的成员。

然而，那个孕育了她生命的小山冲，母亲一直不敢忘怀。

外公、外婆健在的时候，每次家里杀鸡，母亲都会小心地将鸡胸脯肉留下，打发我渡过村前的小河，给外公外婆送去。过年杀猪，母亲总要吩咐父亲，砍一条肉，加上一个猪心、一叶猪肝，再割一斤左右上好的板油，送给外公外婆。每次外公或外婆到我家来，就是一次盛大的节日。母亲一脸灿烂地将他们迎进家里，就着手准备丰盛的饭菜。鸡正好长大了，杀鸡；鸭正好长大了，杀鸭。鸡、鸭都没长大，就将过年时的腊肉、猪血粑拿出来。炖了，煮了，热气腾腾地端在外公、外婆面前。外公、外婆吃得不多，大部分让我和妹妹吃掉了。但外公、外婆和母亲脸上那份舒心的笑容，能让七月的阳光失色。

每年元宵节，是母亲最隆重的节日。到了这一天，母亲天蒙蒙亮就起来，将家里的事情安排妥帖，然后换上最好的衣服，带上两盒点心，捉一只鸡，就开始出发，回生她养她的下田冲。初春明亮的阳光下，母亲从容走过村前的田野，从容迈上河边的渡船渡过小河，再从容走过一公里左右田垄里的小道和山林里的蜿蜒小路，回到早就盼望着她及她的众姐妹归来的外公、外婆家里。走在回娘家的小路上，母亲的心情，一如洒在她身上的初春的阳光，轻盈、温暖。她的脸上洋溢着幸福的笑容，和路上遇到的每一个熟人，热情地打着招呼。每当别人问她去哪儿，她就骄傲地回答："回娘家，过元宵哇。"母亲的声音清脆、响亮，在初春清凌凌的空气里回旋，有金属一般的质地。母亲从容地走着，不疾不徐，慢慢地来到外公、外婆家里。她的姐妹们，这时候也已经来到外公、外婆家，年轻时一起长大的姐妹，终于在每年的这一天，相聚在一起。在外公、外婆家吃过饭，她们相约着走访几个看着她们长大的长辈，然后笑语盈盈地、慢慢地走过她们曾经那么熟悉的田野，走过曾经那么熟悉的山林，用她们各自的眼睛和内心，触摸她们的少女时代。然后，在黄昏的时候，心满意足又满怀怅然地相互别过，同时别过父母，慢慢地沿着来时的路，回到各自的家。

　　母亲回下田冲的次数并不多，除了元宵节，其他的日子，很少回去。岁月悠悠，慢慢地，先是外婆告别了人世，接着是外公，再接着，大舅也在七十多岁的时候撒手人寰。面对越来越疏离的故乡，母亲依恋的情怀，越来越浓。我小的时候，经常吵着要去外婆家，母亲总是怕我添乱，不准。自从考上大学，每次回家，住上没几天，她就要敦促我到下田冲去，看看外公、外婆和舅舅。后来，我娶妻生子，俗事多了，回家的次数少了。但是每年春节回家陪父母过年，或者正月里回家拜年，母亲总要叮嘱我，到下田冲打个转。外公、外婆健在的时候，给外公、外婆拜年；外公、外婆去世，给舅舅拜年。我有时因为时间的关系，说不去了，母亲就会满脸失望，在一旁嘟嚷半天，指责我"忘了本"。要是我痛快地答应了，母亲就会非常高兴，说："是嘞，是要去看看他们嘞，是条龙，也是从蛇口里出来的。"然后亲自张罗着带给他们的礼物，还鼓动父亲："你也去咯，一起去，吃餐饭就回来。"

但母亲仍然回去得不多。当她叫我们去下田冲的时候，我们邀她一起去，她每次都会以需要有人看家为由，不去。

也许，母亲对故乡越是怀念，就越是害怕重回故乡？

对母亲的下田冲，我非常熟悉。从小我就常常待在那个地方，和村里一般大的孩子，尤其和大舅的两个儿子，厮混得烂熟。那儿的青山绿水，那儿的肥沃田野，每一处都留下了我少年时代活蹦乱跳的身影。只是我一直没有意识到，这个窝在山沟里的小山冲，是母亲长大成人的地方，是母亲心中永远回不去的故乡。今年正月初二，母亲再一次吩咐我去给小舅拜年，我来到这儿，走在曾经非常熟悉，现在却越来越陌生的村落里，我才意识到，生我养我的母亲，当年就是在这块土地上长大的，这里的每一片山水，都留下了母亲青春的身影。母亲现在已经成了谢家的长辈，但在她的内心，这个叫下田冲的地方，是度过了她青春年华的地方，是她心中最美丽的一道风景，让她一生不能忘怀。每一个嫁出去的姑娘，都有一个回不去的故乡。下田冲，就是母亲从出嫁开始，就注定永远也回不去的故乡。

我知道，我姓谢，是周家边谢家的子孙。然而，我的血脉的一半，来自下田冲这块土地。

奶　奶

　　奶奶的孤独，有谁知晓？

　　奶奶多大年纪从遥远的故乡下嫁到爷爷这儿，我一直不清楚。我只知道，奶奶刚满二十九岁，就开始守寡，一直到七十四岁时驾鹤西去。

　　四十五年！这漫长的寡居生活，奶奶该是用一种怎样的心情，度过那无穷无尽的寂寞？

　　奶奶和爷爷生了两个儿子。爷爷去世的时候，父亲还只有一岁多，伯父大概有五六岁。爷爷的去世，对当年的奶奶来说，无异于天崩地裂。当奶奶在亲人的帮衬下，将爷爷埋葬于村后的青翠山林里之后，面对两个幼小的嗷嗷待哺的儿子，面对突然寥落冷清而又贫困的家，心中的凄苦，该是怎样一阵一阵地袭来！

　　我开始懂事的时候，奶奶已经老了。苍老的奶奶，每天坚持挪动着她的三寸金莲般的小脚，与生产队里年纪相仿的老人，干着她力所能及的活儿。到了晚上，奶奶帮着母亲打理完家务，就孤单地坐在一旁，默默地想她的心事。夏天的时候，她就坐在土坯屋旁的土坪里，打着蒲扇，抱着妹妹，让我蹲在一旁，悠悠地教妹妹和我念儿歌："羊牯子咩咩，下来吃蜡叶；蜡叶千苦，闹死（毒死）羊牯；羊牯告状，告出和尚……"夜空里繁星点点，奶奶的儿歌总让我觉得，繁星中的一颗，就是那只冤死的羊牯，在奶奶的念叨中，它会突然从天空中嗖地蹿到我身边，诉说着它的冤情。一股冰凉的感觉，从我的脊背涌上来。冬天，奶奶就静默着坐在柴火灶边，帮着母亲烧火煮猪食。柴火红红的，映照着奶奶沟壑纵横的脸。奶奶的脸在火光的映照下，总有一股神秘的色彩。烧着烧着奶奶就出了神，柴火就熄了，要在母亲的大声提醒下，才会回过神来，然后慌乱地向灶膛里续柴。很小的时候，我跟奶奶睡。有好几回，我半夜里醒来，听到奶奶在有一声没一声地抽泣。我不知道奶奶为什么伤心，又不敢问，只好捂了被子，一边想着我的心事，一边又昏睡过去。

现在回想，一路走来，奶奶心中的清苦，该是何等煎熬。

爷爷去世，奶奶还正年轻，下嫁到这个叫周家边的村庄的时间，并不太长。爷爷一走，奶奶在婆家除了两个儿子，举目无亲。按乡村习俗，她可以回到她的娘家，在娘家人的主持下，再找一个适当的男人，带上两个儿子，和那个男人过日子。奶奶要是这样做了，婆家宗族上的人，谁也不能阻拦她。顶多是孩子长大后，让他们再回到周家边，承续爷爷的香火。

可是，可是奶奶没有娘家。

奶奶姓熊。孕育了奶奶的地方是哪儿，奶奶和父亲从来没有告诉过我。我只知道，奶奶的亲人中，有一个舅爷爷，有两个姨奶奶，这些都是奶奶的弟、妹。但是，奶奶的这些弟妹，都姓金。

当年，我曾经疑惑，为什么奶奶姓熊而她的弟、妹姓金。直到奶奶去世后，当我再一次向父亲提出这个问题时，父亲才告诉我，奶奶和这些兄弟姐妹，属同母异父。奶奶的母亲，先是嫁给了熊姓人家，也就是我的老外公。在生下奶奶之后，老外公因病去世，奶奶的母亲便带着奶奶，改嫁到金姓人家。爷爷去世了，可奶奶回不去她的熊姓娘家，而她的亲生母亲此时也已作古，在金家那个名义上的娘家，只有一个继父，和一个同母异父的兄弟，她同样回不去。

少年丧父，青年丧夫。这些人生之大不幸，降临在奶奶一个人头上。

少年丧父的奶奶，在和爷爷结婚之际，度过了人生最美好的一段时光。从长辈对爷爷的叙述中，我断断续续了解到，当年，爷爷是多么宠爱奶奶！他不让奶奶到田里做任何事情，只让在家里带着孩子，管着一日三餐就成。在外面帮富裕人家做事，富裕人家款待他的所有好吃一点儿的食物，鸡呀、肉哇、鱼呀，甚至豆腐啦，他都舍不得吃，全部端了回来，一脸幸福地看着奶奶和两个孩子吃下去。而奶奶，又是何等地依赖爷爷！在从小失去父爱之后，有了爷爷的宠爱，奶奶已经完全将父爱和夫妻之爱融合在一起，反过来全部倾注在爷爷身上。她温柔地帮着爷爷打理这个家，每天她一有空闲，就坐在那架纺车前，打理着雪白的棉花、长长的苎麻，也编织着他们如锦绣一般的日子。

只是，命苦的奶奶没过几年幸福生活，却需要用一辈子漫长的寂寞来偿还。

爷爷去世后，奶奶既回不了娘家，也就断了再续姻缘的心思。在这个并没有生她养她的地方，勇敢地用她柔弱的肩膀，一个人将养育儿子的重担挑了起来。

爷爷给奶奶留下的，只有一亩多薄田。这一亩多薄田，奶奶迈着三寸金莲的小脚，将犁田、耙田、播种、插秧、施肥、收割等所有的活计，都承担了。夏天里，毒辣的太阳将她本来白嫩的脸烤出一层黑痂，冬天里，呼啸的北风又将这层黑痂剥去。几番春秋，几度淬火，柔弱的奶奶变得如铁一般坚强。她会纺纱。稍有空闲，她就坐在那架木制的纺车前，替宝庆城里的纱厂纺纱。纺车嗡嗡地摇着，一直摇到深夜。奶奶的身体随着纺车的转动，一起一伏，捻着线头的左手，一伸一屈，仿佛一具活动的机械。生活中所有的艰难，都被奶奶纺进了长长的棉纱里；对爷爷的所有的思念，也被奶奶纺进了纱里。长年累月地纺着纺着，奶奶的眼睛变得通红，稍遇刮风，就不断地流泪。这是思念的眼泪还是辛酸的眼泪？我的父亲从来不跟我讲他小时候过的日子。但是，我很小就发现，父亲肩膀的正中间，有一个鸡蛋大的肉瘤，一直到现在都没有消失。我曾经问父亲是怎么回事。父亲说，那是小的时候，挑担挑得太多留下的印记。父亲从十来岁开始，就跟着大人到村子北部的崇山峻岭里挑木炭，到离村子西边六十多里的滩头挑烧纸。因为挑担太多的缘故，不仅在肩上留下一颗永不消失的肉瘤，而且年纪轻轻，背就驼了。

疼儿莫如母，奶奶不到百般无奈，是不会让她的儿子过着这般艰难的生活的。何况，即使在这样艰难的时刻，奶奶还是想方设法让从小就聪明过人的父亲读了两年私塾，成了父辈中读书最多的后生。

穷困潦倒的日子，一直到50年代土地改革，才有所好转。

　　这时候父亲和伯伯已慢慢长大，家里的田地突然多了起来。父亲因为读了些书，再加上他的聪明内秀，成了受村里人尊重的年轻人。

　　但是奶奶心中的孤独，一如既往不可排遣。

　　奶奶最开心的时候，是去她的兄弟姐妹家走亲戚的时候。她的娘家，她从小就回不去了，但她有一个同母异父的弟弟，有两个同母异父的妹妹。每到年底清闲的时候，她都要到她的弟弟、妹妹家走一趟。我记得，当年，我的一个姨奶奶嫁女，奶奶带着只有八九岁的我去吃喜酒。因为冰冻，奶奶在她的这个妹妹家，一住就是五天。也就在这一次，我看到了奶奶和她妹妹在一起时，脸上荡漾开的舒心的笑容。她不停地和她的妹妹聊天，几乎不管我的存在，让我在那个陌生的地方，撒了几天的野。就连学校的期末考试，都给耽误了。

　　只是，这样的日子太少太少。绝大多数时间，奶奶都是一个人孤独地坐在空旷的地坪里，在寂寞的包围中，想着她的心事，直至去世。

　　奶奶一辈子就是一棵没根的浮萍。她父亲去世了，就跟着她的母亲离开生她养她的村庄，漂泊到一个新家。长大成人，命运将她撒在这个叫周家边的地方，她就在这里生根发芽，孕育了我的父亲，也因此有了我。而她，这个姓熊的老人，作为谢家的一员，在一生孤独之后，于1981年农历七月一个黎明的前夕，溘然而逝，不留只字。

　　我只是确信，我的血液里，流淌着她的血。熊，这个姓氏看上去就让人觉得温暖，觉得亲近。尽管我不知道姓熊的奶奶来自哪里，但是，我知道我的身体里有奶奶的血脉在流淌，这就够了。

外　婆

关于外婆，得从我故乡说起。

我的故乡周家边是一个大村庄。由几个小村落组成。每个姓氏聚集在一个小村落里。分别以周家边李家、周家边谢家、周家边邓家、周家边简家等指代。

我出生的村落，是周家边谢家。孕育了外婆的村落，是周家边李家。两个村落之间的距离不到一里，几乎紧挨着。

李家是周家边人口最多的村落。他们最先来到这里定居，耕种着最好的良田。那一大片黑得流油的土地，从小河岸边平缓地铺上来，一直铺到村庄的脚下。黑土地里流淌着庄稼喷香鲜美的汁液，滋润着周家边李家的乡亲。他们安静地生活着，将那片良田如锦绣一般每年来回地编织。春天，是碧绿的丝绸；夏天，是金黄的缎子。还有金黄色如瀑布一般流淌的油菜和一年四季盛开的五彩缤纷的鲜花。在周围十里八村乡亲的眼里，这一方所在，是生活的最好去处。

外婆就出生在李家一个家境还算殷实的人家，从小衣食无忧。锦绣一般田野里盛开的鲜花，不时被儿童时代光着脚丫奔跑撒野的外婆摘下来戴在发际，明亮的天空下，就有了一道比花儿更漂亮的风景。外婆热爱这片土地。在她小小的心里，没有其他任何地方，比自己的故乡更让人沉醉。

　　然而外婆注定要离开这片美丽的地方。她是女儿身，最终要嫁出去。只是在外婆美丽的幻想里，她要嫁入的村庄，肯定不会比娘家的村庄偏僻，要嫁入的人家，也不会比娘家的家境差。

　　然而外婆没有这般好命。

　　外婆十岁那年，一场大祸降临。家里所有的田产，都被她的父亲卖光了去打官司，最终打输。为了筹钱打官司，她的父亲狠下心，将外婆卖给下田冲村一户人家做童养媳。

　　下田冲是一个远离河岸的小山冲。和周家边李家的富庶比起来，判若云泥。

　　在娘家无忧无虑度过十年美好的时光之后，外婆十岁那年的某个上午，婆家来了人，要接穿戴一新的外婆去下田冲那个新家，那个她必须一辈子在那儿生根发芽直至终老的家。面对突然降临的悲惨命运，面对一片空洞完全不能确定的未来，幼小的外婆不知所措，躲在母亲背后，哭哭啼啼不愿离去。外婆的母亲一边往外拉扯着外婆稚嫩的手，一边任眼泪哗哗流淌。外婆的父亲，先是将脸别向一边，嘴角抽搐，然后颤抖着对外婆大喝一声："哭什么？还不跟人家走？"其声如雷。外婆被父亲突然的凶恶吓愣怔了，松开了紧攥着母亲衣角的手，一边号啕大哭着，一边挽了个小小的包袱，走到门口，满眼哀怨地回头打量了一阵她生活了十年的家，打量了一下正别过脑袋看着别处的父亲和正看着她流泪的母亲，然后回过头，跟着婆家的来人，迈出门槛，走过村前肥沃的田野，渡过村前窄窄的小河，来到了从未到过、完全陌生的婆家。外婆的号哭声，在那个晴朗的日子里，盘旋在村子上空，盘旋在田野和小河上空，让空中的鸟儿，都不忍听见。

自此别过，外婆再也没有回过她的娘家。

外婆十六岁的时候，和外公正式圆房。他们很快有了孩子。接下来的二十多年，外婆一口气给外公生了十四胎，七个长大成人，两男五女。从青春年少到人老珠黄，外婆生活的全部经历，仿佛就是怀孩子、生孩子、抚养孩子。好在外公勤快，每年除了租种十多亩地主家的地，农闲时间，就用自己铁一般的肩膀，到新化城里送洋货，到隆回滩头挑烧纸，到大山的褶皱里挑木炭，用全身的气力，换得些许粮食，来塞满家里一长串孩子嗷嗷待哺的嘴。到了我懂事的时候，外公的背，已经弯得像一张弓。

外公再拼死拼活地累，也塞不满一年比一年多的孩子们的嘴巴。面对窘迫的家境，外婆每天清早起床，就要想方设法，将那些在饭锅前排着队的孩子们的肚皮略略喂饱。每做一顿饭，外婆都仿佛在做一道复杂的算术题，绞尽脑汁思考着怎么样才能够让下一餐不至于断炊。在大儿子还没有锄头把高的时候，她就安排他和外公一起外出打零工挑脚；她安排稍大一点儿的女儿，到地里扯猪草、放羊、扯能够填饱肚子的野菜；小一点的女儿，就安排他们照看更小的弟弟妹妹，以便自己腾出手来，到地里去种瓜果菜蔬，在家里纺纱织布。孩子们一个个艰难地长大了，而外婆，当年青春美丽的容颜，被岁月榨得一干二净，几十年后，我眼中的外婆，已如一只风干了的丝瓜络，挂在岁月的窗口，苍老得不堪卒视。

可是，即使窘迫得揭不开锅，外婆也不回她的娘家。

外婆娘家的家境因为那场官司变得一贫如洗。她的父母很快郁郁而逝，几个兄弟，就如倒了树的猢狲，各自谋生。大弟在抗日前夕当兵"吃粮"，因为生得高大，成了守卫张少帅的护兵，抗战胜利后平安归来，只是在新中国成立以后，因为在国民党部队里当兵"吃粮"的经历，在村里受到管制。同村与他一起被抽丁的另外十一个活蹦乱跳的小伙子，则全部成了失踪人员，至今尚未魂归故里。几个小弟则完全沦为雇工，以给富裕人家当长工为生，直至土改，才有了自己的土地和房屋。

外婆不回娘家，是源于她当年刻骨铭心的遭遇吧？一个殷实人家的十岁女孩，还是在父母怀里撒娇的年纪，突然被父母送去给人家当童养媳，这种强烈的心理冲击，叫性格倔强的外婆，一辈子都没有回过神来。父母健在的时候，不回家看望父母；父母离世，不回家看望兄弟。然而，外婆对故乡的怀念，不经意间，仍然如四月的鲜花一样绽放开来。一年春上，外婆送年幼的我回家，她将我送上小河的渡船，不再前行，隔着河目送我走进家门，才转身回去。我清楚地记得，在目送我上船的那一刻，外婆的眼睛，怔怔地隔着河望着孕育了她的生命的村落，久久不曾移开，闪烁的泪光，在夕阳下晶莹地跳动。

而将我的母亲嫁回周家边，是外婆的另一种思念吗？父亲所在的村落，与孕育了外婆的村落比邻。当有人做媒，将我的母亲介绍给我的父亲时，外婆非常爽快地就答应了这门亲事。当她来到她故乡邻村的女儿家，她是不是觉得，她又回到了儿时的故乡？

　　尽管她每次来我家做客，说什么也不去相邻村的兄弟家里看看，不去村落里走走。

　　记忆中最清晰的一次外婆来我家做客，是在我十岁的时候，外婆来给我过生日。她给我送来了一段做裤子的布料，送来了十个鸡蛋。匆匆吃过晌午饭，外婆就要回去。母亲让我送外婆去小河边坐渡船。走到村落前的田间小道上，外婆的脚步格外缓慢，她一边问我在学校里的一些事情，一边不停地眺望着邻近的村落，那个她出生的村落。那是农历的九月，阳光金黄金黄的，洒在刚刚收割的田野上和外婆爬满皱纹的脸上。田野里布满了金黄的稻草，刚刚冒出身子的麦苗，疏疏地绿着，整个河岸边的土地肥厚而又充满生机。走在这样的景色之中，外婆满脸的安静、祥和，完全是一个慈眉善目的老者。也许，时隔几十年，外婆心中的疙瘩，也正在慢慢地解开吧。

　　沧海桑田。周家边李家和周家边谢家的房屋，现在已经紧紧地连在了一起，分不清哪儿是李家，哪儿是谢家了。每次回家，在村里四处走动的时候，我就想，这谢家和李家，于我来说，早已在村落相融之前，融合在了一起，李家的血液，通过外婆和母亲，在我的血管里跳动。而那些在村庄四周蓬勃开放的美丽的花朵，总有这朵那朵，是为当年的外婆盛开。

妻　子

　　再往上溯，就溯不上去了。

　　母亲、奶奶、外婆，这些和我的血脉紧密相连的女性，都曾和我在一起，幸福地生活过。母亲依然健在。每次回家，听着她对父亲的叨咕，对我和妹妹的叨咕，就有一种甜蜜的味道涌上心头。年过半百，还能够享受母亲的唠叨，那是一件多么幸福的事情！奶奶和外婆虽然在我年轻的时候就已过世，但她们的音容笑貌，永远地镌刻在我的脑海。当她们在梦中向我走来，我就仿佛又回到了清纯得如村前小河流水一般的少年时光。

再往上溯，于我来说，就只有一些抽象的概念。我只能确信，除了父辈中的母亲、爷爷辈的奶奶和外婆，再上溯一辈，就有四位女性和我的血脉相连，再上溯一辈呢，就有八位。每上溯一辈，就呈等比数列增长一倍。根据族谱记载，谢氏家族，只从元末明初从江西迁来故乡算起，到我这一辈已是第二十二代了。与我有着血缘关系的女性有多少，已是一个天文数字。我姓谢，但我的血脉里，与多少姓氏有着血缘关系，我根本理不清楚。也许，中国所有姓氏，都曾与我血脉相连也未可知。然而，倘若我要寻找她们的痕迹，除了父系这一部分在族谱里每一个祖宗后面有一句简单的"配某地某氏"的记载之外，属于母系的血脉，母系的母系的母系……她们姓甚名谁，何处人氏，即使使出浑身解数，也理不清楚。她们的血脉，时时在我的血管里流淌，她们的灵魂，却在处处葱郁的青山里守望游荡，没有归宿。

我只能确信，她们自嫁入婆家之后，每一个人的后面，就有一个永远无法回去的宗族，就有一个永远无法回去的故乡！

那就不溯了，只在此向她们表示来自晚辈的深深的敬意！

该说说我的妻子了。那是我孩子的母亲，一个与我的后代血脉相连的女性。

说到妻子，就不得不相信姻缘的神奇。大学毕业前，我从未想过，我会被命运撒在那个地方教书；妻子也从来没想过，她会来那所学校读书。两个极不情愿来那个地方、那所学校的人，来到了那个地方、那所学校，然后就相遇了，相爱了。这，该是多么奇妙的事情！

那是一场轰轰烈烈的恋爱。当外部的压力如气浪一般向我们袭来时，我们的感情却如弹簧一般弹得越高。对我的诟病，对她的诟病，都被我们的爱情挡了回去。毕业的时候，她本可留校，却因为与我恋爱而失去留校资格，回到她父母所在的厂矿子弟学校。我们又抵御了异地恋的压力，将没有尽头的向前延伸的铁路变成了牵引我们爱情的红线，并终于修成正果，在1988年底走进了婚姻的殿堂。

自十八岁中师毕业开始，这个生在城里长在城里的姑娘，就开始跟着上我家，我那个坐落在故乡里的老家，直至现在。我在农村里的家，是一栋20世纪70年代初垒成的土坯房。牛、羊、猪、鸡、狗、鸭，全部和人生活在一栋房子里；农村里的老式茅坑，甚至就和牛栏、猪栏同在一个屋檐下。不管什么时候，房子里总是充满了各种各样的混合味道，而以夏天为最。当年为了能和我在一起，每次寒暑假一开始，她就拿着一个小小的提袋，带几件换洗衣裳，跟着我来到我家，在各种各样难闻的味道里，过着乡下媳妇的日子。那时候乡下没有电，没有自来水。夏天，她就在傍晚穿上我给她买的泳衣，跟着我到村子前的小河里游一回泳，睡觉前用温水再擦洗一下，就算是洗了澡。没有电，当然就没有电风扇，没有空调，晚上唯有用一把蒲扇，扇着扇着好不容易入了睡，早上醒来，全身是汗，天刚亮就赶快搬了一把简陋的躺椅，坐在屋前的土坪里，一边驱赶着成群的蚊子，一边享受农村清晨难得的凉意。父亲、母亲种田，绣花儿一般。暑假回到家里，我依然得帮着父母"双抢"，将早稻一镰一镰割回来，再将晚稻一蔸一蔸插下去。我到田地里参加劳动，她也非要去帮着插秧。下田不久，她那一身漂亮的裙装，就糊上了大块的泥巴，更有几只不讲理的蚂蟥，闻着水声，没一会儿工夫就叮到了她的腿上，把她吓得尖叫。

即使这样，她也没有对我在乡村的那个家心生厌烦。记得刚开始去我家的时候，我担心她的父母挂念女儿，在我那儿住了一段时间，就送她回去。可是，我刚回家没几天，她就在一个午后，仙女一般出现在我面前。我在兴奋之余，问她是怎么找来的。她扬扬自得地说，这还不容易，我又不是没来过。然后她告诉我，先是搭火车，再坐汽车到镇上。从镇上到老家，她就沿着公路，一边走，一边问。在她问路的时候，她遇到了一个好心的卡车司机，就搭上了她的车。到了岔路口，下车，沿着小路，笔直走就到我家了。我一边埋怨她怎么不写信告诉我让我来接，一边在内心里感动得一塌糊涂。这个柔弱的小姑娘，她的内心该装着对我多深的爱，才会做出这样近乎疯狂的举动！

后来，我们就有了孩子。

　　孩子是我和她共同孕育的，流淌着我的血脉，也流淌着她的血脉。我的血脉的背后，是一张宗族的大网；她的血脉的背后，也是一张宗族的大网。而孩子，就是两张大网的交织。然后自然地，孩子随父姓，姓谢。而她，姓张（如果随父姓，应该姓梁，她是随母姓）。在整个孕育孩子期间，她满脸都是幸福的骄傲。她长得苗条，白净，气质出众。当她走在我故乡的小镇上，熟悉不熟悉的人都曾问我："她是电影演员吧?"把我自豪得什么似的。可是，当她怀了孕，为了保证胎儿的营养，她拼命地吃，整个孕期，她丰满得几乎就像个大圆球。她怀孩子的时候，还不到二十二岁，自己都还是个孩子。也许，是母爱的力量，让她心甘情愿这样做吧。孩子生下后，为了孩子奶水充足，在月子里她依然拼命地吃，鸡、鸡蛋，每餐都是一大碗。不知她从哪里听来的，要保证奶水的营养，母亲吃的食物里，就不能放盐，她就真的不放盐，就那么寡淡地吃下去。

　　她从十六岁开始和我谈恋爱，如今已过去了三十二年。三十二年来，我们一直在城市里生活，娘家的概念，婆家的概念，比起乡村来，自然要淡化许多。然而，我的孩子姓谢，依然决定了她的身份是谢家的媳妇。三十二年来，她恪守着谢家媳妇的本分，照顾公婆，抚养孩子。每次和我一起回到故乡，她对公婆礼貌周全，对故乡的亲人礼节周全。而对孩子，她更是悉心抚养。将她那份母爱，点点滴滴地洒落在孩子的身上。

　　三十二年沧海桑田，我曾经许诺给她的美好生活并没有兑现。我依然从事着教师的职业，依然每个月领着固定的工资而没有其他经济来源。我当年想成为一名作家的伟大梦想，也依然只是梦想。面对着社会变幻的万花筒，我不知道她跟着我，是否会感到失落。以她的才情，以她的气质和风度，她应该有比现在更好的生活。因而，当年她要舍弃在本地已经做到最好、最有影响的小学校长的职位，到沿海去发展的时候，我曾经阻拦过，但并未刁难她。我想，就冲当年她对我的那份深深的爱，就冲她把与她没有半毛钱关系的我的故乡当作她生命中的又一个故乡的举动，我就不应该刁难她。

现在，我们的孩子已经长大。在故乡家族所修的族谱里，她的名字早已跟在我的名字后面，成了周家边谢氏家族不可更改的一员。

而她的血脉，也将在我后代的血脉中流淌，生生不息。

瑞 儿 姐

一

很小的时候，大人们逗我长大了要讨哪个妹子做婆娘，我会不假思索地脆声回答：瑞儿姐。

腊月尖尖头，乡亲们涨红了脸，兴高采烈到石马江河边的沙地里扯萝卜。故乡的萝卜颇有声名，白、嫩、脆、甜，水汪汪的模样照亮了冬天晦暗的天空。瑞儿姐就是沙地里一根生动撩人的萝卜，白净的脸，白净的小手，走起路来蹦蹦跳跳的，上挑的双眼，灵动得像永远汪着的一潭清水。我喜欢与瑞儿姐一起玩耍，瑞儿姐也一样。两个到了一起，其他小伙伴都被抛弃得远远的。每次去她家，瑞儿姐总是第一个迎上来，拉住我的手，说："弟弟，我们去河边玩儿。"或者说："弟弟，我们去扯猪草。"瑞儿姐的声音非常好听，潺潺流水一样叮咚叮咚，一股甜味儿在我心底滴落。我总是被她蜜糖一般的邀约吸引，到瑞儿姐父母面前打一个照面，就让瑞儿姐牵着往外跑。

瑞儿姐家的土坯房挺高大，门却很窄小，由于光线暗，屋内从来都是影影绰绰的，从吱呀作响的堂屋门走出来，明媚的阳光立刻温暖地扑到我俩的身上。舒缓的河滩在村子前面徐徐铺开，一直延伸到远方波光粼粼的石马江河。河滩从春到冬都是芳草萋萋的模样，各种各样的野花在草甸之上一年四季次第盛开。每一朵野花，都是太阳弹奏的音符。在鲜花弹奏的美妙音乐中，瑞儿姐与我撒开脚丫子在草甸上不知疲倦地奔跑跳跃。

瑞儿姐的衣服好像总是短了、小了，俯下身子，露出白白的腰际，站直身子，又露出圆圆的肚脐，与瑞儿姐在一起，一道白光一直在眼前晃动。我的衣着更简单，夏天一条短裤、一件小背心，有时甚至赤膊。那时节我六七岁的样子，瑞儿姐大我半岁，都是混沌未开的蒙童。"同居长干里，两小无嫌猜。"一篮子草片刻就扯好了，瑞儿姐便牵我来到河边，坐在岸上，双脚浸在水里，踢着水玩儿。蓝天白云被阳光画在水底，随着西斜的落日慢慢从河底浮上来，双脚稍稍一踢，便轻柔地在水中央抖动着荡漾开去，好看极了。瑞儿姐总喜欢挨着我坐着，看着河水摇曳的样子咯咯咯咯笑，身子摇晃着不时挨着了我的肩膀。这个时候，我能够感觉到瑞儿姐身上兰花一样的香味儿。黄昏的河滩上还有很多小孩在撒野。正在放牛的几个淘气的男孩子看到瑞儿姐与我亲密的样子，远远地就编排着喊口号："两口子，排对子。两口子，排对子。"瑞儿姐听了，有点儿恼，站起身一边骂一边就去追赶。男孩子们轰地跑开了，站得远远的，依然对着我俩喊："两口子，排对子。"瑞儿姐再不理他们，拉着我的手，旁若无人继续在河滩的草地上漫无目的地蹦跳，一直到黛青的暮霭笼罩了河流与草滩，才慢慢磨蹭着回到瑞儿姐家。

　　瑞儿姐是我干爹的二女儿。干爹有四个女儿。老家的风俗，无论生儿生女，从小就要认个干爹或者干妈，好养。我的干爹是父母在我两岁的时候给认的，让我一直当亲爹一般走着，逢年过节，执儿子礼。过端午了，送一碗馄饨（这习俗有点儿奇怪，过端午不吃粽子吃馄饨）；过中秋了，送只鸭子（这习俗也有点儿奇怪）；正月初一，更要甩几个爆竹、燃一挂鞭炮上门拜年。我愿意去干爹家。不光逢年过节，平常日子也经常跑他家去。干爹家有我喜欢的瑞儿姐。干爹是个好脾气的男人，对我这个干儿子欢喜不尽。每次去他家，他都笑眯眯的，说："我亲崽（方言，干儿子）又来看我了。"然后说，"这次来，到亲爷（干爹）家住几天，陪我说白话。"我巴不得住上几天呢，白天和瑞儿姐在河滩上疯跑，晚上就在几个姐妹的簇拥下，陪着干爹扯着书本上看来的故事。干爹家离我家很近，一公里多。可每次去他家，不住上一两宿，回不来。

　　干爹一口气生了四个女儿，没生个男孩，每次来我家，与我父亲喝酒，喝到上头了，就叹气，说，不知道便宜了哪四个小子。还自嘲："地方上的光棍汉，他们只能怪别人，怪不得我。都像我这么生姑娘，通地方就没有打单身的！"父亲说："你有亲崽呀。"干爹说："亲崽好，亲崽好！聪明伶俐，长大了不是做田人。烟哪酒哇，亲爷有得抽有得喝。"高兴得咧开嘴合不拢，转过身又对父亲叹气，"亲崽总比不上自己养的崽呀，上不得族谱的！"

　　过了好几年，中秋节前后的一天，干爹又来我家喝酒。从晌午喝起，我在村子里玩到快黄昏了回家，还在喝。干爹听到我回来的声音，扯开喉咙喊道："亲崽，快来，亲爷有话说。"
我走到餐桌边，干爹满口酒气喷着，双眼红红地盯着我，神色
凝重，说："当着你父母的面，亲爷说句话。我四个姑娘，随
你挑一个。另外三个，留个招郎。如果得愿，亲爷一辈子心满
意足！"

　　干爹说完，双眼带钩盯着我，把我钉在原地动不得。听了
干爹的话，瑞儿姐的身影在我的脑海闪过，然而立即就消失
了。这时候，我已经忘记了年幼时口口声声要讨瑞儿姐做婆娘
的"誓言"，在一起玩耍的时间也少了许多，只觉得瑞儿姐更
合得来。干爹四个女儿，两个比我大，两个比我小，年龄差距
都不大。最大的大我三岁多，最小的小我五岁。四个都模样周
正。我从两岁多与干爹家来往，与姐妹四个关系都不错，慢慢
长大了，一直把她们当亲姐妹，没想过要选她们哪一个做婆
娘。现在干爹这么说，让我猝不及防。我没料到婚姻会以这种
方式突如其来摆在我面前让我选择。我涨红了脸，吭哧了一会
儿，蹦出一句"我一个都不要"，就跑开了。

　　在我背后，是干爹爽朗却显得空洞的笑声。

二

　　干爹让我在他四个女儿中挑一个时，我刚上初二，不到十
三岁。我说不要，是内心本能的拒绝。我父母却认了真。干爹
喝完酒回家了，他俩当着我的面，替我选他们未来的媳妇。母
亲说，干爹四个姑娘，老大、老二年纪比我大，不合适。老

三、老四选一个。老四太单瘦，地里的重活儿怕吃不消。选老三吧，老三屁股大，会养崽。我闷着头不作声，觉得不是在挑媳妇，是在挑牲口。母亲又问，你想讨谁？老二吗？你和老二蛮投缘。我意欲回答一直把瑞儿姐当亲姐姐，没想过讨她做婆娘，但终究没说。母亲一直问，我一直拒绝回答。我拒绝回答，母亲一直问。问得我烦了，闷头闷脑回了一句：我自己讨婆娘，不要你们管。就去睡觉了。母亲继续数落：你亲爷看得起你，才要把女儿许配给你。我们这个穷村子，哪个愿意把女儿嫁过来？还不要！

逢年过节，我依然往干爹家跑，也一直与干爹的四个女儿保持着亲密的姐弟兄妹情分。但是，与瑞儿姐单独相处的时间越来越少了。瑞儿姐出落得越发水灵漂亮，也许是有了心事，在我面前越来越端庄矜持，没有了小时候的亲昵。干爹一如既往地喜欢我。原来去他家，是不让我喝酒的，现在每次去，饭前都要给我筛一杯，说："亲崽，来，陪亲爷喝一口。男子汉，要会喝。喝酒长力气。"第一次喝酒，味道太冲，烧喉咙，咳得涕泪双流。干爹在一旁眯眯笑，说："多喝几回，男子汉气概就出来了。"喝到尽兴处，干爹又在我耳边聒噪："亲爷还是那句话，四个女儿，你挑一个。"四姐妹正一起围坐在桌边吃饭，干爹这么一说，老二、老三、四红着脸轰地一下走开了，留下我与干爹、干妈，还有老大在桌子上。老大比我大三岁多，一点儿不害羞，还在旁边帮我参考选哪个好。我很是局促不安，每次都是红着脸低着头想想，说："亲爷，我一世都是你的亲崽。"从没松口答应说娶谁娶谁。干爹听了，打着哈哈说："我这个亲崽，就是灵性。亲爷就喜欢你这份灵性。"

过了一年左右时间，干爹也不再提起了。这时候我上了高中。上高中不到两个月，高考恢复了。我虽出身蓬蒿，脑瓜子还算聪明，尤其喜欢沉浸在书的世界里，从小学到初中，学业成绩还算优异。干爹喜欢我，反复念叨要把女儿许配一个给我，聪慧是一个重要因素。高考的恢复，就如一个硕大的馅饼正好掉在我的脚边。周围熟悉我的人一致坚信，高考对我来说，只是我人生道路上的一条标线，轻巧一迈，就能跨过去。在当年，农村孩子考上大学，人生道路就发生了一百八十度的转弯。最先的变化则是婚姻。考上大学的男青年，基本笃定只会娶城镇有稳定工作的姑娘，农村户口的姑娘几乎不会考虑。恢复高考最初几年，乡村里已经与农村姑娘订婚的小伙子一旦考上大学，多数第一件事就是退婚，结果到处都有"当代陈世美"的骂声。干爹自然也明白。干爹不提，我倒轻松了许多。我这时刚满十四岁，懵懵懂懂，对娶农村女孩还是城里女孩，没一点儿概念，甚至对恋爱都没一点儿概念。脑子里一心一意想的，就是如何认真读书，考个好大学。

母亲说得没错。干爹要我做他的女婿，是看得起我。论乡村地位，干爹与我家，一个是高山一个是土堆。我上高一的第二年春上，他就将初中刚毕业的瑞儿姐安排进了村里的代销店做代销员。在乡村当年贫瘠广袤的土地上，代销员、民办老师、赤脚医生，是让所有年轻人垂涎的三大职业，代销员名列第一。干爹的这一安排，让干爹的大女儿很生气。没过多久，刚刚十七八岁的老大就自己找了个对象，不顾干爹反对，只身一人跑去和那个男人结婚了，出嫁酒都没办。那个男人已年届四十，在一所中专学校做后勤。老大抓住机会嫁给他，也是看中了他有城市户口和稳定的工作。当年农村女孩能够嫁到城里，属于高攀，能够让自己有了离开乡村的一丝希望。而城里有稳定工作的男青年，不到万不得已，是不会娶乡村姑娘为妻的。

我也曾疑惑干爹为什么不让老大而让老二瑞儿姐去当代销员。直到一两年后，我才明白干爹的用意。

高一暑假，我去看望干爹，瑞儿姐热情邀请我去代销店陪她上班。这时候瑞儿姐已满十五岁，身体渐渐发育，苗条、丰满。不用再打着赤脚下地的瑞儿姐穿着当年很时髦的灯芯绒布鞋，的确良白衬衫扎在青色的裤子里，衬托得面白腮红，走起路来挺拔有姿，小巧精致的杏脸上，一双乌黑的眼睛满目含春、顾盼生辉。"巧笑倩兮，美目盼兮"，在乡村土不拉几的背景衬托下，瑞儿姐就是一个令人心旌摇曳的洋气大姑娘，就是一道能够让青山绿水为之含笑的风景。代销店就瑞儿姐一个代销员。到了代销店，瑞儿姐让我坐在店里唯一的一只竹椅上，将店里花花绿绿的糖果堆到我面前，说，弟弟你吃糖。又将汽水瓶盖打开，递给我，说，弟弟你喝汽水。然后站在柜台边，有顾客来，热情地招呼，没有顾客，就离我远远地站着，漫不经心打理着自己的手指甲，不时瞟我一眼又移开，看着门外正对着的乡村公路出神。

三

1979 年我以不满十六岁的年纪如愿考上大学，离开乡村进了城。离乡之前，按照父母嘱咐，到所有的亲戚家走了一趟，一是报喜，一是道谢。自然也去了干爹家。干爹招待我的中餐极丰盛。称了肉、杀了鸡，还让瑞儿姐从代销店里带回了瓶装酒。席间，干爹一直夸我："亲崽呀，我早就算了八字，十里八村，你第一有出息。有你这样的亲崽，亲爷行起路来，胸脯子都翘得高些!"然后又叹气，"可惜你这几个姐妹，个个给你提鞋都没资格。"喝着喝着，呼呼地睡过去了，将鼾声打得要把天震下来。

吃过饭回家，瑞儿姐送我出门。走到路边的时候，瑞儿姐笑了笑说："弟弟你进了城，莫忘了姐姐。我俩一起长大的呢。"我看着瑞儿姐，说："姐，你放心，不管走到哪里，都会记着你是最喜欢我的姐姐。"瑞儿姐的脸色有点儿难看，勉强挤出一丝笑容，说："弟弟呀，你是真聪明呢。"转身回去了。

我没料到的是，大一寒假回乡，刚一进门，母亲就告诉我，瑞儿姐订婚了。

我大吃一惊。瑞儿姐还那么小，不到十七岁，怎么就订婚了?

母亲给我说了事情的来龙去脉。

干爹没有儿子，近些年一直在准备招郎的事。四个女儿，瑞儿姐既漂亮，又善良，尤其听话，不会违拗干爹的意旨。他安排瑞儿姐当代销员，就已确定用瑞儿姐招郎。乡村招郎难度极大，男青年不到走投无路的窘境，是耻于入赘做上门女婿的，何况干爹招郎的条件太苛刻：必须随干爹改姓，以儿子身份入宗族谱牒。干爹为了招到合适的女婿，才选中瑞儿姐留在身边，希望哪个小伙子看上瑞儿姐的美貌与贤惠，心甘情愿做干爹的嗣子。

可即使这样，附近的村庄，也没哪个小伙子愿意入赘。

瑞儿姐当了两年代销员，免去了日晒雨淋之苦，本就白净的皮肤更加细嫩，姣好的面容与苗条丰满的身姿也日渐展露，加上朴素却合身得体的打扮，在乡村的天空下，瑞儿姐就是一只洁白的天鹅。许多年轻人有事没事都愿意去公路边的代销店里逗留，一段时间里，这个偏僻的乡村代销店顾客盈门，甚至一些吃国家粮的男青年，骑着单车从十多里远的镇上赶来，到代销店以买商品为名，用言语挑逗瑞儿姐，把瑞儿姐羞得面红耳赤。可是，当他们一听说瑞儿姐要招郎入赘，而且必须改姓入宗时，所有的小伙子就如竹竿赶麻雀，轰的一下全部飞走了。

与瑞儿姐订婚的，是二十公里外大山里的一个年轻人。

年轻人从小没了爹娘，由几个叔叔左一根红薯右一碗稀饭拉扯大。山里穷，叔叔们把他拉扯到十二三岁，就让他在大山里砍柴换些粮食糊口，不再接济。年轻人只读了两年书，只有一间乌黑的木棚，家里穷得连锅碗瓢盆都缺角少边，长大了没有任何人给他提亲，二十六七了还是光棍汉一个。这一天，年轻人刚好挑着木炭来干爹村上卖，在闲扯中听说了干爹要给女儿招郎的消息。他问明情况，打起飞脚跑到代销店，打量了瑞儿姐的模样，二话不说，挑着还来不及卖掉的木炭，问询着径直走进了干爹的家里。

瑞儿姐在和这个男人订婚前两天，曾经来到我父母跟前，哭诉着心中的委屈。年轻人在干爹答应这门亲事之后，就一直住在干爹家里，勤快得很，做事舍得下力气，一切都按做儿子的礼数服侍干爹老两口儿。瑞儿姐却打心底里抵触他。他年龄太大，比瑞儿姐大了差不多九岁。除了胆子大，一身蛮力，好像没有一点儿瑞儿姐喜欢的地方，瘦巴巴的又矮又黑，说话吼声如雷，吃饭像猪嘬食，尤其难以忍受的，是他身上永远有一股洗不去的馊臭味儿，远远地就能闻到，能把人熏得作呕。

瑞儿姐对我母亲说，她命不好。她一个乡村女子，原想着当了代销员，日不晒雨不淋，过着体面的叫乡亲们羡慕的日子，是自己的福气。生为女儿身，能够为父母承担做儿子的义务，也是父母对自己的看重。可是，她没想到会是这样一种结果。想到自己将与这个男人生活一辈子，内心里极为恐惧。她多想让父亲退了这门亲！她宁愿不要当代销员，宁愿一辈子风里雨里，摸爬滚打在漫无际涯的田野，让太阳把自己晒得乌黑，让泥浆把自己的双手双脚磨成粗砂，也不情愿为了达成父亲传宗接代的愿望，一辈子让自己的心泡在苦水里。

瑞儿姐一边说，一边眼泪啪啪地掉落下来。母亲宽慰她说："瑞儿，你宽心想，嫁出去的女，是没根的浮萍，回娘家就是客。你现在招郎，一辈子就是娘身边的女，时时刻刻有爷疼、有娘疼，这就是你的福气。男人到你身边来，你好好调教，会变得越来越好的。姑娘你心善，心善的人，菩萨总会保佑。"

瑞儿姐说，亲娘，我好想叫你一声娘啊，可惜我太蠢，没法子叫你娘。母亲说，傻孩子，亲娘就和娘一样的。你任何时候来我这儿，我都把你当女儿看待！

四

正月初一，照例去给干爹拜年。一进门，就见干爹家的堂屋里挤满了上年纪的人，热热闹闹的。干爹见我来了，很是热情，朗声大笑说，大学生亲崽来给我拜年了。然后说，正好正好，过一会儿你哥哥要认祖归宗，你是大学生，帮我看看是不是合礼数。

我恍惚了一阵才明白过来，干爹要趁大年初一，给自荐上门的女婿兼嗣子举行入族归宗仪式，屋子里的人都是干爹本宗族的长辈。我尴尬地和他们打过招呼，抬眼望去，就看到瑞儿姐正远远地站在一边，侧着脸，看都不看我一眼，神态很是冷峻。我怔了一怔，装着没事一般走上前去，招呼道："姐，新年好！"瑞儿姐这才转过身来，一脸笑容，仿佛刚知道我来了似的，说："弟弟你来了呀？新年好！"然后转身把我介绍给她旁边的年轻人：这是我弟弟，亲爷的儿子。又把年轻人介绍给我："这是你哥。"

年轻人咧开嘴对我笑着，笑了好一阵，猛然想起什么，抖抖索索从裤袋里掏出烟来，递给我一支，没说话，继续咧开嘴笑着。眼前这位瑞儿姐的未婚夫，显得相当蠢笨猥琐。个子不高，一脸乌黑，鼻孔向上翻着，露出两个煤窑口一般黑黢黢的鼻孔。身子倒是精干，看上去有一股蛮力，是长年累月在山里砍柴、挑木炭练出来的吧？他和身材苗条丰满、皮肤白皙、穿着朴素得体、举止干净利索的瑞儿姐站在一块儿，怎么看怎么不般配。

仪式是在一种很庄严的气氛中进行的。我本不想参加。这个仪式对瑞儿姐来说，就是一辈子痛苦的"加冕"。将痛苦加之于别人，却显得冠冕堂皇，使别人的痛苦无处诉说，这是何等的令人憎恶！可是，我无处可去，只好站在他们身后，冷冷地看着他们的把戏。

堂屋正中神龛下的方桌上，摆满了三牲及果品。一个穿着青色对襟短袄的长者从凳上起身踱到神龛边，拿起桌上三根红色香烛，一边嘴里念念有词，一边将香烛点上，插在米升里，然后转身正对神龛，神态威严，行三揖礼。礼毕转过身来，对着干爹唱道："请父亲就位！"然后双眼盯着小伙子，清清喉咙，高声唱道："请嗣子就位！"

干爹与即将成为他嗣子的年轻人走上前去，分别站在神龛的左右两边。

此时长者双手合十，凝视神龛，朗声唱道："列祖列宗在上，兹有本宗堂上邓氏某就继嗣事，备三牲果品，燃香烛于堂前，郑重禀报：托祖宗隆恩庇荫，我邓氏一脉香火旺盛，瓜瓞绵绵，至今数以千计。有某氏后生羡慕我府恩德，自愿脱离原族，融入邓氏血脉，以邓氏某嗣子之身份，归我宗族，入我谱牒。今择吉日禀告堂前，请列祖列宗自此之后，专为庇佑。谨此。"

长者说完，令年轻人就位立于神龛前，复又唱道："嗣子拜见列祖列宗！"

年轻人仿佛没听明白，站着发呆。长者上前提醒他：快跪下，拜祖宗。这才反应过来，扑地跪在地上，直直地磕了三个响头，站起身来看着长者傻笑。长者叮嘱："此后你就是邓氏子孙了。要孝敬父母，尊敬长辈，爱护家庭，关心后代。要口至心至，瑞儿的父母，就是你本宗父母。"年轻人鸡啄米一般猛点头。长者又对干爹说："禀告了祖宗，他就是你亲儿子了，你要管教好他，不辱邓氏家风。过完春节，到村上打个证明，拿到镇上派出所，改成本宗姓氏。这样，才入得了邓家的谱牒。"

干爹眯眯笑着连连点头。

这一天的干爹尤其年轻帅气。他穿着崭新的棉袄，胡子刮得精光，红光满面，眉角含笑，洪亮的笑声直冲屋瓦。仪式完毕，放完一挂千响鞭炮，干爹用隆重的家宴招待来宾。四个冷盘、八个大菜、两份汤，还有两盘蔬菜。大菜都用硕大的海碗盛着，虽无非是鸡鸭鱼肉，却是做法讲究，谓之三鲜大席。美食诱人，瓶装的常德大曲更是香气扑鼻。干爹坐在主位上，不停敬酒，嘴里连说："我邓某总算后继有人，人生也圆满了。劳烦各位长辈见证这一大事，多谢多谢！大家喝，大家喝，不醉不休。"满桌族上长者顺势举杯恭维。干爹来者不拒，一饮而尽。不一会儿，就已满面红光。这一顿酒，在热烈的气氛烘托下，直喝到暮色苍茫，直喝得所有人酩酊大醉，才尽兴而散。

我匆匆扒了几口饭，就从餐桌上退了下来。我一心想着的，就是对瑞儿姐说几句安慰话。招了个郎，还以嗣子身份入本宗谱牒，干爹自然高兴得手舞足蹈。但是，干爹的高兴是用瑞儿姐的锥心之痛换来的，瑞儿姐的心里，也许正在滴血呢。谁都看得出来，瑞儿姐与这个男人太不般配了。不仅长相不般配，文化更不般配。瑞儿姐好歹初中毕了业，平时说话做事聪慧有灵性，招人喜爱。而这个年轻人，几乎就是文盲！从上午进屋一直到吃饭，就没听见他说过完整的话。胆子大倒是真的，胆子不大，不敢上门毛遂自荐。可胆子大加上头脑简单，就是一个蠢汉、莽汉！

我得好好安慰瑞儿姐。我知道任何安慰都是苍白的，既无法改变瑞儿姐抑郁的心情，更无法改变瑞儿姐极不般配的婚姻。但是，我要让瑞儿姐知道，我，他的弟弟，一直在用我内心的痛楚，体验着她内心的痛楚。

然而，从走进干爹屋里一直到傍晚回家，都没有找到机会与瑞儿姐说几句话。她未来的男人像牛皮糖一样黏着她，瑞儿姐走到哪儿他跟到哪儿，用一脸谄媚的笑讨好着瑞儿姐。当我面对着瑞儿姐和她身边的这个年轻人，我只能用最虚伪的话恭贺他们永结同心。这虚伪的话自己都觉得像冬天里的白雾，缥缈得不可捉摸。瑞儿姐则一直不吭声，眼神直直地看着我，秀气白净的脸就如严霜的日子里水塘上结着的浮冰，平静得见不到一点儿喜怒哀乐。

五

瑞儿姐不到十八岁，就给干爹添了个孙子。

这位为干爹承担着延续香火重任的男孩一出生，就如同石马江河里响了一个炸雷，两岸十数个村庄都被搅动得骚动不安。按照父母的转述，得知瑞儿姐生下的是个男孩，干爹立即跑到代销店，将所有的鞭炮搬了出来，噼噼啪啪炸了大半天，然后扛上一大筐煮熟的红鸡蛋，挨家挨户给整个族上的人家报喜。鞭炮炸过后的硝烟伴随着干爹添了孙子的消息，在村庄有点儿青草气息的空气中弥漫，四处传开。三天后，干爹又给孙儿做了一个规模盛大的三朝酒。做三朝酒的那一天，天刚蒙蒙亮，干爹就放了两万响鞭炮和十多箱烟花。在寂静的清晨，鞭炮炸响的声音沿着石马江河的河岸迅速膨胀，河岸两边十几座村庄都被空气撕裂的巨大回响炸醒。在半空中绽放的烟花，更把乡村清凌凌的天空濡染成一幅彩色图画，让无数村民披衣起床驻足仰望。干爹请来了所有的亲戚朋友，请来了本村邓氏家族所有的长辈。酒席的丰盛自不必说。酒席吃罢，又安排乡亲们看戏。干爹早就请来了乡村大戏班子和电影队，在村部空旷的地坪里摆开了阵势。白天欣赏大戏班子的演员咿咿呀呀唱大戏，晚上看电影。大戏演了三天，电影放了三晚。在那几天里，乡村里单调的寂静被干爹喜添孙子的消息打破，石马江河两岸的村庄，全都笼罩在一片骚动喧哗的氛围中，乡亲们只要聚在一起，都在谈论着干爹给孙子做三朝酒时的奢华气势。

　　干爹从此扬眉吐气。瑞儿姐还在月子里的时候，干爹每天起床，就抱着孙子在房子里转悠，孙子哭了，孙子对他咧嘴了，孙子吐奶了，都惹得干爹哈哈大笑，无尽的蜜汁在干爹的笑声中流淌。孙子满月后，干爹稍有空闲，便抱着孙子昂首挺胸在村里转悠。见到任何一个人，先是笑眯眯地打招呼，然后按照孙子称呼那人的辈分，对着怀中的孙子啵啵两声，朗声说："孙儿，喊爷爷！""孙儿，喊奶奶！""叫伯伯！""叫哥哥！"脸上的笑容，比石马江河水泛起的涟漪还要舒展。然后当着对方，述说着孙子点点滴滴的细节，一切能够形容孩子的美好形容词，从干爹嘴巴里灿若莲花一般地吐出来。而干爹每一个诉说的对象，都会顺着干爹的语意，将干爹怀中的婴儿好好夸赞一番。

　　所有人都在说，干爹添了这个孙子，怕是喜癫了。

　　听了父母的转述，我并不特别惊讶。干爹生命的最高目标，就是为了这个男孩！当年他自己倘若还能生，会一直生到拥有一个儿子。自己不能生了，就通过几年的周密布局，用瑞儿姐延揽了一个嗣子，添个男丁为自己延续香火。他坚信这是合理的。不仅是他，整个乡村都坚信干爹的做法合乎乡村的传统伦理。至于瑞儿姐是否拥有爱情的甜蜜、拥有夫妻生活的幸福，根本不在他的考虑范围内。就犹如大多数父母，关注着子女的婚姻，却几乎不关注子女的爱情。

　　而我，关注的是瑞儿姐的爱情体验。我已经长大，能够感觉到瑞儿姐少女时代心中属意的对象是谁，这种感觉从开始的朦胧进而越来越清晰。我知道自己辜负了瑞儿姐的情意。自我懂事开始，我就单纯地把她当姐姐看待，从没想过要娶她。何况自考上大学，无论是世俗的眼光还是幻想中的爱情，我都不会将农村姑娘作为恋爱的对象。而瑞儿姐，面对着大学生与农村姑娘的巨大鸿沟，也知道我与她之间并无可能，只能把她对我的感情控制在姐弟关系的刻度上。

即使是这样，瑞儿姐作为一个美丽的农村姑娘，作为一个乡村代销员，她的爱情都不应该是这样一个结果！即使从婚姻的角度来衡量，她和那个年轻人都太不般配了，更不必说从爱情的角度来衡量。面对幻想中的爱情与现实的巨大反差，瑞儿姐心中的痛楚恐怕一时半会儿难以消弭。

然而，我却很少能见到瑞儿姐。自从上了大学，我去干爹家的次数明显少了，每年正月初一给干爹拜个年，吃餐饭就回来。而一年一次的拜年，几乎都在听干爹神采飞扬地倾诉着自己的喜悦与快乐，单独与瑞儿姐相处的时间几乎没有。作为招郎的女儿，正月初一瑞儿姐都会替干爹接待上门拜年的族侄晚辈。我去给干爹拜年，瑞儿姐依然会甜笑着招呼我一声：弟弟你来啦！其余时间就在为招待拜年客忙碌，或者为照看小孩忙碌。我只能看着瑞儿姐忙碌的身影晃来晃去，只能在与瑞儿姐迎面相撞时互相报以一丝礼貌的笑容。我想在瑞儿姐脸上搜寻到忧郁的神色，但是，不知道是瑞儿姐在我面前掩饰，还是被过年的欢乐气氛感染，我始终没有捕捉到。

日子不紧不慢地被村前的石马江河卷走，少年的情怀逐渐被冲刷成淡淡的记忆。大学毕业后，俗务缠身，恋爱、结婚、工作，每一件都让人烦恼不安，回家的次数愈发少了，回家待的时间也越来越短，除了看望父母，其他亲戚很少走动，去干爹家的次数更是屈指可数。偶尔去一次，也是来去匆匆，塞几块钱饭都不吃扯脚就走。在日子抽丝一般流淌的过程中，瑞儿姐又生了一个儿子、一个女儿，在离老屋很远的地方建了新房，开了一家乡村超市。干爹老两口还住在老屋里。我去看望干爹的时候，基本上就在老屋坐坐，极少能见到在超市忙碌的瑞儿姐。当年热气腾腾的姐弟情怀，被时间的流水冲淘，仿佛变得淡若游丝。

我只能断断续续从父母口中，得知瑞儿姐生活的一鳞半爪。在两位老人眼里，瑞儿姐的生活仿佛没有我想象的那么糟糕。那个男人虽然蠢笨，做事却无比勤快，家里从里到外一应粗活儿，都由他一人大包大揽。田野里的庄稼，每一年都是丰收的景象。瑞儿姐依然继续做她的代销员，后来做成了乡村超市，经销的商品进货、送货也全由男人包揽。瑞儿姐一年四季不下田，不晒太阳，不用干多少体力活儿，一直都是年轻的模样。而且，男人的脾气特别好，不管瑞儿姐怎么嫌弃他，怎样凶他、骂他，都不急不恼，一脸贱笑由着瑞儿姐。等瑞儿姐脾气发完了，就端着热饭热菜到瑞儿姐面前讨好。久而久之，慢慢地倒弄得瑞儿姐没了脾气。

六

静下心来一想，这是瑞儿姐的宿命，也是她最好的归宿。爱情住在长江头，现实处于长江尾，终日思君，然而若要与君得见，就必须翻越千山万水。从干爹决定用瑞儿姐招郎延嗣那天开始，瑞儿姐此生就注定不能和爱情生活在一起。绵延了千年的男娶女嫁婚姻传统，决定了瑞儿姐心仪的小伙子不可能入赘为婿。在世俗的观念与爱情的理想面前，几乎任何男人都会被世俗打败，左宗棠迫于兄弟阋于墙不得已成为官宦人家赘婿的经历，在发达后被他引为人生最大耻辱就是最好例证。愿意入赘为婿者，则几乎不可能为瑞儿姐心仪。那几乎都是走投无路的人，要么没文化，要么没长相，要么没家业，要么全都是。他们入赘为婿，不是为了爱情，而是为自己找一条活路，甘心情愿成为别人家延续香火的工具。

瑞儿姐最大的憋屈，就是不该生为一个女儿身，更不该成为干爹用以招郎延嗣的女儿。

然而从世俗的眼光来衡量，干爹对瑞儿姐的人生布局，却给瑞儿姐铺就了相对从容的生活之路。人生多磨难，普通人都会被摔打得遍体鳞伤。尤其是当年出生于乡村的姑娘，她们如水泥电线杆一样，被埋在乡村空旷、贫穷、荒凉的山野里，嫁人、生子，蝼蚁一般在烈日与暴雨下锈蚀自己青春的容颜、锈蚀自己浪漫的心灵，再美好的爱情幻想，也必定被生活的风雨摧残成齑粉。与她们相比，瑞儿姐是幸运的。为了招郎，干爹为她谋得了一个代销员的职业，这让她的生活之路少了日晒雨淋而走得相对幸福快乐。尽管后来代销店没有了，但她凭代销员的经历，熟悉了商品的流通渠道，自然而然成了后来兴起的超市经营者。更幸运的是，和她结婚的那个男人虽然丑陋蠢笨、头脑简单，令瑞儿姐十分抵触，但是心地善良、做事勤快，对干爹、对瑞儿姐一直心怀感恩。在乡村叙事中，瑞儿姐婚后的日子滋润得令人羡慕。

岁月淘掉了瑞儿姐的梦想，却让瑞儿姐得到了生活的安逸。也许，这就是平常人的日子吧。平常人的日子，没有想象的那么好，也没有想象的那么坏。

我与瑞儿姐再一次单独相处，是在今年的春节期间。

几十年的奔波之后，近几年不再像以前那般俗务缠身，回家的日子渐渐多了起来，与亲人的走动也多了起来，其中就包括从容地去看望干爹、干妈。快九十岁的干爹已经苍老得如一截树干，但思维却依旧敏捷。每次见到他，都要拉着我的手，絮絮叨叨地细说着生活的美好，然后告诉我，他已经选好了地，作为自己百年后的长眠之所。他正在做的一件事，就是趁现在身体还健旺，给自己及干妈立好碑。碑文要劳驾我给他们撰好。

瑞儿姐就是为了立碑的事专门来找我的。

年近六十的瑞儿姐尽管不复当年的青春靓丽，但丰腴的体态却在无声地透露着生活的安逸。她坐在我家客厅沙发的一头，眼睛直直地看着我，眼神极为空洞悠远。她很长时间没说话，眼泪却委屈地从眼角溢了出来。

瑞儿姐哭诉道，干爹告诉她，干爹干妈的墓碑上，立碑人的落款，她的身份竟然是媳妇！她就是想不明白，她从娘肚子里掉下来，就一直生活在这个家里，从小喊爷、喊娘，长大了结婚，也没离开这个家，没有订婚的彩礼，没有出嫁的风光，没有婆家，没有出嫁后娘家的往来。她做姑娘时，是父母的女儿，她结婚成了家，还是跟在父母身边，是他们的女儿。满世界的人都晓得，她是他们的女儿，不是他们的媳妇。几十年了，从来也没有做媳妇的意识。可为什么到了他们的墓碑上，她的身份突然成了媳妇，她男人倒成了儿子！

她说，她想不通，爷娘为什么对自己的女儿这么无情！几十年下来，给他们传承香火，服侍他们几十年，生生地把自己从亲生女儿熬成了媳妇！墓碑是留给后人看的，以后她老了，不在这个世界上了，后人看到墓碑上她的媳妇身份，谁会知道她一出生就是坟墓里躺着的这两个老人的女儿呢？

何况，她作为媳妇，又来自何方呢？她一辈子都不像其他出嫁的女儿一样能体验到娘家的温情，将来在本宗谱牒里，她更是一个没有娘家的媳妇！如此，她就成了一叶来历不明的浮萍！

瑞儿姐声音哽咽，泪眼婆娑，双肩剧烈地抖动着。

看着伤心到绝望的瑞儿姐，我好几次张开嘴巴，却欲言又止。

这是一个悖论。

瑞儿姐的男人既然过继给了干爹做嗣子，以儿子的身份入族谱，从名分上说，就是干爹的儿子，而不是传统意义上的赘婿。他的妻子，理所应当是干爹的儿媳。然而，干爹的这个嗣子是招郎招来的，从招郎的角度来说，瑞儿姐的身份肯定是女儿。可是，如果干爹、干妈墓碑上镌刻的，男方的身份是儿子，瑞儿姐的身份是女儿，又犯了伦常大忌。干爹想来想去，最后还是从儿子的角度来考虑，瑞儿姐在他们墓碑上呈现的身份只能为媳妇。

平心而论，干爹干妈也只能这么处理了。要将历史掩盖一些什么，必然以牺牲真实为代价。

我将这个意思字斟句酌地告诉了瑞儿姐。然后安慰她，我们老了，也就将这些烦恼事带走了，后人们也没有兴趣去翻这些陈年旧事，就像我们只知道沿着前辈们遗留下来的习俗与观念前行，却无从知道他们所经历的喜怒哀乐一样。就让时间把我们所经历的一切全部掩盖吧。我们所经历的痛苦与诸多的纠缠不清，是人类本身想法太多造成的。生活本来简单，只是因袭的想法与观念太多，才生出了许多无中生有的烦恼事！但是，我们干吗要被这些烦恼折磨呢？

瑞儿姐听我这么一说，停止了哭泣，眼神直直地看着我，在一段短时间的寂静之后，内心仿佛被掏空一般，木然说道：

"我这一辈子，从小就被父母丢弃了！"

然后号淘大哭。撕心裂肺的哭声随着风在石马江河两岸的田野与山冈回旋，经久不息。

他们去了哪里

一

小爷爷与奶奶农事之余，坐在一起闲聊，总会论及三爷爷。时而说有人在河南看到了他，在那儿给人做上门女婿。时而又说，三爷爷从台湾写了信回来，被上级没收了。过一阵又说，他在香港，生活穷困潦倒，替人家守仓库糊口。

小爷爷与奶奶论及三爷爷的时候，还是在遥远的 20 世纪 70 年代。他俩说得躲躲闪闪、断断续续，说了上句，岔开话说一阵家长里短，才会续下一句。但只要一说起三爷爷，他俩的眼睛里总有希冀的光在明灭。尤其是小爷爷，欲言又止，欲说还休。漫漫的冬夜里柴火熊熊，袅袅盘旋的火焰就是他忽明忽暗的思绪。他坐在柴火堆边，乞求似的望着奶奶与周围的侄儿们，总想把话题接续下去却又小心翼翼地躲避，直到我奶奶、父亲及周围的叔叔们一个一个起身回家，他才终于一脸怅然，叹息而止。

从我记事的时候他们就在说。到了 80 年代，我上了大学，他们还在说。

其时我对三爷爷一点儿也不关心。对我来说，三爷爷就是一个概念。我只知道有这样一个爷爷，与我自己的爷爷是兄弟。我爷爷排行第二，三爷爷自然排行第三。当年国民政府抽丁，爷爷四兄弟，横竖要抽一个。老大、老二家有老小，小爷爷更得父母疼爱，唯有三爷爷正是青春小伙，尚未婚娶，无牵无挂，他便最先被抽，成了国民党军队"粮子"，从此黄鹤一去，再无音信。我记事的时候，已经从 20 世纪 30 年代跨越到了 70 年代，人事更迭，熟悉三爷爷的亲人，已经只有三爷爷的小弟小爷爷、三爷爷的二嫂也就是我奶奶两个。我父辈亲堂兄弟一共五个，除了大伯还依稀记得三爷爷的模样，其他四个，包括排行老二、1936 年底出生的父亲，对三爷爷都已没有任何印象。

我们这一辈更不用说。三爷爷的孙辈中，我最大，出生的时候也已是 60 年代初。三爷爷出生于 1914 年。我与三爷爷的年龄已相差了差不多五十岁。以人的年龄段来衡量，五十年不是一两条代沟，而是相差一条大河、相差一条海峡，远远望去，几乎连他的背影都望不见。

1987 年底，台湾放宽去台老兵回大陆探亲的限制，随着一个个去台老兵回故乡省亲，小爷爷兴奋不已。他每天把自己小小的偏厦屋打扫得十分干净，还嘱咐我的父母及诸位侄儿，将家里收拾清爽。"万一哪天你三叔就回来了呢?"他对侄儿们说。这时候我奶奶已经去世了好几年，小爷爷也已年过七十。一段时间里，他每天吃过早饭，一个人就挂根拐杖，急急走两公里到石马江街上，坐在路口一张卖肉的屠桌旁，盯着来往客车下车的旅客。到了黄昏，又挂着拐杖踏着暮色慢慢回村。

他守了差不多两个月。直到邻村一个解禁后从台湾回老家省亲、在台湾混出了一定社会地位的老兵告诉他，去台湾近四十年，没有任何人在台湾见过三爷爷，也没有任何人见到三爷爷在香港。

自此之后，小爷爷很少论及三爷爷，直到 1999 年秋孤独离世。

二

我开始真正关心三爷爷他们的命运，是大学时期一个刻骨铭心的暑假。

那是 1982 年初秋的一个下午。"双抢"已经结束，阳光如一缸煮沸的黄泥在天地之间翻滚，大地空无一人。在家休暑假的我吃过晌饭（中饭），正与小爷爷还有几个乡亲坐在自家堂屋阴凉处玩牌消遣，门口来了一个乞丐。

这是一个糟老头子。六七十岁，与小爷爷年龄相仿。赤膊，精瘦，胡子拉碴，头发乱糟糟的，身板显得很硬朗，暗红色的皮肤松垮垮的，皮肤下的筋络布满上身，肌肉依稀可见。他站在我家门口，一副羞赧模样，用乞求的眼神望着坐在堂屋里打牌的我们，嘴巴张开合上，合上张开，很长一段时间没有说出话来，然而显然又不情愿离去。

我们觉得奇怪。说他是乞丐，却不像其他乞丐一样开口乞讨；说他不是乞丐，其潦倒模样显然是饿坏了。见他一直这副样子，正在灶屋里砍猪草的母亲迎上前去，笑着问道："老人家，你有么子事？"

老人这才发出声音，但仍然嗫嚅着，支吾了好久，我们才听明白，他肚子饿了，菩萨保佑我们散他一碗饭吃。

母亲立即盛了一碗米饭，连带着大半碗南瓜汤递给他。见外面阳光正毒，又热情地让他进屋，端条凳子给他，让他坐着。

老人端着米饭，立即连菜带饭往嘴里塞，恨不得连碗一口吞下去，显然是饿极了。吃完将碗递给母亲。母亲说："还有点儿锅巴，我全部给你装来。"又盛了小半碗，泡了开水递给老人，老人照样狼吞虎咽吃了下去。

在老人吃饭的时候，我注意到了他的那双手。

我坐的位置正好面向门口，老人的一举一动，全在我的眼里。老人的右手，只有两根手指头，一根食指，一根无名指。他用仅有的两根手指夹着筷子，将饭扒向口中，动作非常熟练，但那模样和正常吃饭的动作比起来，又非常怪异。他的手肘抬得比一般人高，手腕的动作更加夸张。

老人吃完，对我母亲及所有人千恩万谢。眼看他要离去，我赶紧问他："你的手怎么啦？"

老人一愣，脸上卑微的微笑立即黯淡下来，许久才告诉我，是打仗打的。

打仗打的？这让我来了兴趣。每个男孩子都对打仗感兴趣，我当时正当青春年少，自然不例外。我立即追问，在哪里打仗？跟谁打仗？怎么负的伤？仗打赢了吗？

老人吞吞吐吐，简单告诉我，他年轻时抽丁吃粮，随廖耀湘远征军到缅甸打日本，负了重伤，万幸拣了一条命回来。

我听得一头雾水。国民党军队在缅甸打日本，我还是第一次听说。然而老人的话却引起了小爷爷的极大兴趣。小爷爷本来玩牌输了钱，嘴里骂骂咧咧地将牌摔得山响，并没在意门口的这个乞丐。现在听老人说他是国民党抗日老兵，牌也不打了，端条凳子坐到老人身边，一脸讨笑地与老人闲扯起来。

老人先是伸出双手。右手如我开始所见，只有两根指头，其余三根，都从手掌处齐整整地截去，整个手掌，都是瘌痢一般的疤痕。左手更甚，一根指头都没有，手掌中间，一个比鸭蛋还要大的洞穿过，洞的四周有两根丝瓜须一般的肉线，软软地耷拉着。从手掌至手臂，也是如铜钱一般摞着的疤痕。

老人又挽起了裤腿。他的左腿脚踝处与膝盖处，各有一个鸟蛋大的洞穿腿而过。一条蛇一般的疤痕从小腿肚一直划到大腿根。

老人说，他是一名机枪手。那是远征军出国后的第一次战斗，打得很惨，死了很多人。日本军先是用炮轰，很多战友死在炮火之下，然后像蝗虫一样，四面八方扑上来，子弹犹如鸟铳击出的霰弹，啾啾地叫着从前方极速飞来，又从身旁尖厉飞过。不时听到沉闷的扑的一声，伴随着人的惨叫，那是子弹击中了战友的身体。他伏在早已被炸毁的工事里，身旁到处都是战友的尸体，有的脑浆迸裂，有的身首异处，断臂残肢到处都是。空气中全是令人窒息的硝烟味和血腥味。在三个机枪手被炸飞之后，长官命令他冲上机枪阵地。他刚冲上去，手握机枪还来不及扣扳机，子弹就如雨点向他飞来，一颗炸弹把他炸飞，他觉得全身发热，轻飘飘地就像一张纸在空中飞了好一阵，对死的恐惧让他发出凄厉的叫声，之后再重重跌落在地，就什么也不知道了。

等他醒来，已经躺在野战医院的帐篷里。

老人说得一脸平静。小爷爷听得一脸凝重。老人最后说完，两个都默默地坐着不作声，一根接一根抽喇叭筒（土烟卷）。一直到日落西山，老人才慢慢起身，一脸讪然地再次对我父母道谢，缓缓地消失在暮色里。小爷爷一直坐着，眼睛空洞地望着远方，仿佛想极力看到什么，又仿佛极力想拂去什么。直到夜露沾衣，他才慢慢起身，慢慢回屋，慢慢地把门关上。悠长的吱的关门声，在夜空中传出很远。

三

第二天一大早，小爷爷就来到我家，把我从床上拎了起来，随他去找我大舅爷爷。

故乡的村庄叫周家边。离宝庆府不到三十华里。从宝庆府出城经北边的交通要道到石马江，过河左转，翻过两华里荒无人烟的山路，在石马江河北岸河滩边缘的山脚下，依次排列着几个小小的村落。从上游到下游，分别以李家、谢家、邓家、简家、严家名之。其间还穿插着唐家、钟家。在离河岸稍远一点儿的一个山冲里，还有何家、黄家等四十来人组成的一个小村落。

这是一个典型的多姓杂居村庄。我开始记事的 70 年代，整个村庄还不足六百人，李姓人最多，不超过两百人，其他各姓，都是几十人。各姓来此地生活的时间，最长的不超过两百年。就如我所在的谢家，从最初两兄弟于附近的严村来此种田定居于此到现在，只有一百多年。

村庄的正中处，也就是李姓人家与谢姓人家连接处，长着一棵粗大的樟树，三人不能合抱。樟树长在一个土坎边，北依土坎，土坎上一个高台大坪；南临池塘，池塘内侧是一条本村通往山外的必经之路。村里人去山外，经过此处再转一个弯爬上山坡，坡那边就到了石马江，爬上山坡后再爬过另一座大山，就到了新田铺镇上。池塘的外侧，就是李姓人家的祠堂。

樟树下的这一段路，用黏稠的黄泥土夯成，铺了一层薄薄的石砟，土路的里侧，露出樟树盘根错节的根须。小孩儿顽皮，上学放学经过此地，都要趴在樟树的根须上玩耍，根须被磨得溜光水滑，散发着铁黑色的光晕，如一把铁爪紧抓在大地上。樟树靠近地面的树干，鳞片一般的树皮已经这里一块那里一块被揭去，纹理细密的树身露了出来，又被顽皮的小孩儿刻了许多图案与文字。樟树硕大的树冠在空中旁逸斜出，抖落一地阴凉，成了村子里早晚乘凉的最好去处。

大舅爷爷的家，就在樟树旁边。

记忆中的大舅爷爷身长近六尺，高大魁梧，气宇轩昂，犹如一株熟透了的稻穗儿，既有阅尽春秋的洒脱，又有饱经风雨的沧桑。尽管已年近七十，但随意往那里一站，一股勃勃英气，就从他那破旧的粗布皂色衣衫中自然透露出来。

大舅爷爷是母亲的舅舅、外婆的弟弟。外婆从本村嫁出去，又把自己众多女儿中的一个也就是我母亲嫁回了本村。大舅爷爷家与我家只隔几条田垄。母亲每次喊他来家喝酒，将菜炒好了，从屋前走三二十步乡间小道，扯开喉咙喊一声，大舅爷爷就会应声而来。

母亲大都会喊小爷爷在一旁作陪。

常见的情景是，大舅爷爷坐在正席上，腰板儿挺直，将母亲递过来的锡壶端于手上，胳膊抬得老高，将各人面前的酒碗一一筛满，然后将酒壶往自己身边轻轻一顿，伸出右手，用三根指头将酒碗端起。坐在横档的小爷爷与坐在对面的父亲也随之端起酒碗，并不碰碗，大舅爷爷洪亮地喊一句："喝酒！"三人稍稍行一注目礼，各自将酒碗递到嘴边，吱地喝一口，放下，拿起筷子在自己身边的菜碗口夹一丝菜放入口中，抿嘴，慢嚼。这一顿酒的开场仪式就算过去，接着就是随意地喝。

喝酒喝到二卯的时候，大舅爷爷就眉飞色舞开始吹牛。

能够见到的场面是，不管是夏天还是冬天，大舅爷爷的脸上全是汗珠在流淌，一股热气从他的花白头发里散发出来，又绕着他的头顶袅袅散开。他自始至终腰板笔直端坐于凳，天上地下胡吹海吹，声若洪钟震动屋瓦。小爷爷与父亲恭恭敬敬听着，或者是入神，或者是入定。一定要等母亲在一旁劝一句"舅舅你莫光顾说，你喝酒吃菜呀"，才会停顿片刻，喝一口酒，从自己身前的碗口边夹一丝菜吃了，复又如初。

在大舅爷爷喝酒喝得尽兴而归之后，我曾经疑惑地问父亲，大舅爷爷哪有那么多的话说？一桌子人，就他一个人扯起喉咙讲。父亲告诉我，他在吹嘘自己的从军经历。一说到从军，他就收不住口。

大舅爷爷与小爷爷年纪差不多，当年也被国民政府抽丁"吃粮"。根据父亲的转述，大舅爷爷从军八年，一直给张学良当护兵。从湖南郴州开始，一直到贵州息烽。抗日战争胜利，张学良转去重庆，他才解甲归田。

大舅爷爷吹嘘的，就是他给张学良当护兵时的往事。

四

我与小爷爷赶到大舅爷爷家时，大舅爷爷正准备去村后的旱土里翻红薯藤。小爷爷说："红薯藤早翻一天迟翻一天莫关系，今天你就陪我说说白话吧。"大舅爷爷哈哈大笑，说："好哇好哇，我两兄弟，也好久莫在一起说白话了，今天好好说一天。"

早上明亮的阳光从东边的山岭上跳跃而来，把村头的大樟树烘托成一顶硕大的绿色伞盖。小爷爷和大舅爷爷各搬了一条竹椅，手持一把蒲扇，来到樟树下，打讲。

话题从昨天见到的那个征缅老兵开始。老兵所描述的战火纷飞的场面给小爷爷的印象太过深刻，小爷爷又想到了他的三哥。他不知道三哥是否也经历了老兵所经历的战争的惨烈，他想从曾经当兵"吃粮"的大舅爷爷这里了解更多的信息。

说是打讲，其实一直是小爷爷在问，大舅爷爷回答。

我也端着一条小凳，坐在旁边听着。

　　大舅爷爷当年被邵阳县刚劲乡的乡丁用绳索牵着，从家里押解到乡公所。第二天一早，他与同时被抽丁的本乡几个年轻人，被乡丁押解到了邵阳城。进城后，他们进了一个被高墙围着的院子，乡丁给他们松了绑，陪着他们来到一间屋子。几个书记官坐在书桌前，给每一个被押解来的新兵一一登记。姓名、家长、年庚、地址，大舅爷爷不识字，问什么答什么，也不知道他们写了些什么。写罢叫他按了红手印，乡丁也按了手印，然后把他们交给旁边一个穿军装的"粮子"（士兵）。这个粮子带着他们，来到一个大礼堂前，交代了一下有关事项，将他们推了进去。

　　礼堂里密密麻麻坐满了年纪相仿的青年。他知道，这些都是如他一样被抽的壮丁，一眼望去，犹如挤满了池塘的蛤蟆，黑压压的，根本看不清人的脸。等到看清，才发现每个人的脸都是空洞洞的，纸糊的一样。大舅爷爷在乡间一身是胆，此时也生出一股莫名的恐惧，他不知道自己将去向哪里，命运将是如何。只能如所有人一样，默不作声坐在地上，想着自己的心事。几个同乡壮丁与他坐在一块儿，也不作声。礼堂的大门不时被打开一条门缝，一个两个如他一样的青年被推进来，门缝复又关上。在开门与关门声中，大舅爷爷觉得有点儿困了，就躺在礼堂的地板上，迷迷糊糊睡了过去。

　　不知道过了多长时间，礼堂的大门哐当一声被全部打开。随着照进来的刺眼的光芒，几个长官模样的人走了进来，一个长官朝屋子里所有的壮丁喊了一声："全体起立！"屋子里所有的人都直直站了起来。军阶最高的长官在人堆里走来走去。

走到大舅爷爷面前时，停了停，用手一指，旁边的几个马弁将大舅爷爷带到了礼堂外。接着又有三四个如大舅爷爷一样长得高大威武的壮丁被带了出来。

大舅爷爷与他们几个，都成了看守张学良的护兵。先是到了郴州苏仙岭，又到了湘西沅陵，然后又在贵州的山里打转转，最后到了贵州息烽，后来大舅爷爷从那里解甲归田，回乡了。

"只选了你一个当了护兵？"小爷爷问。

"就我一个。"大舅爷爷说，"我们同去的几个老乡，就我一个选了护兵，他们几个后来去哪里了，根本打听不到，也一直没回来。当护兵的，都是个子高、力气大的。他们几个又瘦又矮。"

"你在队伍里见到过我们甲（村）的后生吗？"小爷爷问。

大舅爷爷还是摇头："没见过。我们当护兵的队伍，没几个粮子。纪律紧规矩多，也不敢打听。"

"那些年和日本打过哪些仗你听说过吗？"

"那些年到处打仗啊。不过我们护兵不用打仗，也没在意。"

"知道缅甸和远征军吗？"

"知道远征军。我们宝庆府的粮子，好多在这支队伍。缅甸在哪里我就不晓得了。"

"他们到底去哪里了呢？"小爷爷一脸的失望。

"我也在琢磨，他们去哪里了呢？"大舅爷爷同样一脸的茫然。

接着他俩开始一个一个地数着本村当年差不多同时去当兵吃粮的后生。一个、两个、三个……他们数了十二个名字。这十二个后生，只有大舅爷爷一个人最后回到了本村，其余十一个，包括我三爷爷，都没回来。

五

他们说得很平静，仿佛是在陈述一件平常的陈年往事。可在我听来，他们所说的每一个细节，都是那样生疏又令人毛骨悚然。

从樟树下向外望去，是一片平缓的河滩，河滩上的田野，晚稻已经由浅绿转为青绿，在上午的阳光下，一层青色的光晕梦一般从池塘边一直铺陈到河边。河上的粼粼波光在微风里荡漾，从上游一直蔓延到望不到边的远方。村子里，谁家的鸡在打鸣；田野里，谁家的鸭在嘎嘎叫。村后郁郁葱葱的山林里，牛、羊的叫声悠远地传来传去，还有苍凉的山歌声不知从哪个山角落里传了过来，嘹亮地飞过村庄，在半空中盘旋。

岁月静好。刚刚实施的承包责任制不仅催生了茂盛的庄稼，也按捺住了村庄的一切躁动。每个人的脸上，都是舒展的笑容。

然而，一个悲伤的事实却深埋于这一片祥和的氛围之中。在混乱的血与火的三四十年代，这个村子陆续有十二个年轻后生被抽丁成了国民党军队士兵。然后，这十二个后生，只有我的舅爷爷回到了故乡，另外十一个，从此一别，再没归乡，他们的魂灵，一直在遥远的不可知的地方游荡。

　　我的三爷爷，只是这十一个游魂中的一个。

　　他们活蹦乱跳的身影，曾经在这片田野里生动地如我一样飘过来飘过去。而在他们告别故乡四五十年之后，时光越来越老，他们的身影越来越淡，还有几人触摸得到他们留在故乡的痕迹？他们的父母，也许曾经倚门而望他们归来却终究不得，最后将泪水流干，只能将冰冷如铁一般的悲伤带入坟墓；他们的兄弟姐妹，也会像我的小爷爷一样，因他们杳无音信而久久牵挂，稍稍听到与他们有关的信息都会追根究底。可是，他们的兄弟姐妹也已老之将至，所有的牵挂也如风干的丝瓜络，孤独地在窗棂上飘忽。而我们，包括我的父辈、我这一辈，乃至我的后辈，谁还会将他们的游子不归记挂于心？岁月已远，硝烟已散，历史就如一张张幻灯片，其中属于他们的那一张早已翻过，已经到了属于我们的这一张。它不富足，但是生动、活泼，叫我们每一个人都流连于其中，并把他们的那一张全部忘却。就于我来说，三爷爷是我的至亲，尽管小爷爷早晚念叨，也就是一个概念。而对其他的十个，是连概念都没有的。

　　他们就如微风一样，轻轻刮过故乡的田野和山峦，甚至连草叶都没有吹动，又复归于平静，连一点儿踪影都没留下。

　　请原谅我的孤陋寡闻。在这个暑假之前，我从未听说过中国军队远征缅甸与日军激战的历史。而且，在此之后相当一段时期，我也不知道。但是，这个暑假，它让我记住了这样一个场面：一个老乞丐，用他全身的战争伤痕，用他的亲口叙述，向我证明了远征军赴缅甸作战这一事实的存在。我知道老人不会说谎。他全身的伤痕不会说谎。只是这些事实已经被时光有意无意掩盖，让我这个在山村里长大、一直在学校接受教育的青年不曾知晓。它还让我记住了另一个场面：一个抗战老兵和一个失踪士兵的兄弟，坐在樟树下，一个一个数着从军未归的十一个年轻的乡亲。他们让我知道，在我故乡这个偏僻的山村，曾经有十一个活蹦乱跳的鲜活的生命生活于此，却在抗战的途中走失，生死不明。

命中注定，这个暑假于我来说将是一辈子的刻骨铭心。从这个暑假开始，我在阅读有关抗战书籍的时候，我的脑海里就有故乡这十一个后生的影子在晃动。他们的影子并不清晰，游离不定，随着书中的情节而变幻，或者在行军，或者在宿营，或者在穿越野山，或者在战场上激战，或者奋勇杀敌，又或者被炮弹击中飞在半空中，发出瘆人的惨叫。

我仿佛觉得，那死于战场的每一个抗战将士，都有这十一个人的影子。

六

对抗日战争与解放战争历史的阅读，于我来说是断断续续的。我没有研究战史的兴趣，也没有那样的天赋。每当看到那些书籍中有关部队的番号，我就觉得眼花缭乱、一片糊涂。我只是记住了这样一些史实：

整个抗日战争，湖南输送到国民党部队的壮丁是一百五十七万。湖南当年的人口近三千万，每百人输送兵员五人以上。

　　我故乡的村庄，20世纪80年代，人口不到六百人，30年代，人口更少，算三百人吧。三百人抽丁十二个，抽丁率百分之四，与全省的比例相近。

　　十二人中，回来一个，十一人"失踪"，（除了以"失踪"来安慰，我还能说什么呢?）"失踪"率之高，令人咋舌。回来的那一个也就是我舅爷爷算运气好，一直当护兵看守张学良，蹲在后方。假如他不是因个子高大、孔武有力被选为护兵，而是与其他壮丁一样上前线作战，他的命运恐怕又是另一个样子。

　　这些"失踪"者，都是在抗日战争时期陆续被抽丁的，他们的年龄，都和我三爷爷差不多。老家也有在1945年之后被抽丁的，但是，他们的年龄比这批人都要小。我们村当年有一个后生，辽沈战役因廖耀湘兵团兵败被俘，后来加入解放军，一直随部队打到广西，在广西剿匪三年后才复员回乡。回乡以后，他拥有了解放军复员军人的荣耀，更重要的是，他只是我的叔辈，年龄比我小爷爷小了十多岁。

　　当时在湖南抽丁的兵员，在上海淞沪会战之前，都补充进了湖南省军阀的军事力量湘军。淞沪会战，湘军全部军事力量共十五个师，都拉到了上海抗日前线作战。会战后，不再有独立的湘军。原有的湘军番号，改成了"中央军"的番号。而在淞沪会战中，湘军的战损率几近二分之一。

　　淞沪会战后，湖南抽的壮丁，被充实到"中央军"各部。其中国民党军队在抗战中的五大主力中，新一军、新六军、第五军、第七十四军，都以湖南兵为基本兵源。湖南兵"要死卵朝天，莫死变神仙"的标签，一时成为军中的流行口号。而孙立人、廖耀湘、戴安澜的远征军，也多以湖南兵为基本力量。

全面抗战时期，国民党军队正面战场上的二十二次会战，有七次发生在湖南。日本军队在中国境内遭遇到的最顽强的抵抗，都发生在湖南。而湖南境内的会战，参战的各国民党部队，从前线统帅到普通士兵，以湖南籍为多。发生在广西境内的昆仑关大捷，战绩最突出的，就是廖耀湘统率的那一支以湖南子弟兵为基本力量的队伍。

很小的时候，就听长辈们在私下里提及廖耀湘。廖耀湘是我的乡党。他的故乡，就在我老家的县城边。他一生最光辉的业绩，是率部参加昆仑关大战，并率国民党新编第二十二师编入远征军赴缅甸作战，在缅甸作战失利后率部翻越野人山，历经苦难进入印度境内，然后在印度卧薪尝胆，成为新六军后，1944年从印度率部收复云南失地，战绩辉煌。尔后在湘西战役中全军作为预备队进入芷江，取得辉煌战果，成了国民党军队与日军二十二次会战中唯一取得最终胜利的会战。

廖耀湘当年统率的新编第二十二师，在湖南湘乡整编成军，基本力量由湘中子弟组成。新编第二十二师刚入缅甸作战时，大约是九千人。在斯瓦等地与日军作战战损约两千人，翻越野人山到达印度时，还剩下不到两千人。在翻越野人山的过程中，损失超过五千人。

七

包括三爷爷在内的我的十一个乡亲，分别倒在哪个地方？

我不知道。他们也许倒在淞沪抗战的前线，也许倒在全国各地抗战的某一个战场，也许，倒在缅甸境内树木参天、瘴疠横行的野人山。

他们在生命的最后一刻，都想到了什么？他们会想到家乡吗？会想到家乡的父母兄弟、亲人故旧吗？

我想，他们一定会的。

他们当兵"吃粮"，本就是走投无路、迫不得已。战火纷飞的年代，每个人都知道被抽丁意味着什么。不然的话，不会有始时"四抽一""三抽一"，继而"四抽二""二抽一""三抽二"的规定，不会有"好铁不打钉，好汉不当兵"的民谣，也不会出现非常普遍的"逃丁""卖丁"现象。

"逃丁"，就是想方设法逃避兵役。常见的有抽丁对象只身逃跑，基本上逃往深山。逃往他乡的也有，但容易被抓。再就是把自己弄残。比如把腿打断，把右手的食指砍去无法扣扳机等，五花八门。所谓"卖丁"，就是富裕人家的子弟被抽丁时，自己不去，用金银或者土地换取贫苦人家的子弟代替自己抽丁。许多贫苦人家生活无着，被迫通过舍弃一个孩子的方式，来换取全家的苟全性命。

一旦抽丁便意味着送死，所以当年抽丁，完全不像现在一样全家人欢天喜地敲锣打鼓送孩子上部队，基本上需要保甲长与乡丁首先通过充分的暗中部署，然后在当事人猝不及防之时突然出现在抽丁对象家里，用绳子将壮丁捆着，押解到乡公所，至多第二天就会押解到县里招兵处。杜甫诗中描述的"吏呼一何怒，妇啼一何苦"的惨状，在每一家被抽丁的家庭，都是真实的写照。

我的三爷爷家共四兄弟。他当年就是依据"四抽一"的规定被强制抽丁的。后来，按照"四抽二"的规定，我的小爷爷也被抽丁。但我的小爷爷运气比较好，他的部队还没上战场就开始溃败，他也成了溃兵趁乱逃回了家乡，却不敢回家，每天躲在山上，成了野民，新中国成立后被诬为土匪，管制了近三十年。

我的三爷爷被前来抓丁的乡公所的乡丁堵在家里，被押解上路的那一刻，内心是否充满了悲怆？这个村子，是他生命起源的地方，他正值青春年少，在他被确定抽丁之前，死亡对于他，还是遥不可及的未来，他想都未曾想过。可是，命运在此时将他的身份镌刻为壮丁，从这一刻开始，死亡已经在他的头顶明晃晃地伸出了一双凌厉大手。战火纷飞，前路茫茫，充满了不可捉摸的细节，每一个细节，都是惊心动魄的鬼门关，那双大手随时都可能把他的喉咙扼住，让他的生命戛然而止。这一关小心翼翼地闯过，还有下一关在等着他。他必须闯过九九八十一关，才有回乡的希望。他憧憬自己能够好命，但清楚地知道自己很难有那么好的运气。当他走到村落前的樟树下，回望近在咫尺充满温馨的人间烟火味的故乡的村庄，回望正倚门送他远行的父母兄弟，他清楚地知道，这一望，也许就是他一生对故乡与亲人的最后一望。当他转过身来，从樟树下绕过一个弯，故乡的村庄、故乡的亲人，就基本从此与他永诀。

他心中隐忍的巨大悲怆，现在想来，我都能感到痛彻心扉！

三爷爷如此，另外十一个被抓的壮丁，也是如此。

他们十一个后生，在从军的漫漫征途中，在每一道鬼门关面前，心中都会有亲人的身影闪过，都会有故乡的风景闪过。故乡和亲人于他们来说，是信念，是内心的支撑，也是他们最大的悲伤。在他们最终倒下的那一刻，他们那凄厉的惨叫声中，有故乡嘹亮的乡音，他们眼前漫过的最后一幕猩红的画面中，有故乡美丽的田野，有故乡充满温暖笑意的亲人的脸庞。他们倒在征战的某一个战场上，但他们的眼睛，也许从未闭上，他们看见了故乡的田野、天空、树木、庄稼，他们看见了故乡的亲人。这些画面一幅幅从他们的眼前飘过，让他们被硝烟熏得乌黑的青春的脸庞上，慢慢泛出了笑意。

在他们青纱一般的梦中，他们仿佛是死在了故乡的怀里。

八

几十年来，我一直在寻找他们。

可我竭尽全力，也只能寻找到他们中的一部分。我的三爷爷谢育喜，在故乡谢氏的族谱上，有明确的记载。生于1914年。除三爷爷之外，还有：邓昌煊、简正生、严旺生、李绍武、李绍章、邓林生、黄定来、唐知达。其中李绍武、李绍章是亲兄弟。

还有两位，我现在依然不知道他们的名字。

他们被抓丁时都未曾婚娶，在故乡没有后人。

我曾试图寻找他们各自去了哪支部队。但当年的国民党乡公所，几乎所有的档案资料都已被毁，找不到他们去向的任何蛛丝马迹。我曾想寻找他们从军后寄回的家书，可是一直没找到片言只字。他们都是文盲，每个人连自己的名字都不会写，写信也就无从谈起。从军后也许戎马倥偬，连找人替自己写一封家书的时间都没有，自然也就无从告知他们去了哪支部队，去了哪个地方。

当时的国民党部队，应该登记了每一个士兵的姓名、籍贯、年庚。如能找到那些档案，也许能够找到线索。战场上每一个战死的士兵，在队伍休整的时候，应该也会有所记录。可是国民党军队从抗日战争一开始，对战死士兵的记录就比较疏懒，当年战事吃紧，战死者与失踪者，很难厘清。也许他们认为，等战争一结束，从地方开始溯源清查从军未归人员，与部队的士兵档案一对照，就能查出哪些人战死、哪些人活着。遗憾的是，抗战刚结束不久，解放战争烽火又起，国民党军队最后树倒猢狲散，那些覆灭的兵团，所有档案全部散佚，战胜者也无可能溯源地方清查国民党军队的战死人员，也就再也找不着每个战死士兵的踪迹了。

他们，也许永远只能用"战争失踪人员"来称呼了。

从 20 世纪三四十年代直到今天，七八十年过去了，谁也不知道他们的死活，故乡的亲人就一直抱着他们会在哪一天归乡的幻想。就如我的小爷爷，总是在寻找三爷爷的蛛丝马迹，尽管这些蛛丝马迹最终被证实是一种虚幻的幻影，他也一直没有放弃，直到台湾老兵回大陆省亲为止。在如此漫长的等待中，这些老兵的父母，一个个满怀着悲伤离开了人世，他们的兄弟姐妹，也一个个满怀着牵挂去世了。

然后，就再也没有人记得这些从村子里走出去的老兵了。

一切复归平静。

最令人伤心的是，这些失踪的老兵，在家乡连一场宣布他们生命终止的葬礼都未曾配享到。

他们真正成了留在他乡的孤魂，回乡的路，恐怕永远都找不到了。

我在校园等你来

一

牛皮纸档案袋被分成八摞，在宽大的办公桌上挨挨挤挤地排列成一支队伍。另一侧，校长神色如水站在我们面前，手里抡着一串白色的纸团，左手抛到右手，右手抛到左手。这个时候，校长俨然就是指挥千军万马的将军，手中的纸团就是他的锦囊妙计。他将用这些纸团决定桌上的档案袋哪一摞将归谁统领，战功的高与低，就在他将纸团撒向空中的一瞬间决定。

每一摞档案袋都用细绳捆好，细绳的十字交叉处，塞着一张两寸见方的白色纸条，纸条上用阿拉伯数字 1 至 8 号依次标明。我们早已知道，校长手中的纸团也是 1 至 8 号。新生共有八个班，我们八个老师谁将担任哪个班的班主任，是早已确定了的。比如我，是 124 班班主任。每个班最终将由哪些学生组成，将在此刻由校长手中的纸团和牛皮纸上相应的标号决定。

校长将纸团不停地倒过来倒过去，又用双手笼住不停地摇晃，犹疑着是否将它们撒向眼前三张办公桌拼成的桌面。在他看来，这些纸团所象征的，就是即将入队的新兵蛋子，这些新兵蛋子他将让手下的八员大将来牵头训练，今后是否能够在战场上冲锋陷阵，全看这八员大将三年里的训练水平。他有点儿不放心，是有道理的。校长的双眼紧盯着我们，仿佛在等待着我们的最后表态。但此刻我们一直静默着。久久的静默营造出庄严凝重的氛围，在初秋从窗户照射进来的阳光中荡漾。

看看气氛营造得差不多了，校长才满意地咧嘴一笑，双手捧着，将手中的纸团抛向空中，八个洁白的身影画出流畅的抛物线，散落在宽广的桌面上，犹如八朵洁白的鲜花盛开。

我们每个人缓缓拈了一个。其实在我们心里，都急不可耐地想知道自己将会拈上一支什么样的队伍，表面上却有点儿你推我让的意思。每一摞档案袋里，都有四十五张薄薄的登记表，每一张登记表，都是一个新鲜的生命。没错，是新鲜欲滴。这些生命正当十五六岁的青春年华，是刚刚从大树顶端抽出的新枝、从海洋潮头卷起的浪花，而且，他们当中的任何一个，都是同龄人中的佼佼者，经过残酷的百里挑一的筛选，才走进了我们这所中等师范学校。人生一大乐事，是得天下英才而教之。四年的中师任教经验告诉我，他们都是英才。能够成为他们的老师，在三年时间里与他们朝夕相处，是我们的幸运。面对这些档案袋里装着的英才少年，谁都得郑重其事。

我将手中的纸团缓缓展开，透明的阳光立即辉煌地照耀在纸面上，一个用钢笔书写的阿拉伯数字"6"推进了我的眼帘。

那位年逾七十的教务老师，接过我递过去的纸条，然后将贴有"6"号标签的那一摞档案袋递给我，说："恭喜你。"档案袋很轻，但捧在手里，沉甸甸的。这里面装着的四十五个年轻的姑娘、小伙儿，从此刻开始，正式成了我的学生。一种奇妙的感觉随着初秋灿烂的阳光，清风一般在我的内心里鼓荡。在此之前，我与他们素不相识，在生活的任何方面都没有交会之处。可是，随着我的右手犹豫着拈起桌上这个纸团的瞬间，就决定了我与他们此生都有了千丝万缕的联系。在未来的三年时间里，他们是我的学生，我是他们的班主任及任课老师，我们将朝夕相处。他们毕业后走上工作岗位，在漫漫人生路上，其学识、个性、修养等诸方面都将呈现出我给他们留下的或深或浅的烙印。尊师重道的传统，将会让他们不时回忆起我这个老师，而他们在人生道路上的每一个荣耀，也必然让我为之关注、为之击节、为之慨叹。我与他们，都将成为朋友，即使因为各种原因而产生纠葛，也将在时间的长河里一笑泯之，留下师生之间的如一缸美酒般的情谊，越久远越香醇。

我坚信这是上天赐予的缘分。八个纸团，每个纸团的中签率是八分之一，我唯独拈上了这一个而失掉了另外七个。这四十五朵含苞欲放的花骨朵儿，注定将会在我的培育下盛开。他们开花的样子将是怎样一副迷人的景象？我现在还不能确定。但我必须竭尽全力，让他们以最美的姿势盛开。

在回宿舍的路上，我与同事抱着档案袋一边说笑着，一边告诫自己。

二

离新生报到还有好几天时间。利用这一间隙，我将认真阅读每一张学生报名登记表，初步熟悉学生的基本情况，并做好新生报到的各项准备工作。

档案袋一打开，一股泥土的气息就扑面而来。

首先是名字。女生的名字颇具喜感。这时候还是 80 年代中后期，不管男孩女孩，都愿意舍弃高中而报考中师，班级中女孩相比于男孩还处于少数。不像现在，初中毕业报考小教大专定向生的几乎是清一色的女孩子。在不到二十个女孩中，名字中带"花"的有两个，带"红"的有三个，带"艳""燕"的竟有五个之多。其他带"姣"的、带"辉"的、带"枣"的、带"华"的，都有。每看到一个这样的名字，我就忍不住扑哧一笑。我仿佛看到了，在葱绿的田野和苍翠的山冈上，各种颜色的花朵无拘无束地在阳光下盛开。她们不需要精心修剪、不需要特别施肥，随意往哪里一插，春风吹来的时候，她们就能够将鲜艳的颜色绽放得淋漓尽致。她们不精致，但是饱满、健康、迷人，一种生长于天地之间的野性与俏皮，随着她们的名字呼之欲出。

男生的名字稍好一点儿。但是，"兵"啊、"军"啊、"福"啊、"雄"啊、"松"啊、"贤"啊，不一而足，可以列一长串儿。也有文雅一些的，如"特之""筱璋"，透露出家族长辈们历久不息的文化传承。所有的名字，时代色彩与泥土气味混合在一起，蕴含了家长对孩子未来的美好期许，既与时代合拍，更与家族的地位匹配。每一个名字，都如同山村里每座山上生长着的常绿树，既卑微又倔强，在四时的风雨中，永远笼罩着火焰一般的梦想。

　　是的，他们大都来自山沟。学校辐射的县市，几乎全是大山，连绵的山峰一浪高过一浪。说白了，他们都是大山褶皱之间飞出来的雏鸟。每一个孩子，此前都在山窝窝里扑腾，犹如森林枝头滚动的露珠，充满冬茅草与稻麦的香味，充满牛屎与泥土的腐臭味。在此之前，他们的每一天，都在用泥浆来装饰自己的梦想，每天从山沟里牵着暮色回家，甚至来不及洗干净腿上的泥巴，就能够躺在凳子上酣睡，衣服上的汗臭伴随着细微的鼾声在低矮的木板房里经久不息地徘徊。只有不多几个来自城镇的孩子。她们多是女生，来自城镇平民家庭，朴素而机灵，带着小家碧玉的温婉，但是绝不矫情。

　　他们最大的共同点，就是天资聪颖、学业成绩优秀。

　　教务老师在将这个年级所有的学生进行分班的时候，非常细心。先是按地域将不同县市的考生分成三大块，再将每个县市的考生按考试成绩高低排列有序。在确定每个班将各有多少来自不同县市的考生之后，按成绩高低，用蛇形分配的方法，将考生均匀地分配到各个班级，保证每个班的学生入学成绩大致平衡。但是这样的分配并无多大意义。他们太优秀了，中考成绩并无太大差别。就如我这个班，最高分是一个男孩，551分，最低分524分。分差不到30分。

　　当年本地每个县市重点高中的录取分数线是480分左右。

　　面对他们如此优秀的成绩，我的心情却非常复杂。已有的四年任教经验告诉我，能够与这批天资聪颖的学生在课堂里对话，是为师者最大的乐趣。我讲课的每一个意旨，都会在他们的脸上换来会心的笑容；我的每一个点拨，也基本上能够换来学生精准的领悟；甚至，我的每一个提问，能够换来令人意想不到的回答，叫人豁然洞开。在此之前，我一直疑惑《论语》为何是简洁的语录体、对话体，来到中师任教之后，我才深刻体会到，课堂上的师生对话，是教育过程中最精华的部分。类似《论语》的体裁，真实地还原了教学之间最精彩、最有趣味的细节。另一方面，我又真心替他们惋惜。他们的天资，有可能被一个中师给毁了。他们如此聪颖，一些学生简直就是天才，然而他们一走进中师就命中注定，他们都将成为小学教师，个别人留在城镇，大多数被赶往乡村甚至偏远的山窝窝里，当一辈子孩子王。我并不反对他们当孩子王，于基础教育来说，让最优秀的人当老师，是一件幸事，但这样却实在浪费了他们的才华。就如一棵正当产果旺季的柑橘树，他们本来是树冠上最红、最大的那一批，很有希望成为耀眼的"果王"，却在没有成熟的时候被采摘，永远只是一枚又细又酸的青果。倒给本来在他们身位之下的那一批果子腾出了位置，让它们在充足的阳光照耀下，成了被人歌颂的"果王"。

可惜他们现在还不懂得这些。他们出身乡野，父辈以上，都是修理地球的庄稼人，一辈子干着最繁重、最卑微的农活儿，最大的愿望就是丢掉锄头把儿离开庄稼地。他们考上了中师，意味着从此将远离田间地头，实现祖祖辈辈梦寐以求的理想，这让他们的家人和自己都沉浸在巨大的喜悦之中。也许，此时此刻，在即将开学的前几天，这些学生的家庭，正在为他们考上中师而设宴庆贺。他们并不知道，中师生只是乡村之上最低矮的一个平台，他们此后的身份，将作为最基层的乡村服务者固定下来，难有踏上更高平台的机会。

作为农民，鸿沟一般不可弥合的城乡差别他们看得很清；作为农民，城市的高楼从一层到顶层有很多层，他们在此时依然看不清。

我是他们的班主任。面对这些优秀的孩子，在开学的第一天，我就必须把这一层纸当面捅破。他们都是优秀的孩子，我希望他们能够永葆优秀，不能因为一个中师生而故步自封。也许，这将会打击他们，让他们气馁。但是，既然是优秀的孩子，就得在打击面前时刻充满求胜的欲望。

三

在赞叹着他们学业优秀的同时，我也在欣赏着他们青葱的容颜。

中考登记表照片一栏，他们每一个人的模样与神态，都用一张黑白正面免冠照呈现出来。当年彩照还刚刚兴起，柯达、富士胶卷刮起的彩照革命，还只是少数城里人的特权。在广袤的乡村，黑白照片依然占据统治地位，而且一年到头难得照一回相。但这不影响这些孩子在照片中展现自己美丽的青春容颜和愉悦纯洁的少年心态。他们的眸子里，大都流溢出梦幻一般的光晕。面对镜头，这批从乡下来的孩子严肃的神态里，都透露着一丝羞涩、一丝拘谨，个别孩子还会手足无措。但是，羞涩与拘谨，掩盖不了他们内心的兴奋与期待。而少数来自城镇职工家庭的孩子，他们内心里的那份真诚的快乐，被黑白胶卷刻印出来，在阳光照耀下熠熠生辉。

　　那个眼睛眯着的男孩，脸型细长，两颊瘦削，神态有点儿忧郁。他并没有看着镜头，在拍照的一刹那，他的眼睑收住了，好像在思考着什么。但他的嘴角一直是上扬的，性格中的刚毅就在这上扬的嘴角中体现了出来。他是否在思索着上了师范之后，怎样去奏响人生的精彩乐章？从考上中师的那天起，他的未来就既具有确定性，也充满极大的不确定性。中师对他来说，就是充沛的雨水。他既可以让这雨水在地面上哗哗地流走，也可以利用这雨水，滋润出一垄厚实的庄稼。我肯定他正在做这种选择。他的忧郁的神色，正是被这样的选择折磨出来的。我知道，他需要有人鼓励。作为他的班主任，我必须在他刚入校时开始，就给予他信心与力量。

　　这个男孩的双眼漆黑。他直视着我，眼神里充满了穿透力，又有一丝桀骜不驯的藐视神色。看得出，他对自己充满了自信，甚至在任何场合，都会有一股子以自我为中心的意识。这样的学生，凭着天生聪颖，他的前途将不可限量。是聪颖让他自信，还是自信让他变得聪颖？我现在还判断不出。但是，他的自信心爆棚，这是可以肯定的，他的胆子会特别大，也是可以肯定的。纪律与约束对他来说，有时候可能就是一张纸。对他，在肯定他的同时，得时刻不忘敲打敲打，念念紧箍咒。

　　这个女孩的神态与众不同。她微微偏着头，脸上没有笑容，眼窝里浸透出一种湿润的光泽，仿佛有一泓水雾在荡漾。这一泓迷离的水雾，深深地映照着她内心世界的丰富与多愁善感。她的情感将会细腻得如显微镜下正在裂变的细胞，哈哈大笑的同时，孤独与悲凉的泪水一定会随着笑容哗哗流淌。她外表冰冷却内心炽热，相反，当她外表热烈的时候，却深藏着她内心的不屑。眼窝里永远蕴含着的湿润的光泽，将会让她在同学面前展现出复杂的形象。她会疾恶如仇，固执地瞧不起一部分人，尤其瞧不起虚伪者；她又会与另一部分同学特别要好，好到忘记了纪律的约束。与这样的学生相处，我得特别小心。她的学习我不用担心，她会沉迷于她感兴趣的课程，也会尽力敷衍她不太感兴趣的科目。我担心的是她的情感。十五六岁、十七八岁，正当少女怀春的年龄，而她，稍有不慎，就会陷入最初纯洁的情感里，整天为了情感去哭、去笑、去疯、去癫，被折磨得形销骨立。她是真诚的、纯洁的，她的情感值得任何一个人去珍惜；她又是危险的，倘若被不怀好意者引诱，就有可能毁了她此后的整个生活与前途。

绝大多数同学，稚嫩的面庞上浮现着拘谨的笑容。想笑，却怎么也笑不开的那种，犹如欲开还闭的花苞，怀抱琵琶，未语先羞。他们的生活还刚刚开始。到目前为止，他们凭着自己的聪颖，走在了同龄人的最前列。这是他们内心里引以为豪的地方，并在镜头中用青葱的面庞展示出来。但是，他们毕竟还处于少年懵懂的年龄，他们的认知里，还依然是乡村少年的世界，拘谨的笑容里，溢出的依然是田野中溅出的泥浆。

这些孩子在走进中师之前，都经过了面试，他们的长相与身材，都已经过了一轮挑选，都是模样周正、身材挺拔的少年。但是，他们依然有高有矮、有胖有瘦，长相也依然有漂亮英俊、有普通一般。实话实说，在欣赏他们的青春容颜时，对长得漂亮的女孩子、对长得英俊的男孩子，总是会多看一眼的。这是人的天性，不能受到指责，只要发乎情止乎礼、不逾矩即可。八个班主任中，有四个住在同一幢单身教工宿舍里，包括我。在做好案头工作之余，我们也常常站在单身宿舍前的过道上，议论着本班学生的情况。他们的来源、成绩、性格，还有长相。

我班漂亮的女孩子最多。她们虽然稚气未脱，但美丽的气质从照片上仍然一览无余展示出来。

四

这是 1987 年初秋。坐在单身公寓阔大的走廊里，有些倦意的阳光被硕大的风卷成旋涡，在我的眼前滚动，刚刚建好的教学楼矗立在校园靠马路处的高地上，犹如海岸边的一艘艨艟巨舰，在阳光的旋涡里熠熠生辉。

学校正在新建，整个校园还只是对照蓝图画出的寥寥几笔草图，路的模样、花圃的模样、台阶的模样，还刚刚写意般地勾出。被推土机翻出的泥土与被拖车拉进来准备砌堡坎的石头混合着堆在一起。那些被条状撒在两旁的石头的最大用处是：在下雨天成为我们的垫脚石，让我们踏着它舞蹈一般扭来扭去。

但是基本的办学条件已经具备。教学楼已经在半年前建好，教学、办公、后勤、图书馆、阅览室、实验室的功能，全部由它承担。赶在暑假期间，两栋学生宿舍以及学生食堂顺利抢建竣工，给来校求学的学生提供了安身之所。有了读书的地方，有了安身的地方，这功能就算基本齐全了。一声令下，学校由另一个县城，搬到现在这座城市办学了。城市虽小，但有着世界锑都的名头，又建有许多中央与省属企业，在全省的位置举足轻重，在当年，正如一个朝气蓬勃的帅气小伙，引来了众多漂亮姑娘的青睐。相比之下，原来的破旧县城，就是一个步履蹒跚、满面烟火的糟老头儿了。

然而建校不只是写意，建校必须是工笔。领导说了，工笔中的相当一部分，就交给即将进校的孩子们来描摹吧。事实上，在旧校址求学的孩子们，已经到新校址描摹过了。他们以班为单位，扛着被铺行李，被公共汽车拉着，浩浩荡荡来到另一座城市的建校工地上，在整整一周的时间内，他们用青春的汗水，浇灌出校园美丽的线条。现在，这些新生就在新校址求学，留给他们描摹的工笔线条更多。

在成为班主任的第二天，学校领导就把我们召集拢来，说，新生进校接受的第一堂教育，就将是劳动教育。领导的理由很充足：这些中师生毕业后，许多人将被分配到只有一个公办老师的乡村小学，既是任课老师，又拥有校长、教导主任、总务主任、学校工友等头衔。如果不在学校好好接受劳动与基建训练，他们将难以胜任将要承担的工作。现在，学校刚好给他们提供了难得的实习机会，要好好利用这一有利条件训练他们，让他们一进校就能够记住，他们将要从事的职业的艰苦。

我们听了，想反驳，也只哼哼唧唧了几声，然后闭嘴。领导说的是实情。就在今年春节过后，我的一个已经毕业被分配到偏远山区小学任教的学生写信向我诉苦，说他过完春节来学校准备开学事务，到学校一看，他的趴在两间教室之间的光线昏暗的蜗居，在假期里被小偷掀了个底朝天，就连床上的被褥，也被顺手牵羊了，害得他只好觍着脸借宿在本村一个民办老师家里，第二天清早攀缘三十华里山路，回家再扛来一床。土坯垒成的教室四壁漏风、屋顶漏雨，随时需要维修。那几个民办老师都已成了熟练的修理工，平日里倒也照顾着他，不需要他动手。可是，民办老师放学后就全回家了，如果在深夜里有什么意外，就必须他这唯一住校的老师亲自上阵。去年冬天一个深夜，突降大雪，为了防止教室被大雪压垮，他独自一人，一根一根扛着圆木来回冲进教室，把摇摇欲坠的屋梁顶住。左支右绌之下，他整整忙乎了一个晚上，才勉强保住教室的屋顶没被压垮。

修理工、绿化工、电工、泥瓦工，甚至意外抢险工，几乎是每一个乡村教师尤其是男老师所必备的生存本领。

我们能够理解校长的理论灌输。我们从学生那儿知道了他们的切身体会。理论是灰色的，但只要与实际结合，就变得生动起来。

校长把他的长篇大论发表完，就把我们交由总务老师，让他带领我们到现场给每个班分任务：每个班铺路的区域、平整地基的区域、铺草皮的区域、挖树坑的区域、每天需要打扫的公共卫生区域、到河边挑河沙的任务量、河沙堆积的地点。总务老师特别强调，草皮该到资江河边哪个地方去取，既不能与当地的老百姓发生争执，又要保证草皮质量。在分配任务的过程中，几个班主任偶尔与总务老师发生争执，这个说本班的区域比其他班级宽了，那个说本班堆河沙的地点离河边的距离更远。但是总务老师不为所动，他全当没听见，以他特有的大嗓门，把所有的任务干脆利落地分配到各个班，然后特别强调最后的完成期限，笑眯眯地就走了。

所有的任务，除了学校随时可能安排的整天的劳动课，多数必须利用业余时间完成。

对出身农村的大多数学生来说，这些活儿只能算小儿科。他们已经在乡下的泥土里摸爬滚打了十多年，在崎岖的山道上利索地攀爬了十多年，身子精瘦却健步如飞，百十斤的担子、七八斤的锄头，他们就如孙悟空玩金箍棒。但也有身体瘦弱者，我必须考虑到他们完成这些劳动任务的艰难。尤其是必须照顾那些城里来的女生，对这些女孩子来说，完成这些任务，将是一个非常痛苦的体验。

我得利用手中的学生登记表提供的信息，认真地掂量，在他们进校之前，将班干部的基本力量配备好，让诚恳扎实、做事老练者成为班长，让活泼好动、口才出众者成为团支书，将办事有条理者组成班委会、团支部班子。班干部配备好了，再牵住班长与团支书这两个牛鼻子，他们会为我分担很多事务，我这个当班主任的，至少轻松一半不止。我还要按强弱、男女比例组建好各个劳动与卫生小组，让身强力壮又有号召力的学生担任组长，让每个小组既有男生出力，又有美丽的女生呐喊助威，在和谐的氛围中愉快地完成各项任务。

这并不是一件难事。新生登记表里的信息告诉我，所有的孩子从小就是班干部出身，一大半甚至是班长、团支书。这一大堆优秀的孩子，要组建班委会、团支部太容易了。问题不在这里，问题在于，当我在他们入校之前组建班委会、团支部时，那些没有入选的一大堆老资格的班干部们，在入校之后得知自己沦为普通学生，会不会感到失落。

五

我十分惊讶于预感的强烈。我担心这些以前分散于各个中学的佼佼者集中到一块儿，许多人将由站在舞台中央的主唱歌手，沦为舞台后排唱和声的芸芸众生而心存失落，果然就有孩子觉得自己可能会被边缘化而心生焦灼，提前一天由家长带领来拜访我了。

那个上午天气颇为凉爽，久晴之后刮起的阵阵金风带来了北方的凉意，也冷却了南方的雨和云。在一阵酣畅淋漓的大雨过后，清新的空气让人的嗅觉特别灵敏。在这难得的好天气里，我正忙着检查分配给我班的教室与寝室的状况，盘算着将安排最初来校报到的新生清扫教室与寝室的卫生，学校一个门卫老师带着一老一少两个人来到我面前，告诉我，他们是来找我的。

我却并不认识他俩。老者瘦高瘦高的，穿一件几乎皱成一团麻花的皂色粗布长袖对襟衫，提着一个颇为鼓囊的化肥袋子，站在那儿几乎就是一截枯干的树桩。少年同样瘦高，扛着行李站在旁边，就如一枝弱柳。老者在门卫老师的引荐下，见着我，立即在我这个二十多岁的后生面前低头哈腰，一脸的谄笑，用一口难懂的乡里话咕噜着介绍自己。听了半天才明白，他的孩子今年考上了中师，就在我们班，他今天提前一天带孩子来报到，专程拜访一下班主任。

我感到很吃惊。他一个乡下老人，却能够事先知道我就是他孩子的班主任，并且在开学之前专门前来见我。我想问个明白，但终于没有提起。也许，他是学校某个老师的亲戚，在亲戚的指点下来找我的；也许，他是个有心人。这对父子的年龄差距有点儿大，父亲看上去已不止五十岁，儿子还只有十五岁。老来得子，从小看得重，现在儿子考上了中师，算是跳出了农门，他还希望儿子能够得到老师的关照，帮他好好照看儿子吧？就凭这一点，我就觉得眼前的这位老人不简单。

老人固执地说，要带孩子来我的宿舍坐坐。然后一路恭维我年纪轻轻就大学毕业，有出息。一边又吩咐孩子在学校要像班主任老师一样，好好读书，将来留在城里。

犹如电光石火，我一刹那明白了老人来找我的真正用意。他不仅仅是让我好好照看他的孩子，他是在给孩子布局，目标就是三年后毕业能够留在城里。中师毕业生大多去了偏远的乡下小学，每年城区学校也只会安排寥寥几个，有些凭优秀毕业生的头衔，有些凭关系。老者想走关系这条路子，又没有其他门路，就来攀我这个班主任，想在入校之前把路铺好，将来能够凭优秀毕业生的身份，分配到一个生活更便捷的地方。

一到宿舍，老人就将手中的化肥袋子硬塞给我，说没什么好东西，自家种的花生，还有两块过年的腊肉，请我尝尝，觉得好，每年帮我熏一点儿。我推脱，他就自顾自把袋子放进单身公寓卧室后的小厨房，然后小心翼翼地欠着屁股坐在沙发上，吞吞吐吐地说，他的孩子，从小学习成绩优秀，每期都是班长，央求我能够培养他的孩子继续当班长。

孩子一直站着，抿着嘴唇默默地看着他的父亲，偶尔看我一眼，又慌乱地将目光移开。我判定这是一个害羞的孩子。他是聪明的，却又胆怯得像只小松鼠。他的学业没有任何问题，但他芽苞一样尚未打开的个性，在班级管理上还有很远的路要走。我祝贺他的父亲，养育了一个优秀的儿子，并答应他将尽我所能，帮助他很好地融入班集体，成为大水池中一尾自由遨游的鱼儿。

老人得到我的承诺，就要告辞。临走的时候，我将自己的两盒烟塞给老人，算是我付的花生与腊肉钱。

老人的行为让我警醒。我意识到，我这个班主任，将面临一些复杂的局面。中师不比高中，更不比初中。初中与高中，那是全凭试卷上的成绩说话的，测试的就是孩子是否能够考上高中、大学，其他一切因素大都可排除。中师不同。虽然还是凭成绩来判定学业水平的高下，但已并非全部。就如我此前工作的几年，我所任教的课程，每学期期评成绩的最终确定，平时成绩占到了百分之三十。这个平时成绩，掺杂了许多主观因素。至于一些副课的评价，主观因素更高。

而且，中师的学习，目标直指就业（当年是分配），学业成绩中主观因素的增多，给学生的成绩判定掺入了许多人为因素。个人的好恶，影响的可能就是学生毕业时分配单位的好坏；蓄意的布局，依然可以左右个别学生的人生去向。一个优秀的学生，可能就会在人为因素的判定之下，被分配到偏远的乡下；而表现平庸的学生，也可以依赖长远的布局，成为城区小学的老师甚至分配到机关。倘若我这个班主任，为了自己的某种利益这样做了，那便是上愧于天，下怍于地，我自己的良心将永远过意不去；而那些得不到我欢喜的被分配到乡下的优秀学生，也将可能记恨我一辈子。

得感谢这位家长。他让我在学生进校之前，就有了强烈的警觉。我在心中暗暗告诫自己，必须公正对待每一个孩子。他们年龄尚小，对老师不公正的行为，心里有想法却无从反抗，但在他们内心世界投下的阴影，可能一辈子都无法消除。

我得让他们的内心在进校时一片阳光，毕业的时候依然艳阳高照。

当我对自己的告诫在自己的内心响起的时候，我的心中信心百倍。我觉得我这个班主任的案头工作，已经准备得非常充分。第二天就是学生的报到日。等到曙光升起，我将迎着阳光，站在学校最高处教学楼的大门口，张开双臂迎接每一个同学的到来。我将在第一时间告诉他们：在未来，你们都是我的骄傲！

愿天下人都有饱饭吃

安江农业学校安静地匍匐于一片原野之中。初冬的阳光洒落在校园内的田野、橘园和低矮的青砖校舍之间，也洒落在校舍外更广袤的原野。如果没有那一道朴素的校门将校园内外的田野隔开，那么，就有可能恍惚之间分不清哪儿是乡村、哪儿是校园。南方的阳光只有在秋冬才显得美丽，不仅纯洁、灿烂、透明，而且温暖。校园内的杂交水稻试验田里，已经收割的稻茬儿厚实地铺陈在大地上，泥土的芬芳弥漫在枯黄的稻茬尖，与阳光融合在一起，熠熠生辉。两块没有收割的杂交水稻划成方块，列阵凸立于田野之中，闪耀着金灿灿的光辉。校园小径两旁的香樟、桂花树硕大无朋的伞盖，将校园覆盖得更加静谧。

安江农业学校是"杂交水稻之父"袁隆平工作了三十多年的地方。

1953 年，袁隆平从西南农学院毕业，即被分配至这里任教，一直到 1983 年才离开。在这里，袁隆平恋爱、结婚、生子；在这里，袁隆平培养了不计其数的农学专业学生；在这里，袁隆平更发明的杂交水稻，解决了世界级难题水稻高产问题。

　　校园里那一方并不大的被学校用来作为试验田的田野，就是杂交水稻最初栽种的地方。从学校朴素的大门走进去，不远处正对大门的路口，竖着一座红色的牌楼，在阳光下特别耀眼。牌楼的正中间，是袁隆平院士为学校的题词：

　　　　愿天下人都有饱饭吃。

　　这句话非常朴素，正如当年每一个农民劳作一辈子实实在在的愿望。不同的是，农民的愿望，是希望自己有饱饭吃，作为一个农业遗传学专业的知识分子，袁隆平的理想是愿天下人都有饱饭吃。它并不高大上，却一点儿也不空洞，饱含了中国传统知识分子强烈的忧国忧民意识，是袁隆平院士一生实实在在的写照，也是他实现了自己的愿望后，长舒一口气所抒发出来的当年的初心。他实现了自己的初心，他才能坦然地把这句话说出来，为每个农学专业的知识分子指出一条最具穿透力的前进道路。倘若他没有实现呢？也许只能将这一初心埋藏在心底并一辈子为之怅然。它不飘不摇、不虚不空，每一个平常字眼，都如铁一般沉重，都需要付出全身心的投入。真正的英雄不打诳语。伟大的人物说的都是饱含民心的平常话。而平常话的背后，却是全身心的付出。

　　袁隆平来安江农校任教后，从 60 年代初开始，就凭着他深厚的遗传学专业基础，开始杂交水稻研究。当年的条件是艰苦的。袁隆平在校园内住了将近二十年的旧居，只是一间平房，房子正中用一堵矮墙隔开，后面是卧室，前面是厨房、餐厅兼书房。袁隆平的三个孩子，都出生在这小小的平房里。

在那个年代，每一个中国人的生活都很艰难。中华人民共和国成立后的十几年，天下安定，人口激增。而中国的土地利用率已达极限，依赖增加耕地多收粮食，几乎是痴心妄想。在杂交水稻问世之前，当年的中国人，都对饥饿记忆犹新。不管是城市，还是乡村，几乎人人都面呈菜色。

要解决中国的粮食问题，唯有增加单位产量这一条路。

袁隆平决计从遗传学的角度，解决这个问题。通过科研人员的努力，当年的水稻，已经培育了许多新品种。比如改高秆稻为矮秆稻，使得水稻在风雨天气下倒伏的状况有了很大的改善，保证了水稻的收成。比如缩短水稻的成熟期，改一季为两季，也增加了一些产量。但是，这些改进，都只是在原有基础上对品种的改良，并没有革命性的变革，产量远没有达到"让天下人都有饱饭吃"的高度。在我的记忆中，当年的双季稻，亩产能够达到八百斤，就非常了不起了。在农村，每年收的稻谷，除了交公粮，最好的年份每人也只能分到三百斤左右，只够一个人半年的口粮。

学校的这一块试验田，成了他从事杂交水稻研究的主战场。当年的袁隆平，特别瘦，特别黑，一年四季风吹雨打，他的脸上布满刀刻一般深邃的皱纹，再加上终日在酷暑下的田野里观察、劳作，衣衫上常常被汗水、泥水湿透，又没有特意去换洗，看上去和终日在田野里劳作的农民毫无二致。

袁隆平一辈子就把自己当作一个农民。在这块试验田里，袁隆平费了多少心血、洒了多少汗水，无法统计。只有学校当年的老师、学生与这块稻田记得，从水稻播种到最终收割的日子里，无论是阳光如烈火，还是暴雨如长鞭，袁隆平总是从早到晚待在他的试验田里，阳光下有他的身影，暴雨中，他的身影依然在田野里晃动。他观察水稻在每一个日子里非常细微的变化，并把它们记录下来。从开始研究杂交水稻到最后研制成功，十多年的时间里，他的身影，就是这块田野里最原始、最坚定，也最令人感动的风景。

其实，在当年，他并不能确定自己的研究能够成功。这是一项前无古人的事业，它开始于脑海里的灵光一闪，并最后成功于在海南的一次偶然发现。但是，这一偶然的发现，是基于袁隆平扎实的专业知识基础之上，是基于他十几年如一日的潜心研究、仔细观察的基础之上，是基于他心中那一个朴素的信念的基础之上。在这个过程中，他并没有考虑是否能成功，并没有考虑名与利，他只是从一个最朴素的愿望出发：让天下人都有饱饭吃！

袁隆平最终成功了。1976 年，杂交水稻开始在全国大面积推广，一下子将晚稻的单产从二三百斤提高到了亩产八百斤以上。随着品种的不断改良，现在更是提高到双季稻亩产三千斤以上，让中国人尤其是喜食稻米的南方人，从此不再饿肚子，也让全世界喜食稻米的人从此不再饿肚子。袁隆平也因此被称为中国第一农民、"杂交水稻之父"。

然而，我们现在看到的是一个最理想的结果，其实，其中的过程更令人感动。那是一个知识分子为天下人的担当！安江农业学校位于湖南省洪江市安江镇。安江镇现在只是一个偏僻的乡镇。虽然当年这里曾经是黔阳地区行政公署的驻地，也是黔阳县的县治，但蜗居于雪峰山深处的安江，从来就是一个偏僻的地方。安江农业学校当年只是一个地属中专学校，坐落在远离城区的偏远的乡村里，学校除了大量的试验田地，几乎所有的建筑都是青砖平房，那些平房，现在依然有年轻教师住着。但是，即使在最偏远的地方，即使在最普通的学校，也并不妨碍在这里工作的知识分子为天下分忧的情怀。

处江湖之远，也不忘忧国忧民。袁隆平是切切实实做到了，他的贡献将随着老百姓的世代相传而永恒。

"帅哥"院长

想去凤凰吗？想。不仅你想，我也想。我要去凤凰，沾沾沈从文的灵气，把自己的文字弄漂亮点儿，把文章的意境弄悠远点儿。我要去凤凰，在边城美妙的夜晚，走在青石板的街道上，走在清凌凌的沱江边，与美丽的苗家姑娘翠翠邂逅，然后一解自己的浪漫情怀。"那个姑娘也许就在那儿等着我，也许一辈子不可遇见。"遇不见没关系，体会体会沈从文《边城》的意境，就足够浪漫。

我要去凤凰。可惜到现在，我也没去成。

不是没机会。曾经有一回，我经凤凰，坐在车上穿城而过，领略过凤凰美丽的街景，瞭望过凤凰美丽的苗家姑娘，就是没下车，没拜谒沈从文故居，以致到现在，先生的文字一点儿没学着，我的文字，一如既往地滞涩。

遗憾不？真遗憾！

有人问了，既然从那儿经过，为何不停车，移步换景，好好看一看？答曰：不是我想停车就停车，车上还有一个"大人物"。他不说停车，我就不敢叫停。

这"人物"是谁？我的顶头上司、我供职的学院院长是也。

　　这个院长是帅哥。身高直抵一米八，体重不足一百四。棱角分明，清逸俊朗，双眸含笑，举手传情。初来学院时，与一帮青年教师打篮球，女生们不知这位是院长，轰然围上来，醉翁之意不在球，在帅哥。只要帅哥一拿球，女生就尖叫：帅哥，投一个。帅哥果然就投。投进了，叫好声、尖叫声愈发响亮。没投进，一片叹息。帅哥在哪支球队，场边的女生，就全是那支球队的啦啦队员。

　　院长不仅是帅哥，还是一个工作狂。他自长沙来，周日晚上至周五，除去早上跑步，下午下班后打一小时篮球，其余时间就全在他的办公室及校园里忙着，不到晚上十点半，归不得他的小窝。作为直接为他服务的下属，我每周也会有那么一两个晚上，被他"扣留"在办公室。学校虽有好基础，各项工作却还脆弱得很，稍不留意就会往下掉。院长小心翼翼，只想学校一直往前赶。要往前赶，就得拼命，就得一天当两天用。不到半年时间，帅哥院长就生生憔悴了下来。

　　且说这一年，高职院校生源数量骤降。院长那个急，绞尽脑汁想办法，听说湘西几个兄弟院校生源不错，立即召集手下，去他们那儿取经。事先设计好路线，三天跑完六所学校。学校都在不同的府城，府城之间短则一百多公里，多则两百多公里。我们一路紧赶着，不是在交流，就是在交流的路上。就在第二天，我们清晨从怀化出发，十点左右路经凤凰。凤凰果然好，还没进城，就看到蓝蓝的天上白云飘，高高的山上青松摇，路旁的水清悠悠地流，还有那吊脚楼上的苗家女，一个赛一个地妖娆。我与院长一个车。我不怀好意地问帅哥：听说凤凰好迷人，到过凤凰吗？帅哥回答没到过。车上还有一领导，心领神会也说没到过。都看着帅哥，只等他发话。帅哥眯眯笑，顾左右而言他：什么时候了？我说十点。院长说：说好十点半到兄弟学校，这儿到吉首，还要个把小时，都是兄弟单位，不能让他们等太久。我们不下车了，师傅开慢点儿，我们远眺凤凰城，感受朦胧美。说完觉得有点儿亏欠，接着说，机会多的是，下次我们好好玩，这次留个念想。

我们都得听院长的。只好从城边用眼睛扫了一下凤凰，真如院长说的那样，留了个念想。那念想到今天，许多年过去了，还没成现实。

其实怪不得帅哥。帅哥是个有情有义的善良人。只是行程太紧凑。要奋斗，就会有牺牲。帅哥就是湘西人，土家族。路过凤凰第二天，从张家界去常德，经过慈利县。慈利县的金岩土家族乡，就是院长的故乡。那儿还有他的父母双亲在那儿生活。车过金岩时，帅哥远眺故乡那一边，兴奋地指着路旁的大山说："看，山那边，就是我老家!"那山正青，那天正蓝。院长脸上孩子般的笑脸，正是对故乡的怀念。依然没有停车。在他的故乡边，院长留下的，也是他回故乡的一个念想。

三天围着湖南境内，几乎转了一个圈。湘西的风景，故乡的风景，帅哥院长没体验，我们也没体验到。院长嘴里说的心里想的，全是工作。

这个工作狂!和他共事越久，就越体会到这一点。如此紧赶慢赶的经历，作为他的下属，我都见怪不怪了。去武汉办事，近五百公里，头天中午出发，第二天早上办完事就往回赶，饿了就在高速服务站填肚子，下午我和他就出现在学校，布置湖湘大讲堂会场。去深圳考察毕业生就业单位，白天在学校处理完公务，晚上飞机去，第二天风尘仆仆跑遍深圳，晚上再飞回，第三天一早，帅哥又在主持院长办公会。他当院长三年半，我随他去过许多地方，北京、深圳、广州、宁波、青岛、乌鲁木齐，每次除了在途中，就是在途中，根本不知道到过的城市什么模样，有些什么样的风景。亏不亏？亏。尤其是遥远的城市，比方乌鲁木齐，根本不知道下次什么时候去。但院长如此，作为下属，也只好罢了。

如此这般下来，学校发展就不慢。前任班子打底子，帅哥院长继续打。前任院长让学校成了省示范，帅哥院长让其更进一步，成了国家骨干高职院校建设单位。全院上下都高兴，帅哥更是高兴得什么似的，将骨干院校的牌子，挂在主教学楼的顶端，每到晚上，就灿灿地亮起，让全市老百姓，远远地就看得见。

现在呢，院长去了海关系统，有了更重要的职位。不知他是否还是如此拼命地做他的工作狂。在这里，我得跟他说，其他的，就算了，我要去凤凰，我得让他赔我一个凤凰行。

老 张 头 儿

老张头儿是我参加工作后的第一位领导。其时我还是一个愣头青，老张头儿也并不老，五十左右的样子。我们称呼他老张头儿，一是因为他的形象。他刚从部队转业回来，整天穿着一身没有帽徽、领章的旧式军装和解放鞋，军帽多是戴着，夏天偶尔没戴，露出一只溜光水滑没几根头发的脑袋，配上他敦实的身材，一副典型的老干部模样。二来呢，这个人极古板，还有点儿军阀作风。我们一群年轻老师住在集体宿舍里，晚上经常在某个伙伴的宿舍里喝酒吹牛聊天。吹牛吹得正高兴呢，老张头儿冷不丁推门进来了，痛心疾首地告诫我们要趁年轻多钻研业务，早日为学校挑大梁。搞得我们兴味索然，又惧怕他是党委书记，只好一言不发，低眉垂首接受他的教育。时间久了，我们背后都叫他老张头儿，有时暴脾气来了，甚至恶狠狠地称他为"军阀"。

我们总觉得他将年轻老师当囚犯一样看守着。他给我们规定了很多条。那几年学校分配来了一大堆刚刚大学毕业的年轻老师，多数还没恋爱。为防止师生之间发生暧昧关系，他在全体教职工大会上疾言厉色地宣布，男教师不得和女学生在教工宿舍里单独相处。如果女学生有事上门找老师，时间不得超过十分钟，而且，宿舍的门必须敞开，一旦发现男老师与女学生关上门在宿舍单独相处，一律开除公职无赦云云。他甚至规定，所有男老师不得留长发，头发不得把耳朵和额头遮住。一个音乐老师，长得帅，人称"大卫"，一头长发飘逸飞扬，走到哪里，都能引起女同学喝彩。对此，老张头儿当着"大卫"的面，勒令他必须剪了头发才能上讲台。搞得"大卫"很没面子，但胳膊拧不过大腿，只好悻悻然把一头长发剃了，引来女同学一片嘘声。

最叫年轻老师头疼的，是他经常窜进教室里听课。上课了，年轻老师还没走上讲台呢，老张头儿早就搬一条方凳，轻手轻脚从后门进了教室，笑眯眯地坐着听课。听到精彩处，他在后面颔首赞许。倘若觉得所听的课支离破碎，他会蹙眉，并在下课后走到教室前面，检查老师是否做了详细的备课。教案备得详细也就罢了，他会鼓励你几句，指点你向老教师跟班学习。如果发现老师没有教案，那等待上课老师的，一定是当面劈头盖脸的暴风雨般的训斥和教师大会上不留情面的点名批评。年轻教师，还没混成教坛老油条，脸皮子还很薄，都很害怕被老张头儿训斥。为提防着他老人家特务般冷不丁地来教室听课，只得小心翼翼地备着课，认认真真地上着课，扎扎实实地把自己所承担的教学任务完成。

当然，老张头儿也表扬我们。我至今清楚地记得老张头儿在大会上对我的一次表扬。他说，他喜欢半夜里起床到校园里转转。他发现，我的宿舍的灯，总是亮到很晚，而且没有半点儿声响。显然我是在看书或者备课，这种作风，值得学习。表扬之后又不忘批评几句：早上还是早点儿起床，学生们都在看着老师呢。我确实喜欢看书，学校图书馆每进新书，我都会搬上一大摞回来。尤其是读到自己喜爱的书，往往爱不释手，废寝忘食甚至通宵达旦，早上睡懒觉便是常事。他的这种表扬叫我哭笑不得。我这只是一种习惯哪。读书的习惯如此，又何须表扬呢？在大会上公开表扬，倒叫我觉得，自己睡懒觉的行为，成了众目睽睽的缺点，必须改正才对得起他的表扬。

老张头儿的领导方式，让我们整天都有一股压力在心头。我们不敢对工作稍有懈怠，也不敢在生活上放纵自己。我们对他有很多怨言，但是，也只能放在心里，除了在背后发发牢骚，谁也不敢公开违抗。

当然，除了对我们要求太过严格，老张头儿自身的言行，也叫我们挑不出半根刺儿来。老张头儿刚刚转业，从部队带回来老婆和三个孩子，一家子就住在教室当头的两间小房子里。那是典型的蜗居，两间房子加在一起，也不到三十个平方。换到现在，我们已想象不出两间小房子何以能够安下这么一大家子。我分配来这所学校的时候，学校刚刚新建了一栋教师宿舍，虽则面积不大，但好歹都是两室一厅的套间。老张头儿是学校老大，又是老资格，严格按规定打分儿分房，他也能分到一套。但他让了出来。后来学校异地新建，专门为老教师建了三室一厅的讲师楼，又建了三十套两室一厅的教职工宿舍，他依然把属于自己的那一套让了出来。直到他调离，他的住所都没有动过。

那时候他的三个孩子都已长大。两个女儿在家待业，儿子正上高中。学校有招工指标，其他校领导根据他的情况，想把他大女儿招为学校职工，考虑到他肯定不同意，便悄悄为他女儿办理招工手续。但是，所有的招工，最后都必须通过他主持的党委会拍板，这是哪一个领导也绕不过去的。到了开党委会的时候，他才发现研究的招工对象有自己的女儿。尽管其他党委成员都明确表态同意招他女儿，可他并不半推半就，而是态度非常坚决地把自己女儿的政审表抽了出来，其他的都通过。我没参加会议，不知道会议情况，但是据说，他在会上大发雷霆，把具体负责办理招工手续的管人事的干部骂了个狗血淋头，甚至说出了这是挖了坑让自己跳之类的话。事后，那位管人事的干部被调离了原岗位。我进校那年，学校为解决教职工子弟的托养问题，办起了幼儿园，需要安排两个临时工。学校考虑到他大女儿年龄大了，提议安排到幼儿园当保育阿姨，他才勉强同意。一直到老张头四年后调离，他的大女儿还是个临时工。另外两个孩子，一直处于待业状态。

那个时候，市场经济还没有发育，一切都是计划。所谓待业状态，即是失业，待在家吃闲饭。因此，如果有招工招干指标，其他人都是削尖脑袋来钻的。老张头作为党委书记，手握学校招工招干的大权，要解决自己孩子的工作问题，不是件难事。可是，他硬是做到了让自己的孩子在家待业、在家吃闲饭。这样的事，没有高尚的气节，是难以做到的。为此，他没少受老婆的埋怨，更得不到孩子的理解。据说，他的一个孩子，就因为不能招工招干，大半年没有喊他爸爸。

他的三个孩子一直延宕到二十四五岁之后，才解决了就业问题。两个女儿，一直从事幼儿教育工作。唯一的一个儿子，安排在普通企业，不久即因企业改制下岗，只好自谋职业。

学校后来规划整体搬迁到另一座城市。建设期间，领导们需要两头奔波。为工作方便，上级给学校配了一台小车。这台车，老张头儿说服了学校其他领导，安排给了学校筹建处，他自己从不乘坐。他去工地检查工作，全是坐班车。从一座城坐班车到另一座城，再走三公里路到工地。检查完工作，又走路到汽车站坐班车回去。筹建处的人全是年轻人，看到老张头儿经常风尘仆仆靠两条腿出现在工地上，他们却坐着小车到处跑，脸上挂不住，对老张头儿说，以后来工地检查工作，事先打个电话，要小车接过来，或者到车站来接一下也好。老张头始终不同意。他说，说好了给筹建处，就专门给筹建处，不能坏了规矩。学校五六个领导，我能用，其他人也能用。如果每个人都要用，筹建处就没得用了。那学校的规定，岂不成了一句空话？老张头自始至终固执地坚守着，其他领导也只能依他，如他一样坚守着。

碰上这样一位领导，我们还能说什么呢？我们有压力呀！好在我们这群年轻人，还是比较抗压的。在老张头儿的压力之下，我们快速成长着。大概在二十年后，我和妻子一起，去老张头儿家看望他，他对我说，在年轻老师中，我是成长最快的。我听了，心中泛起一股甜蜜，这得感谢他给我的压力呀！虽然他有股子"军阀"作风，叫我们觉得喘不过气来，但也正是这股"军阀"作风，叫我们把在大学求学期间养成的散漫作风收敛起来，认真对待自己的工作，也认真对待自己的生活，无形之中让自己快速地融入工作、融入社会。

不仅是我，当年我们一起分配来单位的那一批年轻教师，在三十多年过去后的现在，绝大多数成了社会的栋梁之材。他们有的工作没几年就考上了研究生，成了著名高等学府的教授；有的成了著名的书法家、画家、音乐家；有的成了校长、成了特级教师；有的去了行政单位，成了厅长、局长，成了乡镇的书记、乡长、镇长。留在学校的，也成了学校中高层管理人员。

还得补充一句，别看老张头儿对我们的工作和生活作风要求非常严厉甚至严苛，但对我们的生活和个人问题，又有充满温情的一面。为解决我们的恋爱、婚姻问题，他曾亲自安排人员，给我们穿针引线当"红娘"。他曾严令禁止年轻教师与学生谈恋爱，但在学生毕业后，如果老师与学生有那么个意思，他又会鼓励老师与学生加强联系，并在确定关系后，帮助老师将恋爱对象调到学校附近来工作，给他们的家庭生活提供方便。年轻老师，自己一般不单独生火做饭，餐餐吃食堂，他便将学校通过各种途径获得的能够自己开支的经费补贴到教师食堂，尽量提高教师食堂的伙食标准，让老师们吃好。

老张头儿是我工作后遇到的第一位领导，也是我遇到的最具优秀品质的一位领导。他用自己严谨得甚至有点儿苛刻的个人私德做引领，让我们在刚刚进入工作单位时，就树立了认真对待工作、对待生活的人生标杆，并因此取得了还算不错的人生成就。

现在，老张头已是八十多岁的耄耋老者，但我们还是愿意当面聆听他的教诲。当我们聚会将他请来时，他总是慈祥地、笑眯眯地看着我们，如数家珍地回忆着我们当年的那些窘事，更如数家珍地列出当年我们取得的点滴成绩。

他让我们深切地感受到，在当年，他是将我们每一个人都装在心里的。为此，我们更加尊敬他，为能够遇到这样一个好领导而倍感幸运。

老张头儿大名叫张特世，1984 年至 1988 年担任冷水江师范（新化师范）党委书记。因为对教育事业做出的突出贡献，1989 年，他被授予全国教育系统劳动模范。

气韵清雅品自高

华斌的工作室在九楼。每次联系他，辄称"在工作室"。前去造访，则见华斌打坐一般，凝神静气坐在正对门口的沙发上，或手不释卷，或闭目沉思，而少见他挥毫泼墨。工作室挂一自撰联："花木清香庭院翠，琴书雅趣画堂幽"。见我来了，起身让座、泡茶，然后抽烟、聊天儿。内容多为课程教学话题，或古今文章，或诏奏格式，或字词出处，或文人轶事。华斌博闻强识，其论常有新颖惊世之处，令曾担任过系主任一职的我汗颜。至于书画领域专业知识，我更是只能洗耳恭听，不敢置评。工作室一面墙，全是书橱。橱中所陈，除前人今贤书画集，多数是文史哲类古今名著。

这个时候，华斌已不仅仅是书画名家，更是治学严谨、知识渊博的老师与学者。谁能想象，他当年只是一名初中未毕业的井下矿工！

夫书画大家，非技巧所能至也。林木丰茂，土壤必定丰厚。唯有养土培育得肥沃，方能在观者面前，展示鲜艳的花、翠绿的叶。书画亦如此，唯有学养深厚，提笔挥毫，才能做到方寸之间，一笔一画，皆有出处。遵古又不泥古，融今而又品格高远。华斌书、画多次入选国展，拿到金奖，其书法气韵清雅、洒脱有致，国画灵动活泼、纤毫皆精，近四十年所付出的心血，可见一斑。

华斌天生痴书画。儿时上学，多以写字、画画为乐，其作品常被老师以范本示之同学。然家贫，为谋一份口粮，初中未毕业即辍学，入一大厂附属铁矿，在井下做采掘工。矿洞里污黑，与课堂之明亮形成鲜明对比。华斌每月领四十五斤粮，肚子饱了，初心不改，从井下上来，即磨墨临帖，纵使宿舍工友打牌震天响，他自心无旁骛，仿佛要把墨汁全泼在纸上。不久其字便小有名气，借此得以调入总厂。总厂部门多，订报多。昨日新报今成旧。这些报纸，华斌整天惦记，不时到各办公室收集以作为练字纸张，每有闲暇即临帖练字。走在大街上，见可意之招牌、对联，也常在写字时模仿。日积月累，所写之毛笔字，便日渐华丽。

城里书家多。其时也，总厂书家曾泽长，曾当华斌之面挥毫。书家之作品，给还停留在"写字"阶段的他打开了一扇窗。"字还可以这样写呀！"惊叹之余，华斌开始主动向古今书法家学习。当时，华斌生活的冷水江、新化一带，名头响亮的书家有二：一为鄢福初，后为中国书法家协会副主席、湖南省书法家协会主席；一为苏美华，后为湖南第一师范学院书法教授。华斌先拜苏为师。每至周末，即上门观摩，聆听教诲。回家即根据当天心得，运笔走势，深夜不辍。三四年时间，未尝稍懈。其魏碑之基础，多扎实于此时。后又成鄢之弟子。鄢每讲学，辄跟随于后，洗耳而听，净手而摩，十几年不离左右。其颜氏之楷、王氏之行，多师出于此。难得的是，华斌访师之余，更能融会贯通，揉楷书、魏碑之筋骨与张力，取行草之华丽与不羁，自成一体，收而不凝，放而有度，经时间沉淀，愈发老到，成为国展常客。

书者，气也。什么气？书卷气。华斌愈学书，愈加感到知识底蕴之重要，愈觉自身学养之浅陋。自走进书法堂奥，华斌挥毫日少，而手捧经典啃读、求来名帖揣摩日多。为更好读书、专心创作，竟放弃大型企业中层管理之丰厚年薪，至一大学任普通教师。后来，他凭借努力，一路成长，不仅是北京师范大学艺术硕士，更成了学校文学课程之骨干老师、副教授。通过自学，其古典文学水平，已达相当高度。

根深方能叶茂。愈来愈丰厚的学养，滋养了华斌的艺术才华。在书法领域，华斌近年常品赏北魏墓志，其书之骨架趋向于瘦，笔画之间，常有刀笔印，而外形更加恣肆汪洋。细细领略，更觉字字有古、笔笔有古，而又字字有华斌、笔笔有华斌。此非平常书家能到达之处，常令观者击掌、爱不释手。十几年前，华斌更涉国画领域，一笔一画，皆是细节，而又疏朗有致，构图严谨又别出心裁，落笔平常而又新颖别致，其高远意趣，令人领首称颂。他的国画能一炮打响，出手即入国展，非丰厚之学养功力，诚不能至也。

华斌重情谊。其之称师者，即使过去三四十年，依然执弟子礼，恭敬有加。某一日其苏师来娄，他三日三夜不离左右，美酒款待，伺候笔墨。华斌别无嗜好，唯好酒抽烟，有友来访，必然好酒好烟招待，尤其于酒桌上，豪气干云。我与华斌校内系同事，校外是兄弟，我痴长他几岁。他喊我喝酒，我不能陪；我向他索字索画，他从没二话。近几年我颇感无聊，常去工作室叨扰，抽烟、喝茶、聊天、八方神游，华斌总是笑意盈盈，最终还要备一餐饭招待我。

　　可能是年纪渐长的缘故，近几年华斌戴上了眼镜。戴眼镜的华斌更见儒雅之气、更有学者风度了。而在我看来，华斌一直是个儒雅的学者。

做官也可以有文艺范儿

涛哥出身师范，其外形至今依然具有浓郁的书卷气与文艺范儿，清新、飘逸、骨骼俊朗。当年当老师的时候，他凭借出众的文体才华与潇洒英姿，拥有众多学生粉。后来转行做公务员，每日与公文、会议为伍，少不了各种交往，但他并没有成为令人讨厌的"中年油腻猥琐男"，其形象气质，反而日渐清奇。

这，得益于植根于他内心的文艺情怀吧？

二十年前一个初秋，市作协组织一批会员去湄江风景区采风。我躬逢其盛。甫到湄江，就与风景区管理人员座谈，涛哥赫然在座。得悉他已是风景管理区主任，此次笔会，就是他主动与作协联系并共同主办的。采风期间，涛哥须臾不离作家们左右，其状甚恭，其情甚殷。其在会上的发言，旁征博引，广涉中外，且见解独特。因有师生之谊，得以在会后与其单独交谈数次，得知其业余时间多以书画为伴。就在采风期间，他的公文包里，亦有文学、书法等图书数册。其对文艺之热爱，可见一斑。

文艺的背后，是文化给予的强大支撑。而热爱文艺者，其内心深处，总有一股纯净而崇高的气质自然而然流露出来。在我与涛哥相处的时刻里，从来没有觉得这是官员刘涛，而是作为朋友的涛哥、热心而周到的涛哥。2008 年，我去涟源参加全市处级干部羽毛球赛，其时涛哥正任涟源市体育局局长。比赛那天，他早早地就在体育馆入口处候着，笑容可掬地将一干运动员迎进比赛馆。将他们安排妥帖了，再单独将我迎进他的办公室。此时的涛哥，其书法水平已是非常了得，办公室里，全是文房四宝，翰墨飘香。那次比赛也是奇了。不仅一天时间安排五场比赛，且我每一场比赛，都打满三局。久疏战阵的我，自然受不了此等折磨，每场比赛下来，腰、腿都疼得站立不住。涛哥见了，心疼得不行，每场比赛结束，他就在比赛场地旁边，蹲在地上为我按摩。在那一刻，他似乎早已忘记了自己在属下面前的"官员"身份，让我这个"高龄"运动员早一点儿减轻痛苦，才是他的全部想法。

当然，在我和他相处的时间里，我所见到的"涛哥"，都是快乐的，甚至还有点儿孩子般的天真。还是 2008 年吧。"涛哥"有幸成为北京奥运会火炬传递手，并获得一支火炬永久保存。为此他专程与夫人一道来到娄底，请我及几位他上师范时的老师吃饭。席间谈及火炬传递，不禁手之舞之、足之蹈之，当着我们的面，抱着火炬给我们示范跑了一回。我能够看出，他在示范的时候，并不是将这作为一次值得炫耀的经历，而是当作一次稀有的幸福享受而藏之于胸，并与我们分享，就犹如小孩子得到很多的糖果而与同伴们分享一般。说到这里，一定得提起他与其夫人的爱情。他的夫人，当年是一位典型的文艺女青年，与他是同级不同班的同学。两位在学校都是名人，但在校期间并没有火花擦出。等到毕业多年后，当涛哥事业初成寻找爱情，蓦然回首，才发现那女子才是自己真正心仪的，于是自然走到了一起。现在，两人结婚已经二十多年，其恩爱之状，叫现在的小青年都觉得太腻歪。

涛哥的品格，就那么自然而然地敞开在那里，让我们如沐春风。在我们感叹人的面具越来越厚的今天，有涛哥这样的朋友，内心里就有鲜花绽放。是的，涛哥的职业是行政管理人员。但他内心深处的情怀，让他的管理不一般。他以自己的纯净，以自己对文化的深刻领悟，来打动着身边的人，也打动着他的上司与下属。他让我们觉得，当领导，也可以将冰冷的管理条文，以另外一副充满热情与关爱的面目出现。

家有疑难可问谁

　　小舅九岁左右时，与几个姐姐一起到附近的筑路工地上锤砂石。小舅是满崽，调皮，锤着锤着就爬到小山似的砂石堆上蹦跳。不料那石堆是松动的，小舅蹦跳过程中，石堆哗地就垮了下来，小舅来不及跑开，被成堆的砂石压在下面。伴随着小舅的惨叫声，他的几个姐姐尖厉地哭喊着用双手不要命地去扒石堆，扒呀扒，终于将已经昏迷的小舅扒了出来。还好，石头并没有砸着小舅身体的关键处，只是将太阳穴擦破了一块皮，鲜血直流。

　　小舅大难不死。自此之后，他总是指着自己太阳穴一辈子都没有消退的疤痕说，他已经死了一回，此后活着的岁月，都是赚的。

　　小舅向天再借了六十五年。庚子年腊月初七，小舅患白血病，在病痛的折磨中溘然长逝，享年七十有四。

　　小舅兄弟姐妹一共七个，一个大哥，五个姐姐。他是最小的，自称"拉巴"（邵阳方言，兄弟姐妹中排行最末的意思）。既然最小，外公外婆当年自然更宠着他，也就更调皮些。调皮得久了，也就养成了遇事自己拿主意，不依赖别人的个性。尤其和大舅比起来，他在性格上沉毅得多，也更有主见。

外公活得长，九十三岁无疾而终。外公去世刚刚半年，大舅也积劳成疾，一病不起。自此之后二十多年，一个家族，就由小舅一个人撑起。小舅与几个姐姐感情深厚，对外甥、外甥女，全都视如己出。但在看到外甥、外甥女一个个茁壮成长的同时，小舅的内心也生出一块心病。早在二十多年前，他就感叹说，他们家旺"外戚"，不旺本宗。"外戚"几个姐姐家近二十个外甥、外甥女，一个个红红火火，好几个考上大学，留在乡村的，也大都掌握了一门谋生手艺，家底越来越丰厚。倒是本宗，包括他的孩子与大哥（大舅）家的孩子，人倒是实在，可既读不了书，学艺又不精，只会出傻力、干傻活儿。眼见得日子过得比姐姐家窘迫，便叫小舅生出了如是感叹。

在这种心态支撑下，小舅想了很多办法去经营自己的家。

他曾对我讲述过他外出粘鹞子（老鹰）的经历。

六十岁之前，每年农历九月底，小舅就和同村的一个伙伴出发，去大山沟中粘鹞子。这时候地里的庄稼都已收割，老鹰缺少食物，整天在大山之间飞翔觅食。他们两个捉来几只老鼠，全身涂上桐油，用绳子捆了老鼠的脚，再插在稍微空旷一点儿的地里，让老鼠在地里四处奔窜，地面上也涂好桐油。饥饿难耐正在空中觅食的老鹰见了，不知是计，饿鹰捕食飞扑下来直啄老鼠。老鼠是啄住了，可是两只翅膀，却被稠黏的桐油粘住，越扑打粘得越厚，再也飞不上天，眼睁睁看着自己成了捕鹰人的猎物。

小舅告诉我，山里的鹰越来越少。开始的时候，他与同伴在故乡不远的板竹山捕鹰，运气好的话，一天可以捕两三只。

不出几年，板竹山就没有了老鹰的踪影，不得不到遥远的湘西雪峰山去捕。每次进山捕鹰，短则一个月，长则九月底出发，直到快过春节才回家。

捕鹰的诀窍全靠脚力，几乎每天都要在崎岖山道上奔跑七八十里，还不一定能够捕到一只。在外出粘鹞子的日子里，小舅与同伴过的是野人般的生活，每天都在大山的肚子里打转。饿了，吃点儿自带的包子、发饼等最廉价的食品；渴了，喝山里免费的冰凉的泉水；累了，坐在山坡上休息一会儿。至于过夜，基本上是在野地里。他们自带着被褥，运气好碰到守山人遗弃在野地里的草棚，就在草棚里舒服过一夜；运气不好，就只能大地当床，在野地里撮一堆松毛针，躺在松毛针上过一晚。最怕遇到下雨、下雪天。既不能到山里去粘鹞子，又无处可住，只能觍着脸求告于山里人家，在山里人家的草堆里蜷缩着发抖。

至于收益，全看运气。他们粘了老鹰之后，通过特别的渠道，卖给广州、深圳等地专门收购老鹰的中间商，当年一般两百元一只。老鹰是国家二级保护动物，国家明令禁止捕杀。虽然当年处罚不严，但倘若被执法人员抓住，不仅老鹰会被收缴，捕鹰人也会被罚款。小舅告诉我，他就有好几次差点儿被抓住。幸亏比较机灵，老鹰被收缴了，人却开溜了。只是老鹰被缴，他等于好些日子的活都白干了。

他告诉我，效益最好的一年，他们两个人，一个冬天每人差不多赚了一万元钱。换算一下，也就是每人差不多粘了五十只老鹰。

一万元钱，于小舅来说是一笔不菲的收入，却是他用几乎整个冬天的生命煎熬赚来的。一个冬天的野人般的生活，有几个人能够受得了呀！这一万块钱，被他们小心地捂着，除了刚够维持自己生存的基本开销，一分也舍不得多花，全部带了回来。

也许，有人看到了其行为的违法。可是，小舅要是家庭情况哪怕稍好一点儿，或者稍有更赚钱的技术，他也不会冒着如此的风险，遭如此的罪，去从事这一行当。

一直到这个活儿干不动了，禁止捕猎的执法也严了，小舅才停止了每年冬天的"野人"生活。

但小舅一辈子都没有好好歇息过。不再干粘鹧子的活计后，随着年龄的增大，他又从事另一个职业：工地守夜。

基建工地越来越多，每个工地都需要看守材料的人。小舅就是众多守材料人中的一个。守材料活计相对轻松，适合六十岁以上的老年人干。但守材料不轻松的一点是，他必须天天在工地伴随着材料过夜。如果材料库有活动板房还好，可以睡在板房里，晚上按时巡查即可。如果没有活动板房，就只能在临时搭建的材料棚里蜷缩着，风来了迎着风，雨来了迎着雨，酷暑来了呢，迎着酷暑。

这是一个有家不能回的活计。

小舅作为工地守夜人，经常向外甥们夸耀，他守的材料，从来没丢过，也没少过。

这我相信。小舅是一个做事极认真、自律得甚至有点儿严苛的人。他极重乡村礼仪。他去别人家做客，甚至到姐姐家做客，喝酒从不喝多，一杯就够；夹菜，从来只从自己身边的碗口夹一点点；给他敬烟，从来都是双手接住，口里说着感谢的话。他于乡村礼仪的自律，让他获得与他打交道的每一个人的尊重。他将这个良好的习惯带到了守夜人的岗位上，带到了他从事的每一项活计上。别人守夜，每晚的巡视有些按规矩，有些不按规矩，不丢材料就是。他呢，每晚坚持按规矩外出巡查。即使在荒郊野外也是如此。而他待人的礼仪周全，也让工地周围的人服他。正如小舅曾经对我说的，其他人守材料，隔三岔五会被工地周围的乡亲顺手牵羊捞去一些。他守材料，没有一个人会打工地上材料的主意。当地人都说，小舅人太好了，不要让好人为难。

小舅如此好口碑，村子周围的基建工地要守材料，都会想到他。尤其是，当年二广高速从小舅居住的村庄经过，并在此建了邵阳西高速出口，在修高速路的那几年里，小舅一直充当工地的守夜人，几乎每个晚上，都在工地的工棚里度过。

小舅近乎疯狂地出卖苦力与近乎折磨自己的节省，让他终于有了一笔不菲的存款，再加上修高速拆了他家旧房、占了他家土地的补偿款，他于 2015 年建了一栋新房。虽然仍然是乡村房屋的模样，大而无当，但那气派，却排在整个村庄的前列。新房落成，他的几个姐姐和众多的外甥都前去祝贺。这一天，鞭炮齐鸣，礼花飞溅，小舅的笑容，在寒冷的冬天里，如春天里花开一样明亮。也许，在小舅的心里，新房的落成，意味着他已经追赶上了姐姐们的步伐，也意味着他的儿孙，从此可以在一个相对舒适的环境里，相对从容地从事自己的劳作。

他的一生，就是用姐姐们做标杆，将"旺本宗"作为自己人生追求的最高目标。

他没有想到，常年在工地上守夜，与工地上的化学原料为伴，不知不觉损耗了他的身体。小舅患的是白血病，俗称血癌。我们整个家族都没有这个病史。查有关资料，得知化学原材料尤其是甲醛，是患白血病的最大诱因。而高速公路的材料库中，这类材料很多。我们能够想象，在充满甲醛的环境里，小舅用自己的身体，为家庭赚得几个辛苦钱，而他的生命，在这个过程中不知不觉地被侵蚀、被掏空。

还在 2016 年的时候，我接小舅与父亲、叔叔、小学时的老师来我家小住了一个星期，陪他们去了韶山、去了芷江，在出去游玩的过程中，小舅就说全身发软、无力、晚上盗汗。后来回忆起来，那时候他的病就已经开始在体内发作了。到了2019 年 7 月的一天，小舅突然晕倒在地，送到医院检查，确诊为白血病晚期，市级医院已经不收，悄悄告诉其子准备后事。其子不甘心，送往湖南省人民医院，医院答应做一段时间保守治疗，定期输血小板，但被告知大约一年后输血小板也将不起作用。当然，医生也说了，可以做骨髓移植，但必须进行配型，费用非常昂贵。以他们家的经济条件，这条路走不通。

被确诊患白血病一年半之后，在如炼狱一般的痛苦折磨中，小舅带着他"旺本宗"的心愿，离去了。

也许，小舅的一生，就是在乡村尚有遗存的宗法社会体系中，一个农民的典型一生。作为儿子，他被赋予了兴旺家族的厚望。而"外戚"的兴盛，更助推了他心中追求兴旺的冲动。

小舅终其一生，都在为此目标而奋斗。他有了些许的成功，但这成功，终究耗尽了他所有精力，他像一头牛一样，整天在牛轭下喘息，当他再也背不动犁耙的时候，也就油尽灯枯。

小舅的一生是悲壮的。他是一个卑微的农民，但他也是一个真正的男子汉。他以一己之力，撑起了外公延续下来的家族的大厦。他也以一个真正的农民的思维方式，延续着中国几千年农村宗法社会体系的信条。小舅走了，也带去了一个纯农民的真正生活与做人方式。

夜 劳 作

一

城里有些人讲究夜生活。芳哈祖祖辈辈都是做田人，他上完初中就回乡随着父亲种蔬菜，大半辈子了，天天蹲在乡下侍弄土地。芳哈不晓得夜生活，芳哈只晓得夜劳作。

芳哈每天的劳作从太阳快落山的时候开始。日之夕矣，羊牛下来；日之夕矣，芳哈出来。眼见太阳快要倒下山梁，芳哈就从屋里来到阶前，吧嗒一支烟，眯着眼打量一下西边太阳与远山的距离，抄起家伙，就往石马江河边赶。

芳哈的身子轻飘飘的，抄着的家伙却很沉重。芳哈用来劳作的工具数不清，锄头、栽锄、水桶、粪担、长勺、短勺、喷雾器、割草机、抽水机、水管、喷头、盆式照明灯、提篮、菜篓子、扁担箩筐，一切和种、采、运有关的农具、机器、照明器材、运输器材，每次去河边，芳哈都得抄起几件。这些笨重的家伙芳哈操作得熟稔自如，就如熟悉自己的身体一样。

芳哈结婚成家，就继承父亲衣钵，自立门户种蔬菜，从春种到冬，又从冬种到春，周而复始。从芳哈屋前到河边菜地，四百多米，全是乡里坑坑洼洼的田埂路，窄、曲、滑、陡。这四百多米路，芳哈扛着劳作工具，或者挑着菜担，天天围着它打转转，脑袋都转晕。芳哈扛啊挑啊，挑出了一身强健的筋骨，身上除了肌肉就是皮，八块腹肌明晃晃；挑出了一身轻盈，晴好天气里，百多斤的菜担子，从菜地挑到屋坪里的货车旁，气不喘，脸不红。

种蔬菜，自己产，自己销，讲究的是夜劳作。芳哈种蔬菜二三十年，他的夜劳作，也坚持了二三十年。

日暮苍山远，天蓝菜畦碧。芳哈扛着家伙来到菜地，地里的蔬菜列好队，在江畔的风中左摇摇右摆摆，憨态可掬。芳哈站在地头，就是检阅部队的统帅。蔬菜变换着季节在他面前迸发着勃勃生机：萝卜的翠、黄瓜的绿、韭菜的黄、南瓜的橙、辣椒的红、红菜薹的紫、白菜的碧、菠菜的青，组成一幅幅绚丽多姿的彩色大旗，让他一来到菜地就陡生成就感。这让芳哈很开心。芳哈站一会儿就得开始劳作了，这份开心让芳哈繁重枯燥的劳作变得稍微轻松。

二

芳哈从薄暮时分开始的劳作多种多样。

他或者要栽菜秧。无论春夏秋，芳哈都选择在傍晚栽菜秧，一蔸一蔸、一棵一棵栽好，再用抽水机从石马江河里抽上来水，一垄一垄浇。夏秋季节，阳光毒，雨水少，栽菜秧不能在早上，更不能在中午。那会被阳光灼得枯焦，白费了工夫。春秋呢？傍晚栽也更适宜，晚上的露珠，更能滋润弱弱的菜秧。芳哈种蔬菜，时间控制得精准。什么时令种什么菜，节前三天还是节后两天，门儿清。芳哈种的不是大棚菜，而是时令菜，扎根泥土面朝天，绿色、环保，更对城里人胃口。当然价格也更可观。然而时令菜蔬难种，更讲究精耕细作，差了三五天，收成就有霄壤之别。芳哈几乎隔几天就要在傍晚栽下一种蔬菜。河滩很平缓，夕阳下的石马江河跳跃着深红色的斑斓，芳哈蹲腿弓腰的影子，远远望去，就是天地之际一幅缓缓移动的贴画。芳哈一手握着小挖锄，一手拉着筻箕里的菜秧，顺着苻子，拱起屁股，用挖锄将土翻过来，将土疙瘩细细地敲碎，施一捧有机肥，再覆上去，从中间挖一个大小适宜的坑，植好菜秧，将土覆上。每个环节，都盛满了芳哈内心里自然流露的对菜秧的怜爱。芳哈每款蔬菜的种植面积都不大，却种得特别细心，几乎都能顺应时令，抢先上市供城里人尝鲜。

他或者是给菜地浇水。蔬菜娇嫩，天晴三天，就蔫头耷耳，一副口渴难耐的模样。村庄处于衡邵干旱走廊，夏秋之际干旱，只见太阳，不见雨水。菜地一天不浇，采回的蔬菜就没有了水汪汪的品相。芳哈的菜地没有安装喷灌设施。总共才三亩多地，安喷灌设施那是大炮打蚊子。而且芳哈清楚得很，菜地浇水，关键要浇根部，更能吸收水分。喷灌多是浇的菜叶，人工浇灌的效果要好得多。酷暑给蔬菜浇地，只能从薄暮时刻开始。倘若上午甚至下午四点之前浇，火一样的阳光会将水流烧得滚烫，将蔬菜从根部活活烫死。

每天傍晚，芳哈就晃动着瘦高的身子，肩上扛着抽水机，手里提着浇水管，走过四百米的田埂路来到河边，安好抽水机，接好进水管和出水管，然后用皮绳将启动轮猛然一扯，抽水机突突突突的声音就在辽远的暮色中排成一串音符，在河水中荡开细密涟漪，雪白晶莹的水流转瞬间从水管中欢快地跑出来，顺着菜地里的浅沟流向四面八方。菜地是一垄一垄的，被浅浅的水沟围着。河水在水沟里一边缓缓地流，一边滋滋渗入蔬菜的根部。芳哈把抽水机开了，就赤了双脚，随着流水一垄一垄巡查。瞅见水沟里有倒塌的土块挡住水的去路，就跳下去双手把泥巴捧开，让水流不受阻挡。蔬菜每天缺不了水，又不能让水浸了。抽水机突啊突，水流哗啊哗，一亩地抽上三个小时，水流淹了垄沟的一半，芳哈就知道浇得正合适了，这时候停止抽水，过两个小时，水流就会全部浸入蔬菜的根部，能够保三天的水分。芳哈分配得均匀，三亩多菜地，一晚浇三分之一，天天浇，三天一个来回。一直浇到下雨，芳哈才不用操这份心。

今年夏秋，已经两个多月滴雨未下，芳哈就连续浇了六十多个晚上水。什么时候下雨？芳哈偶尔抽支烟望着天上明亮的月亮和星星，叹口气在手机上看本地天气预报，近半个月还没有表示降雨的图示。

三

傍晚开始的劳作，拉开了芳哈夜劳作的序曲，好比一桌宴席先上了冷盘，更丰盛的热菜还在后头。

栽菜秧或者浇水，还有施药除虫、择秧打枝、开沟培土、布设棚架、一担一担往地里挑肥等劳作，虽说辛苦，间或还是可以偷几天懒的。比方说春上，阳光和煦，雨水适中，就不会每晚都有抽水浇灌之劳。这个时候芳哈就有时间嗫着一支廉价的香烟，烟火明灭之间在村子里走一走、唠唠嗑，兴致来了还会约几个伙伴打几手牌，度过一年中难得的几天惬意时光。

芳哈接下来的夜劳作，却是勤勉皇帝的早朝，每天要做，想跑都跑不脱的。

芳哈大约在晚上九点结束第一段夜劳作，收拾工具回家，匆匆洗干净身上的泥巴就赶紧上床睡觉，不敢稍有玩耍。

芳哈手机的闹铃早已调好到深夜一点。闹铃是芳哈的军号。军号一响，芳哈立刻从床上跳下来。

深夜一点，这个时候绝大多数正常作息的人正在梦乡里睡得香甜吧？小部分习惯夜生活的人，高潮部分也大都已经翻过。而芳哈、芳哈的老婆，偶尔还有上学回家的两个孩子，夜劳作的高潮在此刻才正式拉开大幕。

芳哈要到菜地里采摘蔬菜。

蔬菜生长在芳哈营造的温暖潮湿的土窝里，有了足够的肥料滋养，有了适宜的水分滋润，根系特别发达，长出来的蔬菜特别惹人喜爱。绿的，绿得发亮；红的，红得流油；黄的，黄得透明；紫的，紫得厚实；青的，青如凝脂；白的，白如冠玉。尤其是，凌晨一点，朝露半沾，长在藤上、树上的瓜果在月辉下星斑点点，胖嘟嘟的让人爱得心醉。这个时候将蔬菜采摘下来，趁夜送到城里的菜市场，清晨顾客来采购，蔬菜的脆生生、水汪汪的品相，会将每个顾客的眼睛拴住，让他们爱不释手。

　　芳哈脑袋上顶着一盏盔式照明灯，他老婆也顶一盏，挑着菜筐、提着篮子，一前一后往四百米外的菜地走去，他俩早已习惯了这样的作息，眼神并不惺忪。一到菜地，就分别提个篮子，在盔灯的照耀下小心翼翼地采摘。他们用的是剪刀，既方便将蔬菜剪下来，又不伤枝叶。芳哈借着盔灯雪白的光亮，目光在菜地的瓜果间依次穿梭，丝瓜、茄子、苦瓜、辣椒、四季豆、西红柿、小南瓜、冬瓜、豆角、莴笋、芥蓝、红菜薹，芳哈将它们一一从藤上或者树上剪下来装进篮子，再送到田埂上，按品种装到不同的菜筐里。

　　采着采着，芳哈觉得孤寂了，就和老婆唠叨几句。芳哈说，今年丝瓜长得灵性。他老婆嗯一声。他老婆说，今年苦瓜蛮抢手，明年多栽点儿。芳哈也嗯一声。沉寂之中，只有剪刀的咔嚓声和撩动藤蔓的窸窣声，在菜地里孤零零地响着。夜很深，菜地四周的夜色由浅入深，向远方弥漫开去。知了已经倦了，有一搭没一搭地哼，蛙鼓声也渐次沉寂下来。只有石马江河水不知疲倦，细密的哗哗流水声如常，把幽深的夜幕撩拨。浓郁的夜幕中，芳哈和他老婆头顶上盔灯射出的雪白的光，就是大地的两只眼睛。两只眼睛眨呀眨，与天上的月亮星星相辉映，夜幕中就有了温暖的气息，生动的人间烟火的气息。

　　采摘的时候，芳哈更愿意天空中挂满了星星。明月朗照，就是晴天。晴朗的夜晚，芳哈从菜地边挑着采摘好的蔬菜，走过四百米的田埂路来到屋前马路上的货车旁，轻快如燕。若是雨雪天气，挑着菜担走过漫长的田埂，芳哈感到那就是遭了罪孽。平整一点儿的地方经雨水一泡，全是泥泞，提脚就是铅一样重；上下的坡道，浮尘被雨水冲走了，又滑得像猪板油，脚板稍不留神溜出去，菜担子摔了不说，人也免不了刺溜一下滑滑梯一般摔出老远。倘若摔伤动弹不得，不知道会耽误了多少农时。雨雪天气里，芳哈挑着菜担总是小心翼翼，走一步站一个桩，站得腿上的筋都扭歪。一天采摘的蔬菜，总得挑三四个来回吧。每当风雨里芳哈挑担走过的时候，心里就想，明年，最迟后年，不再种蔬菜了。快五十岁的人了，身体大不如前，雨雪天气负重前行，已经熬不住了。

可是芳哈也就这样想想。第二天，又重复昨天的故事。芳哈的三层楼房，是蔬菜地里长出来的；芳哈的两个孩子，一个大专毕业在城里当厨师，一个正在上大学，是蔬菜喂出来的。种蔬菜，让他每年有了二十万左右的收入，风调雨顺的时候更多，在村里成了大多数人羡慕的体面人家。他不知道，除了种蔬菜，还有哪种自己熟悉的行当来钱更快、来钱更多。种蔬菜虽然苦，虽然累，可这才是他的特长，是他一辈子的立身之本！

这样想着，芳哈只好年复一年种蔬菜，当夜行侠，将自己的劳作与夜色融为一体。每年除了正月初一到初四休息几天，其他的日子都将自己变成匍匐于夜色中的一只蜘蛛，每晚织网不止，却把自己网在中间动弹不得。

至于何时不再种菜，芳哈算计着，那还是遥远的未来，等身体不允许再下地时再说吧。

四

　　芳哈将采摘好的蔬菜从地里挑回屋坪，将品相太差的挑拣出来，再分门别类用菜篓装好，搬到车上码好，这时候大概是夜里三点左右。

　　芳哈和他老婆还要将蔬菜送到城里的批发市场。

　　芳哈有一辆五菱宏光面包车，既能坐人，座位放倒又能装一篓一篓蔬菜。芳哈最初是将蔬菜卖给上门收购的菜贩子的，只赚几个种植钱。后来到批发市场一打听，蔬菜批发商比种菜的赚得更多，心有不甘，就考了驾照，买了车自己送。虽然更累，但该赚的钱都赚到自己荷包里了。

　　装好车，芳哈就跳进驾驶室，他老婆坐到副驾上，发动汽车，向二十公里外的一个城区蔬菜批发市场进发。这时候，总有一两个同村的乡亲，摘了三五斤辣椒，七八斤丝瓜、南瓜、豆角、菠菜，已经坐在芳哈的车上，要搭他的车赶早去城里的菜市场占位零卖。芳哈很乐意顺路捎着他们去城里，也不收他们的座位钱。芳哈自己不容易，芳哈知道这批乡亲更不容易。他们去城里卖点儿自己种的小菜，挨响午才能回家，得那么几十块钱，除了回程坐两块钱公交车，是连早餐几块钱的饭钱都舍不得花的。

　　一夜的劳作让坐在方向盘前的芳哈身体里一阵一阵的倦意袭上来。他把车载音响放得特别响，让满车厢乱窜的音乐把睡意驱走。这办法很奏效，明快的音乐让芳哈的精神也抖擞起来，忍不住跟着音乐不成节奏地哼：我们的家乡在希望的田野上，炊烟在新建的住房上飘荡，小河在美丽的村庄旁流淌。芳哈老婆听着听着笑了起来：你唱么子歌，敲烂脸盆一样。芳哈也笑了：敲烂脸盆，比么子都不敲要强。继续哼。车上的乡亲也跟着笑。笑着哼着，轻松愉快地就到了批发市场。

批发市场早已灯火通明、人头攒动。在清新的蔬菜的气味里，混合了各种各样的味道，烟味、槟榔味、菜帮子味、汗味。这些气味芳哈都很熟悉。还有各种各样的声音，汽车轰鸣声、喇叭声、摩托车声、人们讨价还价的声音，甚至还有鸡鸣狗吠声。这些声音芳哈也很熟悉。在芳哈看来，这个地方，就是城市的半个胃。它的蠕动，带动城市全体市民每个胃的蠕动。如果某一天这个地方打个喷嚏，整座城市的胃都会翻江倒海。芳哈把车开到熟悉的位置，刚停好车，等着他的老客户马上围了上来。这个说，要多少辣椒、多少丝瓜；那个说，今天要多匀一些红菜薹给他，有顾客早就订了货。芳哈一一和他们热情地打过招呼，和老婆一起，搬菜篓，过秤，收钱交货。是不用讨价还价的，整个市场的交易好比股市，按时令都是一个价，谁也不哄谁。

芳哈的蔬菜品相好，质更优，零售摊贩都相信他，不出一刻钟，就全部被一扫而空。芳哈交易完，点燃一支烟，站在驾驶室外稍做休息，专心欣赏整个蔬菜批发市场的风景。一批批蔬菜被批发商用大货车、小卡车拉进来，一批批蔬菜又被零售商贩用手推车、摩托车、板车拉出去。出去了一批人，又换另一批人。在四周一片静谧清冷的夜色包围之中，批发市场的每个角落早已如白昼一般热闹非凡。每当这样的时刻，芳哈的心头就有欣慰划过。芳哈知道，这个世界，并不只他一个人以蔬菜为业，并不是只他一家在夜劳作，而是有很多人像他一样，每天昼伏夜行，围着蔬菜谋生。他们分散于社会各处，穿梭于夜色之中，为了更体面的生活而孜孜不倦。他们都是在土里刨食的人，努力地种着蔬菜、卖着蔬菜，用蔬菜滋养着自己的未来和希望。芳哈更明白，这是整个社会运行体系给他们提供的。在体系链条中，他们找到了一个环，虽然卑微，但有保障，只要辛勤付出，未来就有了明媚的阳光。

芳哈的希望就装在充实的荷包里，流淌在两个孩子的未来里。这样想着，芳哈不禁咧开嘴笑了。抽完一支烟，芳哈跳上驾驶室，招呼老婆上车，伴着车载音乐哼着往回赶。

清晨五点，忙碌了一晚的芳哈和他老婆终于回到了家里，洗漱完毕，往床上一躺倒头就睡。不出几分钟，充满幸福的鼾声就响了起来。

第二辑　景色

风景中的故乡

白 云 岩

多年前的一天，母亲背着一身沉重的暮色归来，兴奋地说，她上了白云岩。

正月里，父母请了一个巫师，半夜时分偷偷摸摸在家里打卦。巫师一顿念念有词，然后说，得去南岳烧香，请送子菩萨保佑。母亲生了多胎，只活了我和妹妹两个。父母慢慢年纪大了，面对人丁稀薄的家族，心生惶恐，急切地要向巫师讨教添丁之法。

巫师一脸肃然，口里吐出很深奥的几个字，伸出两只鸡爪般的手指，撮了地面上两只紫檀木课卦塞在怀里，提了敬神时宰杀的大公鸡，泰然而去。母亲却最终没有前往南岳大庙。老家离南岳天远地远，家境艰难，凑不齐去南岳的盘缠。在家乡风传中，白云岩的送子观音很灵验，母亲便上了白云岩，敬了观世音菩萨。白云岩上有三座寺院，从下到上分别是牧云寺、毗卢寺、妙音寺，参差住着尼姑师父，其中有一个法号明德的，颇有声名。当时，邵阳城里退休的大婶、老奶奶，每年端午至中秋期间纷纷呼唤着乘车去南岳大庙敬香。从南岳返回，再从邵阳城北行四十多里来到白云岩上的寺院"烧回香"。她们或乘车,虔诚者干脆步行。我那时在新田铺镇上中学。新田铺是邵阳前往白云岩的必经之处,上学放学,时常与这些提着香篮步行去白云岩烧回香的大婶、奶奶们相伴而行,记忆最深的,是她们脸上虔诚的神色沐浴在早上哗哗流淌的阳光里,纤毫毕现。

母亲只到白云岩上烧了回香,菩萨不灵,她的添丁之念也就没有结果,最终依然只有我和妹妹两个陪伴父母一辈子。

不仅是父母,附近的乡亲家里有什么事,第一个念头,也是到白云岩上去打卦、抽签、烧香。烧香归来,他们的脸颊上大都浮上一层兴奋的神色,仿佛所求之事已得到白云岩上众位菩萨的亲口许诺。但结果大多让他们失望,该贫还是贫,该病还是病,该出意外还是出意外。生活中的一切,并没有沿着他们心中向往的轨迹前行。

整个少年时代,白云岩留给我的记忆,就是深山老林里的一座庙。这座庙已经破落,一点儿都不灵验。

那个时候我还不知道,故乡所在的县,能够称为风景区的,唯有这座白云岩。还在明末清初,宝庆府城内一班有山水情怀的文人凑了个"宝庆十二景",白云岩就名列其中,名曰"白云樵隐",是本县境内唯一入选者。

然而,名为"白云樵隐",其实是颇为尴尬的。这个名字听起来颇有仙风道骨的味道,深究起来却有点儿悲凉。白云当然是有的。这个地方是邵阳丘陵向雪峰山过渡的第一波高山——板竹山。从邵阳城里望去,板竹山就像一排威武的哨兵，横亘在北边的天际。沿着板竹山北偏西方向去新化，翻过第一个垭口，就是白云岩下的白云铺。群峰环绕之中的山槽就像一口巨大的陶缸。除了初秋云淡风轻，一年四季，黑夜里从半空中滴落下来的雨雾被高山所阻，翻不过山巅去山外云游四方，只能如被关在羊圈里的雪白群羊，拥挤在山坳里左冲右突、翻滚升腾。站在白云岩上的山巅，只见整个山槽里的云海掀着巨大的波浪推向前面的山峰，又呼啸着被远处的山峰挡回来。阳光覆盖着白云，梦幻般的霓虹花朵在波浪的浪峰上灿烂盛开。只有座座陡峭的山巅立于云海之上，犹如大海中的孤岛，随着白云浮沉。

"白云岩"之得名，大抵是来于此吧。

除了云，还有茂密的山林。白云是森林的养料，把山上的树木养育得粗大肥硕。刺向天空的青松、楸树、枫木，一个个身材挺拔，三五年就成了英俊的小伙子，即使是缘地而生的灌木丛，也是一年半载就将山坡的缝隙铺得严严实实。在当年，木柴是老百姓生活中最不可或缺的能源，山外附近的人家进山到白云岩所处的板竹山砍柴，是打小时候起就必须做的功课。余生也迟，没有到板竹山砍柴的苦难经历，但我的父亲，从七八岁上就开始进山砍柴，脖颈处挑柴磨起的肉瘤一辈子都没有退尽。而山里人，将砍好的上好木柴或者烧制好的木炭挑到城里去售个好价钱，是他们谋生最重要的手段。我小的时候，还能够经常看到他们挑着木柴或者木炭到城里叫卖的身影。这些卖柴翁或者卖炭翁"满面尘灰烟火色，两鬓苍苍十指黑"，瘦削的身材顶着一张乌黑的脸，朴实的笑容里永远弥漫出一股汗碱浸发出来的酸臭味道。

　　在白云岩，漫天的白云把樵夫的身影隐去了，只有他们斫柴的橐橐声在白云生处孤单而沉重地回响，犹如白云中抽出的血液在一点儿一点儿地滴漏。这样的一幅风景，从外人来看，是仙风道骨，但从风景的描摹者来说，则更多是诉说生活的酸楚。

　　白云岩离我的老家不远，近二十华里。但我在上大学之前，一次也没有去过。我正当年少，无求于白云岩上的菩萨。家贫，每天除了上学，就是撅起屁股在田野里抽丝一般抽取一些能够饱肚皮的粮食。大米饭、红薯、各种各样的桃木李果，甚至野地里长出的马鞭草的嫩茎，都是我当年垂涎三尺的珍馐，能够叫我的双眼发光。白云岩上不灵验的菩萨和险峻的大山不能饱我的肚皮，是激不起我半点儿兴趣的。

　　我第一次上白云岩，是在我大三那年暑假。一帮子大学同学来我家玩，他们要看看附近的风景，我便带他们去白云岩爬山。

　　进山的路还没有修。从山脚下的白云铺拐进去，在田垄中走过一大段田埂路，攀爬一大段曲折陡峭的山间荆棘小道，终于到达半山腰上白云岩的山门前。其时我的心情已迥异于蜗居乡下时的心情，作为所谓的天之骄子，初夏时节满山的青翠仿佛就是我们光明的前程。心情好，风景才美。迈进山门，踏云履月走上架在山间小溪上的会仙桥，我们仿佛就是他们要拜见的仙人。蹦跳着来到毗卢寺的大堂内，对正堂内庄严的佛座正眼也没瞧一眼，巡视一般左望望右摸摸，又风一般出来，轻盈跑过被岁月洗刷成幽青色的石板路，一路呼啸而行，全然不顾寺院的住持和一众香客投来的疑惑的眼神。当时还是80年代初，破败的寺庙未曾修缮，苍老得有点儿歪斜的粉墙和笼罩着一层烟熏而成的黑黝的硕大菩萨，寥落地散发出历史的幽光。我们没有兴趣拜见它们，只有毗卢寺与妙音寺之间那些参天樟木撒下的浓荫，才让我们稍作停留，回望一下山脚如画一样玲珑的田野。清凉的山风从沟壑间的缝隙里吹着激越的哨音卷过来，荡涤着我们的胸怀。我们哦嗬连天，跑过毗卢寺，越过最上边的妙音寺，又手脚并用，往妙音寺后的山顶上爬去。

通往山顶的石阶还没有修建，只有一条若有若无的樵夫砍柴攀爬出来的小道。但这难不住我们。我们像兔子一样在山道中穿行，所到之处百虫噤声，百鸟飞离，只有藤蔓上结出的绯红的野泡灯笼一样照耀着我们。离山顶不远处，一面高可盈丈的壁立悬崖迎面挡在面前。我们稍作休整，搭起人梯，下面的同学把上面同学的双腿一托，立即轻盈地攀爬了上去。几乎没费什么力气，我们一干人等就来到了山顶。

白云岩风景的妙处只有站上最高峰才可领略。目光往南越过板竹山最后一道屏障，一望无际的湘中丘陵画卷一样从山底向远方的天际线铺去。夏日酷暑的烟尘中，金黄的，青葱的，或者是明镜般的稻田正被不知疲倦的农人们一笔一笔地描摹。那些匍匐于田野之间的青黛的丘陵山冈，安静地依偎于田野的四周，成为农人们最好的休憩之地。田野和丘陵结合处，大都是农民的土坯房，在烟尘中与田野的颜色融为一体，午后袅袅升起的炊烟，传递着生生不息的梦想。往北望，则是波浪一般的连绵大山。群峰之中并无樵夫砍柴的橐橐声，只有绿色的森林在火焰般舞蹈，偶尔有叮咚的牛铃声从森林的缝隙中传来。云是少不了的。夏天的云朵有点儿稀薄，一丝丝，一朵朵，如轻盈的少女在山峰的沟壑里缓缓飘荡，晶亮的眸子把阳光映照出千丝万缕的梦幻。白云飘忽，牧笛横吹，目光所及的一切风景，全是安详的生机勃勃的模样。

所谓看风景者，展现的其实是自己的心情，也展现着自己的生命处境。第一次上白云岩的所见所感，让我对这道故乡的风景一改过去灰暗落后的记忆，并一直充满了好感。此后，我不知道上过多少次白云岩，有事无事，我都愿意到白云岩看看，让自己的内心与故乡的山水做一次亲切的交流。

白云岩是风景区与佛教圣地合一的地方。山上的寺院几经修缮，现在已焕然一新。新修的旅游公路直达山门，山门口的宾馆看起来也很气派。寺院的尼姑在住持的带领下，潜心向佛，除了接待四方香客，竟日青灯黄卷、目不斜视。就在今年4月，我最近一次上白云岩，走进上庵妙云寺的大堂，一个年轻的小尼正跪在观音塑像前，虔诚地诵读着《金刚经》。她已经完全进入了经书展现的境界，游客的议论与指点，游客对她好奇的注视，她连眼睫毛都没有眨一下，既无他也无我。此时的白云岩还没到香火旺季，寺院的住持已经率领着一众僧尼到山下化缘了，偌大的妙音寺只有她一个人。她的虔诚与慎独，常人难以企及。

只是，我每次上白云岩，都不曾以虔诚的心情礼佛。在菩萨面前双手合十打躬作揖曾经有过，但那是"小和尚念经——有口无心"。到了后来，对佛的敬重之心倒是慢慢地生发出来，走进佛堂，不再嘻嘻哈哈，而是噤口不言。我知道，无论是寺院的僧尼，还是敬拜的香客，他们都有着自己的信仰。我不能扰乱他们，就如同他们不会将自己的信仰强加于我和普通游客一样。我只看风景，只阅读这一寺院的来历、聆听关于它的种种传说。正如妙音寺大殿两旁的对联所述的：

> 云郁山峨，云是山，山是云，云卷云舒山自在；
> 风清洞古，风生洞，洞生风，风嘘风吸洞无心。

白云岩上的古庵自南宋宝祐年间始建以降，不知阅尽了人间多少悲喜。然而在悲喜之中，它不发一言，自在云卷云舒、风嘘风吸之中吐故纳新。我也一样。我从不信佛，但每一次来白云岩，白云岩这一佛门圣地都以它宽宏的胸怀迎接我，喝几口清冽的山泉，吸几口清凉的山风，我的心情就安静几分。第一次来白云岩的轻浮慢慢地被人生阅历剥离，留下的只有对生活的敬意。

我的父母、我的父老乡亲又何尝不是如此呢？我的母亲当年为了求子上白云岩，并未因为白云岩没有帮她实现梦想而诋毁它，相反，母亲如今依然每隔几年，都要不顾八十多的高龄到白云岩的中庵敬上几炷香。我的乡亲有事没事，依然要上白云岩烧香打卦。他们都不是佛教徒，但在他们心里，白云岩却仿佛成了内心的皈依。他们并不奢望白云岩能够改变自己的生活境遇，只是在生活遇到波折时，让白云岩能够撑起内心对未来的信仰。

白云岩历经上千年的香火氤氲，早已融进了父老乡亲的血液里。在他们的潜意识中，白云岩的千年古刹就是生活中一个不可或缺的组成部分，是内心深处的一道风景。

白　水　洞

我从未见过如此热情的山峰。出县城一路向北，刚刚进入狭长的田垄，山峦就远远地从田野两边蹦跳着迎了过来，簇拥着我们逶迤而行。新修的草砂路弥漫着淡淡的清香气息，与田野上春草的香味融合在一起。山峰跳跃的身影越来越狂野，身材也越来越高大粗壮，开始时的浅浅的淡墨色渐次浸成青黛色，又幻化成浓墨色。天空被山峰不断切割，进入两山夹峙的公路，我们的双眼完全被山峰占据。春光中明镜一般的田垄逐渐被挤成窄窄的一条，又挤得只剩下一条浅浅的沟壑。

推至沟壑最深处，两条狂奔的山峰终于迎面相撞，电光石火之下，巨大的山体轰然扭曲，麻花一般纠缠争斗，七扭八拐地继续向北边奔去。溅落的碎石飞上天空，又横七竖八地掉落在沟壑之中。没有被撞飞的山体，已然是遍体鳞伤，似刀削，似斧劈，又如凿子凿开了似的，却愈加雄壮，犹如刚从战场归来的衣衫褴褛的壮士凌然而立，铁骨铮铮的"士"的印记，镌刻在最显眼的山巅。

从两山相撞的隘口往回望，那一垄在阳光下波光粼粼的田野，就是从此处拉出来的网格疏朗的渔网，舒缓地在两岸的山脚中间铺陈而下。渔网上金光闪闪的金属吊坠，就是青山旁白墙青瓦的农舍。从渔网上滴落下来的晶亮水珠，汇聚的就是苗条如十五六岁少女的白水河了。

青山碰撞之处，就是庄稼地与风景区的分界。往外，是千百年来人类赖以谋生的土地；往里，就是开发不久的白水洞风景区。

离开故乡之前，一直不知道有个叫白水洞的地方。那时候乡亲们最紧要的事，是寻思着怎样填饱肚皮，即使知道这沟壑中的风景与外界很是不同，可它产不出半粒稻米，长不出半截红薯，乡亲们也就不会驻足欣赏。"仓廪实而知礼节"，富足是欣赏风景的前提。千百万年的白水洞伫立于我们眼前，哪怕美如黛玉，哪怕站成望夫石，可我们却是一群焦大，都没工夫瞧她一眼。

初次听说白水洞，大约是在 1987 年。这时候我已经上过大学，在外地一座小城当老师。暑假回乡，某一天抽空与县城工作的同学一起玩耍。同学提议，白水洞风景好，或可去看看。我一脸懵懂，说，白云岩吧？哪儿有个白水洞？同学解释，是白水洞，新发现的景点。

可我并无兴趣。在我看来，所谓新发现的风景，只是原来人迹罕至之处，被好事者突然发现有迥异于平常之景象，而视为新奇罢了。

新奇是风景的第一要素。但我此时没有看新奇的心情。我已经没有了饥饿之苦，但依然得帮着父母打理农事。父母正绣花一般侍弄着农田，暑期里正是庄稼地里活计最繁忙的时候，我一回家，就是最大的帮手。我不用承担收成不好的压力，那是父母的事。但我必须参与，不能做旁观者。我来县城同学处玩儿，是同学的友情，回家帮父母做农活儿，是儿子的本分。当年的白水洞，虽是刚发现的新奇之景，巍巍青峰吐纳的雾岚虽然能够洗涤内心的烦躁，白练飞瀑溅起的碎玉更能够让人感受到如少女般的调皮与野性，但和刚刚好起来的生活相比，新奇的风景还是无关紧要的。我只能领谢同学的好意，在最早的那一刻与白水洞失之交臂。

这一失就是三十多年。待我首次去白水洞，已经由追风少年变成了慈眉老者。

白水洞当然有它的新奇之处。我从未见过那么纯净的水。白水洞的水，从幽深的深山洞穴中叮咚而出，从高耸入云的山巅飞溅而下，遥看成泉、成练、成潭，并最终成河，近看，却是透明得几近于无的。在溪流中的石阶上跳跃腾挪，石阶两旁只见清澈的河床，却往往忽略透明的泉水。飞瀑下宽阔的清潭，映照的天空与潭底的鹅卵石融为一体，叫人分不清是天空潜入了潭底，还是鹅卵石飞上了天空。

泉水的纯净意味着环境的洁净。往山壑里斗转蛇行，参天巨石、峭壁巉岩逼目而来，不小心就会把鼻子碰扁。奇特险远之处，攀登自然艰难，也就杳无人迹。正因杳无人迹，才有这一泓没有半点儿杂质的白水。白水的背后隐藏的是险与远，这是一种相互依存的关系。这就是白水洞第二个奇特之处：险远。经过几十年的打理，当我终于来到白水洞的时候，隘口处稍平整一点儿的地方，已经铺上了宽阔的游览路，不能修路之处，也已在深深的沟壑上架起了拱桥，在悬崖绝壁的石头缝开凿出了陡峭的梯级。沿着梯级一步步攀登，绝壁、乱石、从天而降的飞瀑紧贴着我的双眼，幻灯片一样翻过了这一张，又推出另一张。气喘之余，我可以想象当年没有梯级时攀登的艰难。或许有一条长满苔藓的绝壁小道挂在山崖，诉说着山里人爬出大山看世界的坚韧，但倘若要从这隘口进出一趟，是需要出一身臭汗的。羸弱如我者，稍稍浏览了一段，领略了大致景致，也就不再攀登，就着梯级歇息一阵，再缓缓原路返回。

隘口内，有纯净的泉水、陡峭的巨石、天上的飞瀑，满眼的蓝与绿、满口的甜与香、满身的凉与热叫我们领略到险要之地的新奇。与之比较，我却更喜爱隘口外供人浏览的廊桥。山外的豁口缓缓向两边扩散，中间是清澈的白水河。木质的廊桥沿着两边的山脚在白水河上时东时西穿行而下，走在上面吱嘎作响。在青色的原野和陡峭的山峰间，廊桥上的吱嘎声古朴而悠远，颇有乡村牧歌的味道。廊桥蜿蜒着沿着白水河一直延伸，两岸慢慢地有了平整而狭长的田垄，又慢慢地，田垄边的山脚处转出一排粉墙青瓦的簇新房舍。

岁月很安静。在安静中却孕育着深刻的变化。当年衰败的木板房已经从岁月中隐去，只在慈祥老者口中留下若有若无的传说。当年形容憔悴的土坯房也已基本绝迹，只有渐渐倾圮的一两栋隐于士兵一样错落排列的小洋楼背后，喃喃诉说着当年岁月的质朴红装。短短几十年岁月，这依偎于山脚下的房舍风景，已经换了一茬儿，又换了一茬儿。站在廊桥上看到的这些宽敞房舍，高大华丽，俨然一副盛装少年的模样。廊桥上，不时走过手牵手的情侣。他们青春的身影与远处的房舍相得益彰，成了风景中最灵动的部分。

这平整的田野、盛装的房舍与靓丽的少男少女，在天际青黛的山峰映衬下，同样是一道美丽的风景。隘口内的白水飞瀑、嶙峋山崖，是风景区清越的独奏，隘口之外，整饬一新的田舍、廊桥、穿着时尚的游人与当地过着安详生活的乡亲，就是从四面八方潮水一般涌来的弥漫于整个天际线之上的最嘹亮的和声！

四十年前，我不知道故乡有个白水洞。所有的乡亲，也没有谁来关注白水洞。白水千载空悠悠，此地空余长叹息。白水洞被我们发现，并成为故乡最引以为傲的风景区，是因为我们在生活走向了安逸与富足之后，心中有了风景，并按照心中的意愿打造它。风景的有与无，折射的是生活的品质。

我老家离白水洞并不远，也就二十来分钟车程。每次回老家，我都惊诧于自然景致的变化。故乡的农舍同样多是两三层的小洋楼，与白水洞隘口外的农舍并无太大区别，也是一副盛装少年的模样。当年开山造田被挖成癞子头一般的山峦，现在已经成了郁郁葱葱的松山竹海，风吹来，飒飒的凉风霎时就能将我们的内心梳理得妥妥帖帖。山峦掩映之中有一个浅浅的山冲，乡亲们说，这是建休闲山庄最理想的地盘。我想，乡亲们既然有了这个心思，漂亮的山庄也许会在某一刻突然成为现实矗立于此，松林中也会突然延伸出许多条碎石铺就的小径，让乡亲们在生活之余，沿着小径抒发自己浓郁的浪漫情怀。

他们的心中同样梦幻着故乡最美丽的风景，并按照自己心中想象的最美丽的蓝图，在慢慢地打造雕琢。

渠江源上茶歌飞

　　渠江源传为渠江之源。渠江最初的涓流从云层之上的山巅叮叮咚咚破石而出，顺着陡峭的茶溪谷或泻而为瀑，或哗然为流，一路汇聚更多峡谷沟壑蹿出的山溪，由高到低向北轰然流去，高歌猛进五十里后，注入资江。

　　夫江之源者，多为山之至高、人迹杳然之地。渠江源自不例外。群峰如浪，四面八方前呼后拥呼啸而来，浪尖遮天蔽日，浪谷深不见底，层层叠叠把渠江源的大山推至更高处。滔天巨浪缝隙中卷起的大风，吹皱了路，吹散了云，也吹瘦了渠江源人的希望。

　　此地有人过日子？有。瑶人屋场若有却还无，那是一缕历史的青烟，诉说当年瑶人生活的生动场景。后来瑶人走了，汉人来了，搭起了木板房，开出了瘦如荆棘的梯土，把日子过将起来。然而此地离天近，月亮大如斗，手可摘星辰，只宜不食人间烟火的神仙居住。凡人居住，却是离地更远，从稍平整一点儿的地方上山，两三个时辰还在山肚子里打转转。这山望着那山，有鸡鸣，有狗吠，有鸟兽虫鱼之响，就是不见人影。山很陡，地很薄，山里人的苦逼日子，几百年，上千年，过得就如摇摇欲坠的木板房，黑不溜秋的，说不定什么时候就散了架。

幸好可种茶。

渠江源种茶的历史有多久？一个专习茶道的小姐姐带我至一株高可盈丈的茶树旁，告诉我，这株茶树，已历经四百多年风雨。树身斑驳，冠盖如云，其枝如爪，其叶如墨。然而，就在几十年前，这里是没有大规模种茶的。近千百年，中国人口剧增，四处缺粮，年年缺粮。此地位于大山之中，"黄鹤之飞尚不得过，猿猱欲度愁攀援"，在交通闭塞、物流不发达的当年，缺粮更甚。人不哄地皮，地也会哄肚皮，在陡峭的山坡上开的那点儿田地，出产的玉米、高粱、红薯，做成糊糊能够把肚子填饱就已心满意足，根本腾不出多余的地来种植茶叶这种高雅之物。那时候种茶，只是悬崖峭壁、山旮旯边的点缀，让山里人清苦的日子，沉浸一点儿茶水的幽香。渠江可以哗哗流向山外的繁华之地，渠江源人却只能固守茫茫群山中的高山之巅，与大山语，与天人语，却无法与山外的世界语。

直到几十年前，隆平一出天下饱，这里方有大规模种茶之举。

此处山土不肥，山岚雾霭早晚浸染，阳光充足，正是适合种茶之处。当年不知是谁，在春天的某一天早上醒来，将原来种玉米、高粱、红薯的土地翻了，种上了第一株茶树。犹如一夜春风来，千棵万棵茶树栽。稍微平整一点儿的山腰上，原来的粮食作物飘带，不经意之间换成了一条条嫩绿、碧绿、墨绿转换的茶叶树飘带。

现在的人，日子越来越好过，大鱼大肉吃多了，要喝茶排毒、减肥，稍微有点儿地位的城里人、乡里人，都在家里、在办公室置起了茶室，在大快朵颐之后，用茶来养生健身。城里有闲的人也多起来了，坐在茶馆里谈生意、谈情、谈爱、谈文化。茶馆的档次越高，越显得高雅、有情调、有身份。人们对茶叶的需求多起来了，对茶的档次也越来越讲究。龙井、银针、碧螺春、毛尖、乌龙、铁观音这些名茶自不必说，要是能采到深山老林里日月精华孕育的特色茶，更是求之不得。

一来二去，天上神仙居住的渠江源出产的茶叶就被抬成了品牌，销路越来越好了，渠江源老百姓的日子，也随着陡峭山坡上茶林那一抹梦幻般四季转换的绿，越来越兴旺。

我们去渠江源的时候，已是深冬，橘黄色的阳光梦幻一般笼罩着散发出茶叶酥香的山村。在阳光漫布的山坡上，村民们正在茶业公司的组织下，给茶树施肥。茶园正如墨绿的壁挂，在山坡上流淌，在墨绿的缝隙里，透露出土地的泥黄。那些山民就隐约在墨绿与泥黄之间，逐一在每一株茶树旁，挖好浅浅的肥坑，然后施上黑色的肥料，小心覆盖好，等待一场春雨后，孕育出嫩绿的新芽。

茶园温润了山民的生活，但茶园里的活计，还是一如既往的体力活儿。他们依然不得不手握锄头，肩扛箢箕，一点儿一点儿去开垦自己的幸福。第二天早上，鸡鸣三遍之时，我们还缩在温暖的被窝里睡得正香，他们已经匆匆吃过早餐，一头扑进了茶林，让自己与早上清丽的阳光，与明净的陆羽广场，一起成为渠江源最好的风景。

直到中午吃饭，他们才从山上下来，聚集在硕大食堂的偏僻一角，或坐或站，安静地吃着，偶尔小声交谈几句"伙食很好"之类的话。茶农们的鞋上、裤管上，沾满了茶园里新鲜的泥土，眉毛上、头发上，依稀还有晶莹的露珠，而他们的神态却全部安详得如同冬天里温暖通透的阳光。这是对生活心满意足而透露出来的安详。茶园如画，生活如画。短短几十年历史，他们的生活经历了从贫穷到富足的巨大转变。尽管他们体力上的付出并无减少，但获得的收益，能够让他们衣食无忧。他们享受并珍惜着眼前美好的日子。吃过饭后，他们或在公司的院落里走走，或坐在凉亭里抽一支烟，复又上山，开始他们的劳动，直到暮色四合。

　　一个四十左右的汉子告诉我，茶园里最美丽的时光，是春上采茶季节。春雨浇灌，春风吹拂，茶树新抽的叶芽，最初含苞的那一刻是橙红，接着是鹅黄、是嫩绿、是翠绿，站在茶园里静静地注视着它们，那些层次分明的绿在云雾中不断变幻，让人恍然觉得，那是绿色的火焰在舞蹈。采茶的人在绿色的火焰中穿行，犹如蝴蝶翻飞。

　　我听得如痴如醉。盛装的采茶姑娘在绿色茶园里一边采茶，一边歌唱，该是多么迷人的一幅画面！然而，他接下来的诉说，却又让我如梦初醒。他说，采春茶，紧张得饭都没时间吃。最好的春茶，是一芽苞一叶片，其次是两叶片。三叶片、四叶片，那就是非常普通的茶了。从茶叶公司付给的劳务费就可以看出来。最好的一芽苞一叶片新茶，劳务费时价是二十五元一斤，到了四叶片，劳务费只有两三元一斤。而新茶由上一级变成下一级，往往只有一两天时间。因而，为了尽可能在新茶刚刚呈现出最好品质时采回来，采茶时简直就是抢。他们既没有时间去欣赏茶园的风景，也没有时间去唱一曲采茶歌。

最美的风景，创设风景的人却没有时间去欣赏。

被层层大山推至近天的渠江源，因为远离人间，所以风景独异。然而，这种独异只是我们的体验。当我们住进刚刚建好的含远山、吞云雾的世外山居，住进仿古木板房建筑的紫金山庄，我们尽可以赞叹眼前与山外独异的风景。但是，这些风景对生活在渠江源的山民们来说，只是他们劳动的背景。他们感激生活馈赠予他们茶园、馈赠予他们虽然陡峭狭窄却通行无阻的盘山公路、馈赠予他们生活中需要的一切，但他们却依然需要用自己毕生的精力，将身处的风景描摹得更美丽。

他们只是描摹风景的人。他们不唱茶歌，只是用辛勤的劳动将茶歌飞到山外，让那些热爱喝茶的人，沉浸在红茶、绿茶泡出的美好意境之中。

龙居崖上旧时光

"故人具鸡黍，邀我至田家。"田家者，冷水江三尖龙居崖也。此地有崇山峻岭拔谷而起，有茂林修竹连绵起伏，有玉带小溪或飞瀑而下，或环山响叮当，有五六栋墨墨黑木板屋杂立浓郁之树荫下，有三五群鸡、鸭、鹅引吭高歌于蓝天白云之间，有白狗、黄狗数只摇尾乞怜于主人、客人脚旁。

却没有田。

既谓田家，为何无田？此地当年是有田的。村落悬在半山腰上，当年，伴着那些墨墨黑木板屋的兴建，在屋前屋后的山旮旯儿里，祖先们用铁锹、铁锤、铁锄头，铁手、铁脚、铁肩膀，挖呀挖、刨呀刨，开出了三两块稻田旱土，就在这里扎下了根。这些梯田旱土，看天吃饭，不看人吃饭。土地瘠，山民更瘠。前几年政府搞搬迁，此地山民久旱逢甘霖，呼啦啦一下子全搬迁去了人烟稠密处、经济发达处。故人已乘黄鹤去，此处空余木板楼。有好事者怀思旧之悠情，将人去楼空之木板房全盘了下来，整旧如旧又整旧如新，立庖厨、立旅舍、立茶馆、立卡拉 OK，又借飞瀑流泉、山石松林，做游人闲暇之休闲去处。其龙居崖水寨之名头，日渐响亮。

名为水寨，自然少不了水。高山有好水。此地山高，其水自山顶轰然而下，虽为细流，却有非常之气，其飞珠溅玉之势，力压鼎沸之游人惊呼声。加之我等初来乍到，茫然不知水之来处，听主人称此水为龙口吐珠，也就更加敬畏。飞湍而下之后，积为深潭。潭水清悠，在此处休整之后，慢悠悠沿着水渠，从容而流。水渠绕着山转，或宽或窄，或阴或明；流水伴着鸟语，鸟语有婉转之气，水流有生物之灵。水渠分两边。里边是前人修的，或三合土，或凿石为砖，上生苔藓，先人的足迹神采从中悠悠吐出来；外边是时人整的，一色的水泥。前人的付出与时人的付出，在此泾渭分明又混为一体。

不管前人今人，人类改造世界的梦想，是亘古不变的。

改变的，是人类亘古不变改造世界的梦想留下来的种种遗迹与古董。人类越想改变世界，创造的崭新器具就越多，并将此前的器具淘汰，使之成为古董。比如，汽车、火车、飞机出现了，轿子成了古董。龙居崖高居于陡峭的山腰，也要修一条七拐八弯的"之"字形公路，连接山脚与山寨，便于汽车上山，节省游人体力。倘若有人还死守着已成古董的轿子上山，那乘轿的人，更会被讥为古董。

器具成为古董让人怀念，它反衬的是人类孜孜以求的进步；人成为古董被人讥笑，它比证的是人的抱残守缺。

前人留下的古董，让我们对前人的付出心生敬畏。

龙居崖水寨的主人，许是深刻地体察到这一点的。山寨的木板屋，依然是黑黢黢的，那些烟熏火燎的痕迹，与现代的空调、套被融合在一起。木板房的外墙上，精心地布置着斗笠、蓑衣、镰刀、锄头、犁耙等当年的农耕器具，山寨的空坪里，摆放着打稻机、扮桶、水车等传统用品。走进山寨，年过半百如我者，仿佛走进了自己少年时代的乡村。

我出身农家。这些挂在墙上、摆在空地里的器具，伴随着我走过整个少年时光。现在它们挂在墙上让我回忆，年少时却是握在我手中的饭碗。"赤日炎炎似火烧，野田禾稻半枯焦。"赤日炎炎之下，我用瘦小的身躯握着它们、扛着他们，在田野里奔跑。我在乡村长到十五六岁，学会了所有农具的用法，并很早就用它们盘回自己的口粮。它们的手柄上，浸着我带着咸味的汗水，那些镰刀口、锄头尖，还留有我少年的血迹。所幸的是，还在很年轻的时候，我就通过考学，将它们丢下了。一晃四十年，现在再见到它们，一股久违的亲切感涌上心头，却没有多少痛苦的记忆。

然而，这只是出身乡村又与我年龄仿佛的人才会产生的亲切感，只是一个与它们有过亲密接触但又早早离开了它们的人才会有的亲切感。我的出身乡村的父辈、祖辈、祖辈的祖辈一辈子都与它们打交道，更多的只有痛苦的记忆。"农夫心内如汤煮，公子王孙把扇摇。"我的侍弄了一辈子农田的先辈，他们整天都在"用汤煮心"，没有工夫来发思古之悠情。而我，现在面对这些农具的亲切感，更多的是公子王孙摇扇时的摇头晃脑，因为与之距离遥远，所以倍感亲切。

而我的后辈，更不可能与之产生亲切感。在他们的眼里，这些曾经养活我们数代人的器具，已经成为单纯的古董。镰刀、锄头、箢箕，他们没有握过；打稻机，他们没有踩过；箩筐，他们没有挑过。倘若生在农村，也许见过；倘若生在城市，则大多想象不出，这些器具，曾经是每个中国人的生命所系。当我辈目指每一件器具，充满深情地告诉后辈是什么东西、做何用途时，后辈的反应也许是一脸的茫然："哦，镰刀。""哦，锄头。"然后，就把脸别在一边，去欣赏他们感兴趣的东西。

有更新的器具在等待着他们。

但这些古董依然让我欣慰。它们在漫长的历史进程中，被我们的祖先发明出来，让祖先们的日子，变得更加富足、更加祥和。它们中的每一项发明，其实就是人类的一次进步。它们中的每一项成为古董，就说明有一种更先进的器具代替了它。

古董越多，人类就越进步。

龙居崖水寨的每一个地方，布满了我们曾经非常熟悉的农具，它们交织着旧与新的时空，让我们体味着已经远逝的少年欢乐时光，更让我聆听到了时代前进的纷沓脚步。

故人者，我当年在冷水江谋生时的文友也。他们有的是新朋友，更多的是我年轻时的旧相识。我与他们的友谊，也已穿越时空，历久弥新。

万 乐 之 乐

　　万乐村在娄底北郊，距城区十来公里。挪一下脚，即能到达。村后有山，名乌石峰，山峰层层叠叠波浪一般涌上去，堆青叠翠，传为南岳衡山七十二峰之一。它还有另一个身份，就是娄星区境内最高峰，万民仰止。有诸天殿建于近山顶之处。诸天殿听上去就大气。诸位天上神仙，在此集合，快赶上玉皇大帝凌霄宝殿的地位了。环山皆平畴。立于峰顶，左右前后极目远望，东边日出西边雨，尽收眼底，仿佛天下风景，全入胸襟。更有凉风入怀，衣袂随之飘然，如我之大腹便便者，也觉如神仙般飘飘欲仙，更不用说苗条俊俏如你者，立于此处，就是玉树临风，让天下人倾倒。

　　乡亲多年以耕作为业。其美丽田畴，镜面也似，在村子前面铺展开来。绿波荡漾的水库，在田野一侧做着忠诚的护花使者。想当年禾苗绿了，麦苗绿了，稻子黄了，麦子黄了，在眼前由近及远错落有致地铺展着，应是极可观赏的。但当年的稻和麦，是用来饱肚的。乡亲们一天到晚撅着屁股，绣花也似种着这些地，肚子却依然饿着，衣衫也依然褴褛，再好的风景，也没心思观赏。好在这个村的乡亲，有一个绝技，就是架高压线。农民不是太懂高压电，但农民会牵高压线。他们全国各地来回跑着，在荒山野岭或者城市，嘿哧嘿哧将高压电杆一根根竖起来，呜呼哎哟将一根根拇指粗的电线拉起来。一身臭汗之后，也让自己的腰包鼓了起来。

有钱了，那村后的乌石峰，那世世代代的祖居地，就成风景了。眼里有了风景，心里更有了风景。他们就按照心里的风景，好生打造起来。平整的乡村公路，铺起来了；公路两旁一水的桂花树，栽起来了。在农历八九月里，空气里密密麻麻的，全是桂花的香味儿。公路近旁的田野里、山岭边，春有桃花、李花、油菜花、芍药花，秋有格桑花，冬有蜡梅。格桑花开红艳艳，千家万户幸福来。精致的农居，建起来了，一水儿的白墙红顶，或者白墙蓝顶，掩映在绿意盎然的风景树中，安静得没有炊烟，只有鸡鸭的啼叫和鸟的啁啾。水库边建起了水泥台阶，直通水面，一根钓竿，"一蓑烟雨任平生"。村子中间建起的广场，更是花的海，树的洋，条凳挂篮摆四方。虽然比不得城里的公园大气，但比城里的公园空气好，吸一口，全是甜的，是三百年枫叶的甜，是鸟儿鸣、鸡儿叫的甜。当然啦，那乌石峰上的诸天殿，更得大手笔重建。得让神仙来这儿住得舒适，让神仙天天待在这儿舍不得走，保佑着乡亲岁岁平安，让这方水土，得到神仙的格外眷顾。

打造成了风景，来看风景的人，就多了起来。城里人生活得不清静。烦呢。城里人天天要上班，早起晚归，既得看上司的脸色，还得服老婆或老公的管束。城里人天天担心各种物价上涨了，手里的钱贬值了。城里人还害怕空气不好，粉尘太多，害怕鸡蛋里有苏丹红，害怕牛奶里有三聚氰胺。城里人一天到晚被这些东西折腾着，睡不好觉，吃不好饭。那好，到了周末，就稍稍地挪一下脚，来这儿吧。这儿叫万乐，中国万乐，一万个"乐"，总有一"乐"是适合你的。爱花的，看花吧；爱香的，闻香吧；爱钓鱼的，垂钓吧；爱拜菩萨的，拜菩萨吧；什么都不爱的，爬山吧，找个农家乐尽情玩耍吧。你们要什么，都给你。关键是，放松一下牵挂得太多的心情。

我也做了几十年城里人，我也天天有那么多的烦恼。忽然有一天，我来到了这里，中国万乐。一下车，扑入眼帘的，是美丽的芍药花；扑入鼻中的，是春天花的浓香；吸入肺腑的，是清甜的空气。不多的时间，乡村初夏的微凉慢慢地从皮肤，沁到肌肉，沁到骨头，全身从里到外，竟有被水洗一般的感觉，身子轻了，心也轻了。天空有多高，我的心就有多高；乌石峰有多青翠，我的心就有多青翠。在清凉季节里，整个人全融化在这美好的风景之中了。

而更美好的，是他们那一张张纯洁的笑脸。村子里多是老人和上了点儿年纪的大嫂们。每一个迎面而来的乡亲，都是一脸的笑容看着我们。来者都是客，笑脸相迎送，这让我觉得，我和他们，早就是熟悉的人。这里不卖纪念品，这里只有农家菜。当我们欣赏完风景，来到一家农家乐，那送入口中的饭菜，就是我回到农村老家时吃着的饭菜，香、甜、辣，吃完了，还想吃。

它让我想起了儿时的味道，它让我记起了乡村的味道。它让我浑然觉得，我就应该到农村去，做一个自在的农民，在蓝天白云之下，享村野之乐。

从紫鹊界到田坪

紫鹊界位于新化西南角，与隆回毗邻；田坪在新化东北隅，与安化、涟源接壤。紫鹊界属于新化风景名胜区，田坪现属于新化的一个建制镇。7月底的一天，我在紫鹊界过了一夜之后，从西南角的紫鹊界出发，驱车近四小时，赶到东北角的田坪。

紫鹊界作为风景区，其核心景点是秦人梯田。先天傍晚，当我站在今人建造的观景台上，放眼望去，四周的崇山峻岭除了山顶上有一些郁郁葱葱的森林，从山脚到半山腰，全都被飘带似的梯田环绕，葱绿的水稻与周围的森林、草地的颜色融为一体。

这些梯田织成的飘带，会随着四季的变化而变幻着各种颜色，先是草色遥看的鹅黄，然后是浅绿、葱绿、深绿、墨绿、暗红，直到农历八月，变成金黄一片，将这儿美丽的风景，推向高潮。梯田的来历，据传是秦人为避战乱，携妻带儿到此深山老林，伐木为床，开山为田，历经千年而开凿出来的。如今当我身处此地，我感受到的，不是当年开山造田的辛酸，而是人类自身的伟大。人类为了生存，创造了多少奇迹！这些梯田，就是人类创造的奇迹之一。他们来到这里，沿着山势，顺着水系，一代一代奋斗不息，开凿了这些梯田，在依然哺育着我们的同时，更成了我们眼中最震撼人心的风景。而——年四季颜色的变幻，依然是当地的农民通过辛勤的劳动向我们提供的视觉盛宴。

在上紫鹊界之前，我曾去过离紫鹊界不远的新化天门。天门的山，比紫鹊界还要陡峭，汽车在盘山公路上行驶，仿佛一叶小舟在惊涛骇浪中飘摇，一会儿在浪尖，一会儿在波谷。然而在天门如巨石一般耸立的山峰之间，在坡度稍缓一点儿的山坡上，层层梯田却犹如册页一般，折叠而上。那些长条形的梯田，有些仅有一米来宽，都被种上了水稻，其郁郁生长之势，能让每一个来到此处观景的游客陶醉。这个地方，没有秦人避战乱而来的传说，他们开凿的梯田，也因为山势比紫鹊界更陡峭而没有那么蔚为壮观。但是，他们当年开凿梯田的艰难，较之紫鹊界，却有过之而无不及。他们硬是凭借着双手，将层层良田，从石头缝里开凿出来了，并以此证明了生活在此地的农人们的伟大。

在紫鹊界，最震撼人心的，就是绕着一座又一座山头如玉带一般飘动的梯田。当我们清晨出发，一路风尘仆仆驱车一百多公里，来到田坪时，我看到的，依然是大山深处层层叠叠的梯田。

田坪、温塘，较之于紫鹊界、天门，相对平坦。但平坦的只是镇上和紧挨着镇上的部分村庄。由田坪镇、温塘镇向两边散开，全是一色的山坡漫延而上，最后变成陡峭的崇山峻岭。每一座陡峭的山坡上，那些如玉带似的梯田，依然在那里向每一个过往的行人，展示着农人们丰收的喜悦。这里的梯田，也许没有紫鹊界那么多，没有天门那么陡峭，但作为梯田，它彰显的，依然是当年生存的艰辛和人类为了生存而展示出来的智慧和伟大。龙潭、四维、杨洪岩、谢岩山、米家岩、苦竹山，这些我去过的地方，无一不是梯田环绕。这些梯田开于何时，时人已不知晓，但它们养育了一代又一代在当地生活的人们，却是确凿的事实。

其实我们眼中的很多风景，都是人类用智慧和辛勤劳动创造出来的。这样的风景，才是最伟大的风景。长城的不朽，并不是长城本身，而是人类伟大精神的不朽；大运河的伟大，也是人类精神的伟大。我从紫鹊界一路来到田坪，一摞摞历经千年的梯田从我的眼前掠过，涌进我脑海的，依然是人类创造精神的伟大。是的，长城有一个著名的孟姜女传说，但如果我们只津津乐道于从孟姜女的传说来认识长城，那么长城的伟大意义就会被大部消解。大运河的开凿，曾和历史上著名的昏君隋炀帝紧密相关，但如果我们只关注炀帝南巡，那大运河也就失去了应有之义。而紫鹊界梯田，最伟大的，也是梯田本身蕴含着的人类伟大精神。

是的，当我站在紫鹊界、站在田坪的大山之上，眺望着那些充满生机的梯田时，我只是感慨着我们祖先的伟大，感慨着人类的伟大。一切附会于它们身上的传说，都无法和眼前这震撼人心的生动风景相提并论。

到高山去避暑

刚一入伏，气温就一路飙升，不几日便冲到了三十六七度。过不了一两天，又迅速爬升到三十八九度，然后就开始沿着这条平行线，一路笔直地画过去，一直画到 8 月底，才会慢慢向下跌落。

湖南地区的气候，37℃线就是一条汗蒸线。线以下，躲在阴凉的地方，还能感觉到一丝凉意，一冲过 37℃，墙缝里都有厚重的热气拱出来。这个时候，不管是城市还是乡村，整个天空都是一口沸腾的大锅，那些钢筋混凝土的房子，都是一根根大小不一的加热棒，阳光被这些加热棒搅动着，黏稠的汁液追着人和各种动物、各种植物流淌，从清早到傍晚，那些暴露在阳光之下的各种生物，无不在阳光的汁液中鸡飞狗跳。可怜的人哪！除了蜷缩在囚笼一般的空调房里，出门到其他任何地方，比如上班的路上，比如露天的空地上，走不了几步，身体内的汗液就被阳光蒸发出来，狗皮膏药一般粘在身上，一股酸臭的味道弥漫出来，让人恨不得把身上的皮肤剥了去。然而可恨的是，出门在外，谁都要穿件衣裳在身上，任由汗水把衣服浸湿，任由酸臭的气味在空气中混浊地飘荡。

好在，湖南境内有许多巍峨的大山，可以一避暑气。

湖南的地形就是个马蹄，中间是平原与丘陵，东、南、西，全是绵延的山脉。山越高，气温越低。就如我所在的娄底，往西一百来公里，就是雪峰山脉，成群的高山从四面八方簇拥而至，一山推得一山高。山与山之间，布满或宽或窄的沟壑，沟壑中有人家、有田畴、有山泉，两旁或平缓或陡峭的山坡上，更有青翠欲滴的森林。"人间四月芳菲尽，山寺桃花始盛开。"山里的气温，比山脚下人烟稠密的丘陵，差不多要低七八度甚至十来度。当城里人和平地上的人被酷暑炙烤得不成人形的时候，山里面却一直是春天的模样。从森林与幽谷中吹出来的山风，凉意爽爽，拂在人的脸上，让每个人仿佛觉得自己依然是青春的模样。

其实，到高山去避暑的人，自古至今络绎不绝。承德的避暑山庄，是清时皇家的专利；国民政府的"夏都"庐山，布满了造型各异的避暑别墅。曾在夏天去过一次庐山，山上的清凉与山下的酷暑，形成鲜明的反差。只是，当年到高山去避暑，大都是官宦人家的专利。贫苦人家衣食无着，再热的酷暑，也只能让身子暴露在烈日下，接受阳光肆意的蹂躏。而且，那时候交通不便，进山一次极不易，更没有那么多的闲工夫。所以呀，空有那么多的避暑胜地，却只能眼睁睁地望着，任由时光把大山的清凉，变成壅闭的穷山恶水，变成诗人笔下"黄鹤之飞尚不得过，猿猱欲度愁攀援"的深深叹息。

普通人的避暑，只是近些年的事。不知不觉，那些藏在高山之中的沟壑，被一条又一条蜿蜒的公路串了起来。没有公路串起的时候，那些隐藏在山里的村庄，就是一个个小泥团；串起来了，就是一颗颗闪亮的珍珠。不知不觉，城里人家，几乎每家都有一辆甚至几辆家用小车。贵或者不贵是其次，关键是行走方便，三两个小时，就从城里呼的一下来到了大山的深处。更何况，不知不觉，普通人家的钱袋子，也慢慢地有了余钱，有了去大山深处避暑的本钱。

路通了，车有了，钱多了。到了夏天，跃跃欲试着去山里避暑的想法就冒出来了。政府也很体贴。到了七八月，就安排公务员休假，企业也安排员工休假，或者安排员工到深山里开展各种文体活动。而大山深处的人家，也迎合着山外人想来高山避暑的心理，各种各样的民宿建起来了，各种各样的文体场所建起来了，也把山里的各种传说，用心打造成造型各异的风景，让山外的人来山里避暑的同时，领略到独具特色的风情和可口的佳肴，既满足避暑的目的，也满足胃的需要，满足眼睛的需要。

在单位，早些年就听说一些同事到贵州水城去避暑、到娄底西边的大山里去避暑，也到更远的雪峰山腹地去避暑。但一直只是听说，各种各样的俗务，让我不得脱身。今年，我下定决心，在7月底8月初，抽了十来天时间，走进了雪峰山的两座高山之中。小车从山脚蜿蜒着爬进山里，越往上走，凉意就越从车窗外漫进来，盛夏的酷热，被连绵的山峰剥离，满眼苍翠的森林，深绿、翠绿、浅绿层次分明而又错杂地铺展着，就如一幅绿色的油画，从中摇曳出来的山风，把全身的浊气清洗得干干净净。到达目的地，一下车，整个身心便都沐浴在春光里，空气甜、气温凉、阳光灿，更有主人明媚的笑脸，鸡、鸭与猫、狗悠闲的叫声。一首田园诗，一幅山水画，一汪清清水，一曲爱情歌，让我的身心就如浮游在无边的清凉的大海，一下子彻底放松下来。

在差不多十天的时间里，我什么都没惦记，就让身心充分享受这清凉的世界。傍晚的雨水哗哗地下着，却无李清照的愁绪，只有"闲敲棋子落灯花"的幽情。黄昏的散步，迎面走来的，都是一张张笑脸，虽不熟悉，却不陌生。棋牌当然不可少，却不计输赢，只为消遣这难得的惬意时光。在山泉哗哗的流水声中，日子犹如钟摆，慢慢地过去，我的内心，却随着时光沉浸在青山绿水、白墙红瓦的掩映中，让生命流过的滴答声，随着山顶明丽的日光慢慢地在心灵里缓缓敲过。

这是生命本原的脚步声啊！

田野里是否装上了空调

　　当阳光越来越毒辣的时候，地里的庄稼就成熟了。这是一个叫农人们痛并快乐着的选题：庄稼的丰收，叫每一个真正的农民发自内心地欢喜；而如火一般燃烧着的阳光，又让农民们必须竟日在烈日下挥汗如雨。不如此，成熟的庄稼收不回，又一轮播种也播不下呀。大自然的规律，叫农民们别无选择。

　　仍然记得当年在乡村参加"双抢"（抢收早稻，抢插晚稻）的情景。从7月中旬到8月初的半个多月，每天都似打仗一般。清晨天刚蒙蒙亮，十三四岁的我就被父母从床上拎了起来，与他们一起踏着厚厚的朝露来到稻田里，大人们收割、犁田、耙田，我们插秧。那时候没有现在这么多机械，收割机呀、插秧机呀、耕地机呀，一概没有，除了几头牛、一台用脚踩的人力打稻机，其余的劳作全靠人工。早上的凉快，让我们的劳动还有一丝丝愉悦，太阳一出来，那一丝清凉马上就被越来越浓郁的酷热替代。先是背脊，在我们弯着腰插田的时候，被阳光一鞭一鞭地抽，由痒痒的燥热，到上午十点就变成深深的疼痛。接着是踩在田里的脚。刚刚犁过、耙过的稻田里，水平如镜，毫无遮掩，在骄阳的炙烤下，由清凉变成温热，直到仿佛变成一锅滚烫的开水，烫得我们双脚乱跳。早上的这一阵劳动是漫长的，从早上五点多到十点来钟，几乎没有停歇。在一天里，这一阵是最凉快的。不趁着凉快把进度赶一赶，田里的庄稼就收不回了。即使是这样，当我们疲惫地从地里上来时，全身已经被泥水和汗水裹满，穿在身上的唯一的短裤头，没有几根干纱。

最要命的是中午。仿佛刚回到家里吃过早饭，队长出工的哨子，就催命一样把大家赶到了田野里。田野里白晃晃的一片，全是如旋风一样刮过来刮过去的阳光风暴。在没有一丝缝隙的阳光炙烤下，即使站着不干活儿，都会觉得自己是一条正在被烤干的鱼，何况还要从事那么重的体力活儿！这时候不能插秧了，我们跟着大人一起劳动，割稻、将割好的稻子拢到一起、将稻草从田垄里拖到田埂上，还要踩打稻机。每一项都是费力的活儿。阳光的风暴鞭打着我们的全身，无处可逃，只好听由抽打。汗在流，如水一样在流，从头发根儿一直到双脚，从毛孔里流出来，从脂肪里流出来，甚至从骨头里流出来。我们一刻不停地劳动着。在稻田里蹚过来蹚过去，将割下的稻子搬到一起；站在打稻机前，尽量用身子把打稻机的踏板踩下去，让打稻机转得更快一点儿。汗在飞，泥水在飞。下午七点多，我们从田野里回来，全身就像从水里捞出来一般。这时候最想做的事，就是迫不及待一头栽进田野边的小河里，让清凉的河水，赶快将一身的暑热洗去。

那是真正的热呀！现在，当我舒服地坐在电脑前，在空调吹出的清凉环绕下，写下这些文字的时候，我还能够感觉到那种直逼五脏六腑的热！

幸运的是，后来我考上了大学，慢慢离开了那个工作环境。只是，好像对热的感觉，却越来越敏感了。早些年到了夏天，坐在没有被阳光暴晒的屋子里，有一把扇子，就觉得很惬意了，"公子王孙把扇摇"嘛，觉得自己也成了公子王孙了。后来有了电风扇，就觉得纸扇不行了，没有电风扇吹着，就睡不得觉，也在房子里坐不住。到了后来，空调普及了，就觉得电风扇也不行了。电风扇吹出来的风，都是热风啊，仿佛砂粒一样刮在身上，黏糊糊的，没有一点儿清凉的感觉。现在呢，每天早上从呼呼地开着空调的房间里起床，撩开窗帘看一看外面，一见到白花花的太阳，就感叹一句："又是大热天哪！"坐在家里，不再出门。非出门不可，比如去单位上班、去赴一个饭局、到菜市场买菜等，也是像条狗似的在阳光中蹿一下，从这个空调房转到另一个空调房。几乎整个夏天，就在空调房子里待着，然后望着户外的阳光感叹："这鬼天气，真是热得邪乎！"

可是农人们仍然得在烈日之下收割呀！阳光之下的庄稼，长得那么茂盛，总是一副丰收的模样！那是农人们一年的希望。他们只有冒着烈日，伴着酷暑，才能将这来之不易的收成，从地里收获回来。虽然有了许多劳作的机械，可是在烈日下劳作，却是一成不变的。我们赖以生存的米粮，充满了阳光的香味儿，那是农民们将庄稼伴着阳光，一起收割回来的呀。田野里没有空调，他们依然得在田野里挥汗如雨，让酷热的阳光风暴，将他们的身子鞭打，将他们一个个锤炼成钢铁的模样。

　　要是田野里也能够如家里一样，装上空调，让每一个在田野里耕作的农民，都免去这如深渊一样的苦难，那该是一件多么伟大的事啊！

情　人　节

　　每年西方的情人节前后，大都是各级各类学校的开学季。在这个时刻，冷清了一个寒假的校园，陡然热闹起来。天真烂漫的儿童、无忧无虑的少年、朝气蓬勃的年轻人，犹如春天里的鲜花，在每一座校园、在校园的每一个角落绽放。

　　在开学的日子里，老师们是最忙碌的。

　　教学计划的制订、教材的订购、教寝室的安排、学生开餐的准备、班主任的调整、一些孩子班级的调整等事宜，必须在孩子们进校之前，全部落实到位。

　　在孩子们返校之际，报到、注册、班会、班干部调整、班主任与个别学生的谈话，以及开学第一课的备课、教具准备等，更让全体老师尤其是班主任，由放假季陡然转换到疲惫模式。

　　由冷清到热闹、由享受假期到奔波忙碌，几乎在一天内完成，没有任何过渡。

　　多数的情人节，老师们只能和孩子们一起度过。在朋友圈到处都在转发情人节消息之际，老师们注定不能和他们的"情人"老婆或老公一起，享受这一洋节带来的浪漫。他们只能把学生，当作自己最爱的人。

其实，在老师眼里，每一个孩子，都是他们最爱的人。

前一阵流行的一个段子说得好：除了老师，谁还会像父母一样，关心孩子的学习，关心孩子的成长？老师和孩子没有任何血缘关系，却能像父母一样，教育孩子怎样做人、教育孩子怎样担当、发掘孩子的智力、培育孩子的特长。

俗语云："一日为师，终身为父。"

随着时代的变迁，在年轻的女教师越来越多的今天，老师把自己温柔的爱全部投射给孩子们。

相较于男老师，女老师更加关心体贴孩子们的喜怒哀乐。她们对孩子们细微的变化更加敏感。孩子们的情绪是否低落，孩子们的心情是否怏怏不乐，孩子们是否过于兴奋，孩子们的精力是否集中，作为女老师，能够非常敏感地触摸到，并用她们特有的细心、耐心，将孩子的情绪调整过来。

女教师对学生的这种体贴，表达的至纯至真的关心与体贴。

因此，作为学生，尤其作为中小学生，无论是男孩，还是女孩，都更加希望教自己的老师是女性，除了体育课。

一个女老师，在她教师节那天的教学日志中写道："刚进教室，孩子们就拥了上来，献花的献花，捶背的捶背，一个学生贴着我的耳朵，悄悄地说，'老师，我爱你。'这一刻，我是世上最幸福的人。"

只有老师，才能享受孩子们当面说"老师，我爱你"的幸福。

因为是至爱，所以老师才会在学生面前，表现出惊人的耐心。在课堂上，女老师的声音，总是那么温柔、亲切、清晰，一口悦耳动听的普通话，让学生倍感舒服，并不由自主地被她的循循善诱吸引，将注意力集中到知识的学习上。在课后，每当学生心中有了芥蒂，或者违反了纪律，女老师总是耐心地教育，摆事实，讲道理，几乎没有训斥，只有说服，依然是那种好听的声音，依然是脸上淡淡的微笑。在老师的说服下，几乎每一个学生，都会感到熨帖，放下芥蒂，并为自己的违纪脸红。

因此，凡是由美丽温柔的女老师当班主任的学生，几乎都是听话、守纪律的学生。

老师把学生当作至爱，学生更加把老师当作至爱。

几乎每一个学生，都有一个美丽的女老师形象藏于心底，无论他是男是女，也无论他的年龄多大。

老师和学生，一旦建立了师生关系，就将保持一辈子。现在，老师的社会地位不高，甚至还很低，但是，不管学生毕业后是普通人士，还是高级别的领导、两院院士，见到自己的老师，都会毕恭毕敬，执弟子礼。

而老师，更加惦记着他的学生。学生，是老师一辈子的至爱。那些成绩优异的学生，考取了哪所名校、取得了哪些成就，老师总是关心着，并骄傲地为学生到处宣扬。那些成绩并不突出的学生，当年那些令人印象深刻的细节，也会铭刻在老师的记忆中，成为老师回忆往事时会心的微笑。

那是亲人之间，才有的微笑。

在老师眼里，她教过的每一个学生，都是最爱的人。不管他毕业后去向何方，在老师的心里，满满的都是惦念。

最好的修养

八十多岁的父亲患急性青光眼，住进市中心医院动手术。手术很成功，但老爷子的视力再也无法恢复了。那天上午出院，陪他走路去妹妹家。老爷子视力受损，看什么都是一团雾，住院前气势还很昂然的父亲，不得不在我的搀扶下慢慢行走。

来到一十字路口，等到绿灯亮起时，扶着他过马路。将要走过马路时，一辆摩托车飙了过来，没有停的架势，看样子想闯红灯。我见状马上拉着父亲停下。城市里的摩托车，几乎就是蝗虫，想怎么飞就怎么飞，被他们撞了，那还得了。

可我刚停下脚步，摩托车就一个急刹车，在离我们五六米远的地方停了下来。驾车的是个三十来岁的年轻人，他坐在车上挥着手，示意我扶着父亲先过。在我犹疑着是先过还是等他先过的时候，他又开口说了："你先过你先过，扶你老爷子过去。"脸上还挂着歉意的笑容。

在他的注目下，我扶着父亲走了过去。

这是一件小事。很小很小的事情。但在事后，我想了很多。

近两年来，我在运营着个人的公众号。除了关注自己熟悉的教育领域，也关注着突然发生的热点事件。而关心热点事件，其出发点除了冠冕堂皇的理由，当然夹有个人蹭热度的私心。任一突发事件甫一发生，各个公众号就一哄而上，全是同题作文，谁的文章说得尖锐、观点更新颖甚至偏激，阅读量就更大，吸的粉就更多。我当然不例外。我要提高公众号文章的阅读量，我要圈更多的粉，就必须这么做。带着这点儿小小的私心，在一些热点事件发生后，我也会在第一时间发表自己的看法，也因此让自己的公众号产生了一定的影响。

但这几天发生的一些热点事件，却让我犹疑。

我可以不客气地批评某些领导的不作为、乱作为，可以不客气地批评衮衮诸公指鹿为马，但是，面对无辜与弱小者的死亡，我无法做到兴高采烈，无法做到手舞足蹈。我不能用消费人家的生命来提高自己的影响。身亡本身已经很悲惨了，我倘若再怀揣私心去消费，那既是对死者的不尊重，也是对死者亲人的不尊重。

我当然可以找理由说，这是为死者讨一个说法，在鞭笞冷漠甚至充满了恶意的人性。但当大家一哄而上翻过来吵过去的时候，其实就是在把死者与死者亲人之痛作为满足自己私欲的盛宴。我们在讨伐别人的人性之恶，却在不知不觉中暴露出自己的人性之恶。

而我在城市十字路口遇到的这件小事，清晰地告诉我，我的犹疑是对的。

这个摩托车师傅骑车闯红灯，这是他个性中任性的一面在作祟。说得严重点儿，是他人性的恶在支配着他。他知道交通规则，但他藐视规则，红灯在他眼里几乎不存在，只要他愿意，他可以闯遍天下红灯。当然，他也许是因为有急事需要去办理，才闯的红灯。有这种可能。人在情急之中，也是会忽视规则的存在的。但无论哪一种，他这样做，既是对自己安全的忽视，也是对别人安全的忽视。

但是，当他面对街上被我搀扶着的父亲及搀扶着父亲的我时，却马上停了下来。

我不知道他是怎么想的。也许，是我与父亲的形象，搅动了他内心的同情？回想起来，我搀扶着父亲走在马路上的画面，是颇让人同情的。八十多岁的父亲瘦骨嶙峋，眼睛受了损伤之后，几乎完全看不清脚下的路，只好在我的搀扶下高一脚低一脚地摸索前行，身子仿佛随时都可能倒下去。我在旁边搀扶着他，为了将他老人家扶得稳一点儿，也只能把腰佝偻下去，一眼看去，那模样也是一个老头儿的模样。

也许就是这样一幅令人同情的画面，击中了摩托车司机心中最柔软的部分吧！这个司机是高傲的，他年轻、魁梧、睥睨一切，在他的眼里，那些规则几乎形同废纸。当这样的摩托车手在大街上横冲直撞飙车的时候，几乎所有的人都会避之唯恐不及。然而在这一刻，为了我与我的父亲过马路，他拉紧了手中的刹车，用一脸充满歉意的微笑，目送我和父亲缓缓地走过去之后，才再一次松开手中的刹车。

如摩托车司机这样的人，在我们的眼里，既缺文化，也没教养。但是，他的内心却有一条底线。这条底线就是对他人尤其是对老人的同情心。我搀扶着父亲在大街上艰难行走的画面，是一幅弱者的画面，在城市万花筒一般的繁华里，显得孤单，显得无助。当他看到这样一幅画面，他内心里对弱者的同情心立即下意识地被唤醒，然后刹住了胯下的车。

当然，对他停车的行为，也可以做其他方面的解读。比如，他是对年长者的尊重，是一种"孝"心的唤醒；他是怕撞了老人惹上麻烦不得不停车。但是，无论做何种解读，他的行为都是一种善行。他知道有所敬畏，也不会去消费别人的痛苦。

一个没多少文化的人，都知道去体谅别人的处境，不去消费别人的痛苦，何况我们这些还自诩为有文化有教养的人！

最好的修养是植根于内心的对他人的体谅。在这里，我要向摩托车司机表达我的敬意。我们可以用最坏的恶意来抨击某些人让人不齿的行为，但我们也要用最大的善意，来体谅别人的痛苦。

是这样。所以我不能用别人的生命，来实现自己不可告人的欲望。哪怕那不可告人的欲望，能够掩盖在冠冕堂皇的理由之下。

"状元"只是读书人

每年高考分数一揭晓，各路高考"状元"立即成了媒体追逐的焦点。"十年寒窗无人问，一举成名天下知。"从"状元"的性别、年龄、出身、学习习惯，到"状元"的学习环境、学习爱好、家庭背景，都被好事者挖了出来，在媒体上晒着，亮瞎了你我的双眼。

这与那些平日里炮轰"状元"们成不了才的文章成了鲜明的对照。

这种对高考"状元"的追逐告诉我们，尽管我们对"状元"们日后成不了才有点儿心中窃喜，但对"状元"们在高考中的表现，依然充满敬意。他们日后能否成才，那是今后的事，至少面对公平环境下的高考，他们是胜利者。他们在读书方面的天赋，无可挑剔。

无论古今，状元都是真正的读书人。

作为读书人，我以为有三个显著的特点。

一是爱读书，把读书当作生活中最大的乐趣。欧阳修有"三上"：马上、枕上、厕上。这"三上"，我们可以理解为挤时间来读书，更可以理解为手不释卷，无论什么时间，只要能读书，就不会放下书本。

二是会读书。真正的读书人，都不是读死书的人，他们会举一反三。读历史，他们会从朝代的更迭中，找出更迭的规律，并进而上升到哲学的范畴来找出人与自然的一般规律。读数学，他们能利用一个公式，推算出无数个具体问题的正确结论。

三是有更为完整的人格与个性。真正的读书人一直受到书籍的浸染，他们心态阳光、个性单纯、待人礼貌、热情奔放，不太容易为世俗观念左右。

然而，作为读书人，如果有了第三个特点，大概率会导致成不了才的结局。

网络上曾经有一份关于恢复高考以来对近三千名高考"状元"的考察报告。这份报告的结论是：恢复高考四十多年来所有的"状元"，没有一个成为各个领域的领军人物。"状元"们的人生，除了高考一时的辉煌，便是如你我一样的平庸。

我以为如此来解读"状元"非常片面。在网上，我还查了另一份资料。自恢复高考以来，80%以上的理科"状元"去了国外。文科"状元"出国的少一些，也达到了50%以上。留在国内的"状元"，大多在高校任教，成了教授，成了学者，也有些人成了院士，难道他们就不算成功？

"状元"是读书人，在一个相对稳定的社会状态中，作为读书人，他们的生存空间，更多的是治学。因此，给这些"状元"提供一个相对宽松的治学环境，是国家人才政策的应有之义。实际上，"状元"们在治学上所取得的成绩，无论是社会科学，还是自然科学，都相当巨大，体现了读书人的真正本色。

认为"状元"们没有成功，首先是我们的衡量标准出了问题。在我们的社会衡量体系中，往往是将当了多大的官、赚了多少的钱，作为成功的衡量标准，却从来没有将在学术研究上做出多大成就作为衡量标准。就拿前文所述的关于"状元"的研究报告来说，尽管他站在官本位、钱本位的角度，基本立论是否定"状元"，但是，报告也不得不承认，在学术研究领域，"状元"们还是做出了出色成就的。

也许，"状元"成不了才，不是"状元"们本身有问题，而是社会文化体系出了毛病。"状元"们从小受到书籍的浸染，他们的心中，充满了作为一个人的正义与阳光，更具有独立的人格。这是"状元"们最难能可贵的一点。他们一直恪守着自己的独立人格与个性，这样的"状元"，更值得我们尊敬。这才是真正的读书人，他们内心的高贵，我辈只能望尘莫及。

前不久，网络上曾经挂出两份名单。一份是傅以渐、王云锦、刘春霖等十人，全是清朝状元；一份是李渔、洪秀全、袁世凯等十人，全是落第秀才。而人们更熟悉的，却是后者。可是倘若认真分析后一份名单，就会发现，被人们更熟悉的，他们的主要成就都在读书之外。若论治学，还是第一份名单上的人更牛气。当然，第二份名单中也有以文学闻名的，比如吴敬梓、蒲松龄，但文学创作与治学，不完全是一个概念。就如当下，一个没有较高文凭的人，可能成为作家，但他不太容易成为一名教授。若只论治学，第二份名单中还有李渔、金圣叹等人，可是，他们的名气，依然与第一份名单一样，基本上不出文学界，和洪秀全等人的名气相比，差距太远。而最有名气的，却是洪秀全这样的农民起义领袖。

这就是读书人和所谓英雄的区别。读书人追求的，是水到渠成的大境界、是成为世俗社会的隐者。而所谓英雄，追求的是自己的名望。不能流芳百世，也要遗臭万年。

他们可以毫不留情地摧毁一个稳定的社会体系，可以毫不留情地杀人如麻。但若要把一个社会治理好，建立崭新的社会与文化秩序体系，却需要真正的读书人。

就如过去封建社会需要皇帝，却更需要一个孔子。皇帝可以轮流坐，孔子却只有一个。

孔子是读书人。老子、墨子、孟子、荀子、韩非子，都是读书人。他们几乎没有做过大官，他们在世时，也没有高高在上的社会地位，更多的时间，是在治学，以讲学为业。按照现在的标准，他们也不属于成功人士。

但他们是思想家。正因为有了他们的思想，中国作为一个国家，就有了脊梁。倘若我们这个民族没有他们，民族的脊梁就会被抽去，变成一堆行尸走肉。

关于思想家，有必要提及我的乡党魏源。作为读书人，他在乡试时曾经高中"南元"、后来参加会试，屡试不第，只好去给两江总督陶澍当幕僚，并在陶澍幕府任上，成为"睁眼看世界"的第一人，成为近代有名的思想家。

幸亏他年轻时没有中进士、去做官。他若去做官了，中国可能多一个平庸的官员，却会少一个伟大的思想家。中国的官员多如牛毛，不缺他一个。但自始皇帝以来，中国的思想家却寥若晨星。一个魏源，足以在几百年内，被我们视为珍宝。

一个社会，只有思想家辈出、读书人能够自由发挥才能，这个社会体系才称得上健全。倘若我们的"状元"，平日里只有默默无闻，要等到民族走到穷途末路，方可成为文天祥一般的民族英雄，那岂不是悲哀？

好在尽管我们平日里对读书人充满了不屑和讥讽，但在骨子里，还有着对读书人的敬重。

比如在古代，如果考上了秀才，就成了地方上有名望的人，免差徭，见了县官不用下跪；若中了举，则被誉为"文曲星下凡"，如范进中举一般，令人充满了敬畏，地方乡绅巴结都来不及；若高中进士，那就是朝廷命官身份，见者下马、下轿，低眉顺眼侍候。

比如在眼下，对各类高考"状元"的宣传，尽管很多的宣传，不是"状元"本身，而是为"状元"出身的学校打广告。但"状元"，依然是这个社会的一个卖点。

这已令读书人感到欣慰。毕竟，我们还知道，读书人不仅拥有丰富的知识、超常的智力，更在维系着社会的伦理，传承着中华文明的思想与文脉。

第三辑　地理

娄底素描

娄　星

四十多年前，娄星（娄底立地级市之前，它一直使用"娄底"这个名号）这个地方还是一个名不见经传的"科级干部"，受"处级干部"涟源领导。

它当"科级干部"时，朴实勤快，工作扎实得很。先是建起了一座有名的工厂，为了名头响亮一些，用"处级干部"的名字来命名，叫涟源钢铁厂；新修的湘黔铁路在这里开了一个叉，延伸到"厅级干部"邵阳家里，命名为娄邵铁路，又发狠修了一个担负中转任务的火车站。有了涟钢，有了中转火车站，娄底这个"科级干部"的绩效考核就冒了尖儿，有了影响。1977 年邵阳地区一分为二，邵阳那一半，行署还是驻邵阳市，分出来的另一半，开始叫涟源地区，要在所管辖的县市内选一个地方做行署驻地。考察来考察去，不知道哪位领导手一指，境内那些"处级干部"没看上，倒看上了娄底这个"科级干部"，这个从来没成为县城的科级干部，一下子就开衙建府，成了府城。涟源地区也就成了娄底地区。

因为成了府城，娄底的职务就有了火箭般蹿升。先是升格为县级娄底市，成了正儿八经的"处级干部"；又因为府衙在此，同时享受"厅级干部"经济待遇。1999年改府为市之后，这里先是成了娄星区，后来干脆将县处级干部娄星一分为三，娄星区、经开区、万宝新区，围了三个处级地盘，几乎占了全娄底处级地盘的一半。

四十年沧海桑田，娄底这个当初的"科级干部"，一下子不但演变成了三个"处级干部"，而且作为娄底中心城区所在地，赫然就是"正厅实职"。

级别的火箭般蹿升，与之相伴的是城市的快速发展。当年邵阳、娄底分家，娄底成为行署驻地，新设立了一大批机关，迁来了一大批机关工作人员；成立县级娄底市，同样设立了一大批机关，进了一大批机关工作人员。于是沿行署机关修了一条笔直的大街，沿县级娄底市机关修了一条笔直的大街。反正周围都是乡村，有的是地盘，那大街都修得十分宽阔、敞亮、平整，两边的办公大楼、住宅楼，也建得鳞次栉比，恢恢然有了城市的模样。

机关人员来了，他们的老婆小孩也来了，他们要住、要吃、要读书、要玩、要各种服务，于是，一大批依托机关衍生出来的机构也诞生了，比如学校、医院、银行、商场、建筑公司、城市管理机构、公园等，全都有了，它们在城区一个占一处地盘，就开张做起生意来。也迁来了涟邵矿务局、华达机械厂等大中型企业。新建的大街不够，再拉一条，不够再拉一条，反正人口不多，有的是地盘。经过四十年的发展，娄底拉了无数条笔直的大街、建了无数高楼大厦和住宅小区，也建了许多的公园，原来的老娄底镇，倒被挤压在城区一角，几乎没什么影子了。

娄底的城市修得漂亮，慢慢地便把周围县市的人吸引了过来。最初，虽然马路修得宽阔，公园也修得多，但是没多少人气，到了夜晚，除了马路两旁的路灯孤零零地在那里傻站着，就看不到人影。现在不同了。入夜时分你到广场上、公园里望去，仿佛全娄底的人，都在那儿跳广场舞，或者在那儿玩耍。中心城区的马路、商场也是人山人海。

人一多，各色人等都有了。城市嘛，本来就是大家相互交易的地方。有以才华谋生的、以生意谋生的，也以不那么正经的交易谋生的，都有了。城市也繁华起来了。不过来娄底谋生的，基本上都来自下属各县市。新化、冷水江、涟源、双峰等。不仅做生意的、选择娄底做居住地的人来自各县市，机关里的工作人员、企业的员工，也基本来自各县市。他们在不长的时间内，涌进了娄底城，成了这座城市的主角。

他们来娄底的时间不长，出门在外，很自然地便将来自故乡的乡亲，作为情感寄托的对象，同时又和仍在故乡的亲人，有着这样那样剪不断理还乱的联系。"亲不亲，故乡人；美不美，故乡水"嘛。于是慢慢就形成了乡亲的圈子。工作之余或者节假日，找乡亲们玩耍，找乡亲们诉说衷肠。春节等传统节假日，也是众多乡亲相互联系着一同回故乡。而家乡的亲人、同学有什么事，也上娄底来找他们打点。这样一来二去，在他们中间，便形成了浓郁的故乡情结，把乡情看得特别重。在他们看来，娄底，只是工作的地方，而家乡，才是生命的根。尤其一到春节，他们便相约着回到根脉所在的地方，平时一派繁华的娄底城区，倒变得冷冷清清、非常寥落。这一点，像极了深圳，到了春节，就是一座空城。

与深圳不同的是，这些移民并不来自五湖四海，基本上来自下属各县市，离家乡特别近，到了春节，家乡的亲人在召唤，不回家也要回家，所以，娄底到了节假日，城市的空心化也就不可避免。所以，说娄底是移民城市，恰如其分；说娄底是一座乡情特别浓的城市，也恰如其分。在娄底工作的人，天天人在娄底，心在家乡，即使没有多少故乡情结，耳濡目染之下，也得有了。

这便将娄底置于一个尴尬的境地。娄底虽然不大，但是一座现代城市繁华的因素，它都有：宽阔的街道、巍峨的建筑、漂亮的公园、美丽的园林、人头攒动的商场、霓虹闪烁的歌厅。然而，生活在这座城市的人，却没有几个从内心深处认为自己是娄底人的。当年的娄底老街，挤在城市一角，无声无息。满大街跑着的人，却是操各种方言的人，新化话、双峰话、涟源话，还有邵阳话、长沙话。他们说着自己家乡方言的时候，就从来没有想过，他是在娄底，他应该说娄底话。不，娄底话从来就没有进入他的视线中。他们用自己的方言，很自然地亮明自己是哪个地方的人，而他的操同样方言的乡亲，就是他的坚强后盾。他几乎没想过自己现在是娄底人，娄底作为一座中心城市，在他那儿，几乎就没有任何影响力。

这是一个"科级干部"一跃越过"县处级干部"，成为"府城"，享受"厅级干部"待遇时所面临的尴尬。帽子太大，根基太浅，结果一方面是级别的虚高，一方面却是自己的生存与发展尤其是文化习俗的形成受到挤压，地头蛇斗不过强龙，只好在强龙的欺压下喘息求生。

不过从另外一个角度来讲，这又是一件好事。娄底虽然还没有让他们认可，但下属几个县市的影响力，也没有一个占得统治地位，这就为形成大家认可的娄底文化打下了基础。

怎么建设？既不可偏废，也不可着急。现在娄底已经"开衙"四十多年了，第一批来娄底的人，已经退休，当年跟着他们来的小屁孩，也到了五十左右的年纪。那些在娄底出生的人，现在正是年轻力壮的时候，他们将慢慢成为娄底的脊梁。相比他们的前辈，他们的故乡情结，并不那么浓厚。作为娄底的领导者，必须抓住时机，通过将各县市文化进行融合，形成崭新的具有时代特点和地域特点的新文化，并不遗余力地推广，让全体生活在这里的各地方的人接受，让全体市民都骄傲地说："我，是娄底人！"

冷　水　江

冷水江作为一座城市，既没有高贵的血统，又缺少一夜之间拔地而起成为暴发户的机会，生存便比较艰难。当年建市的时候，曾信誓旦旦，要成为第二个株洲，可是如今，株洲成了湖南挂"湘B"车牌的地级市，冷水江倒有些奄奄一息的味道，至今还在县级市里面混，而且混得不怎么样，以曾经的县级市老大的身份，现在混个中不溜儿的位置都还艰难。

　　说冷水江没有高贵的血统，是指它的历史。说到冷水江建市，不能不说锡矿山。从 19 世纪末锡矿山大规模开采锑矿开始，就聚集了众多来自四面八方的矿工，至第一次世界大战时期达到顶峰，号称矿工二十万人。山上除了矿，就是面目狰狞的石头，日久天长，矿工们孤独得很。为排遣寂寞，矿工们在闲暇之际，就下山来到资江河边的"老鼠巷"，领略城镇春色，"老鼠巷"也就因为矿山的发达，吸引了各色人等前来做买卖，城镇就繁华了起来。新中国成立后，开始进行大规模工业建设，因为有了锡矿山，又因为这里紧挨着资江，许多工厂就选址在这里兴建，440 发电厂、冷钢、资氮，一批大型厂矿接连竖起，当年有些偏僻的"老鼠巷"更加热闹了，颇有新兴城市的模样。1969 年，终于水到渠成，成为一座建制市，曾任株洲市委书记的马壮昆担任第一任市委书记。为了好听，将当初的"老鼠巷"谐音为"冷水江"。一座城市就在新中国大规模工业建设中诞生了。

　　除了上述中央、省属企业，冷水江市还建起了诸如碱厂、耐火材料厂、电石厂等中小企业。同时，因为地下藏着许多煤炭等原材料，又诞生了许多煤矿等矿山。到七八十年代极一时之盛，恢恢然有了第二个株洲的模样。曾记得 1987 年底，我供职的单位的领导在会上宣讲道，冷水江当年无偿支持中央财政三十万元。这一细节至今让我印象深刻，一副财大气粗的城市形象从此便屹立在我的脑海里。

　　然而亢龙有悔。随着国有企业改制，冷水江众多的中小国有企业一夜之间土崩瓦解，企业员工作鸟兽散，而矿山资源的枯竭，又使得这些企业的领导和员工如热锅上的蚂蚁，惶惶不可终日。所以这些年，冷水江走得十分艰难。

但是冷水江毕竟是一座有底蕴的城市。它的底蕴在于，这座城市的老百姓对自己城市的热爱。冷水江没有高贵的血统，从当年的矿山，到后来的众多企业，可以说，冷水江就是一座由普通老百姓建设起来的草根城市，工人阶级作为国家主人公的骄傲，还一直保存在老百姓的心中。当年他们从四面八方来到这里，白手起家，将冷水江建设得初具规模，他们心中的自豪感油然而生，现在，冷水江有困难，他们也不抛弃不放弃。

冷水江人的自豪感体现在哪里呢？体现在总认为冷水江好。世人都说家乡好。但冷水江人说家乡好非常特殊。一是好的程度。在冷水江人眼中，一般的地级市是不放在眼里的，就是一些省城，他们也不觉得好。他们认为天底下最好的地方就是冷水江。人文环境好，风俗习惯好，人与人之间的感情好，环境、饮食好，美女多，帅哥满街跑，一切都是好的。我一个朋友，研究梅山文化，他就认为天底下的文化，都是植根于梅山文化而衍生出来的，比如美洲印第安文化就是梅山文化区的人跑到那里传播开来的。二是好的支撑点。因为有了锡矿山，冷水江人的自豪，就有了一个非常具体的支撑点。他说冷水江好，你反问好在哪里呀，他马上就会问你，你知道锡矿山吗？你知道世界锑都锡矿山吗？你当然知道。他就会一脸得意地告诉你，这世界锑都锡矿山就在冷水江辖区内！其实不要说全国、全世界，就是在湖南省内，还有许多人只知道有个冷水滩不知道有个冷水江。但是不知道冷水江没关系，知道锡矿山，他就自豪得什么似的了。

"锡矿山""世界锑都",就是冷水江人的文化符号。正因为这里的市民以锡矿山而自豪,所以,既然锡矿山是世界的,那么冷水江人的心胸就也是世界的。在冷水江的城市文化中,包容,是最大的特点。这是因为自豪而产生的包容。自一百多年前锑矿大规模开采以来,一代又一代的建设者们从四面八方赶来,在这里生根发芽,让冷水江成为一座移民城市,使城市的文化变得非常开放。他们一到冷水江,就受到这种开放的文化风气感染,以冷水江人自居,也将每一个后来的外地人视为冷水江人,并使每一个后来者为之感动,情不自禁地成为地道的冷水江人,并记住了冷水江的好。

我是一个外地人,当年我到冷水江工作时,就从来没有感觉到他们把我视为外地人,这让我一下子就走进了冷水江的文化深处,并被它的开放包容的文化深深吸引。如今,我离开那里已经二十多年了,但我仍然对当年在那座城市时如鱼得水的感觉非常怀念,并常常以曾经在冷水江工作过而自豪。

冷水江确实是一座非常有魅力的城市。它现在有点儿举步维艰,但这是因为政策的变化。若是当年的政策能延续,那么它成为第二个株洲的梦想,应该能成为现实。政策能够扶植某个城市一夜之间成为暴发户,成为一座超大型城市,政策也能让一座城市慢慢萎缩,停滞不前。冷水江就属于后者。它的魅力,还远远没有打动决策者们,还没有成为决策者们宠爱的对象。作为一座平民城市,路,只能依靠自己来走。怎么走?这座城市的决策者们自有考虑。但是,冷水江人从"世界锑都"

而生的自豪感，和以这种自豪感而内生出来的包容心，是值得决策者们好好思考并加以利用的。

毕竟，这份自豪感和包容心，蕴藏着巨大的能量。

涟　源

我本来想说，涟源是中国"最大"的一座城市。转而一想，那太不谦虚了。咱实在一点儿，还是只说涟源是娄底"最大"的一座城市吧。毕竟，无论是面积，还是人口，说涟源是娄底"最大"的一座城市，都是没错的。虽然那面积大部分是乡村，那人口也大部分是农村人口，但它们毕竟是在涟源的管辖之下。

但在相当一部分涟源人意识中，涟源就是中国"最大"的城市。理由有二。

其一，涟源境内有三个相对古老的镇子，市府驻地蓝田镇以及桥头河镇、杨家滩镇。这三个镇子，在抗日战争之初，都驻了一些由省城长沙搬迁而来的单位，比如《围城》上说的三闾大学之类。也有一些名人来过这里，比如钱锺书先生。当然，他们来这里只是暂时避难，犹如夏天的雷阵雨，噼噼啪啪下一阵，就无影无踪了。然而这三个镇子却了不得，因为有了这回事而纷纷号称"小南京"，直到现在仍然以"小南京"自居。大家想想看，省城长沙搬迁了几所学校、单位来到三个镇，他们不说自己是"小长沙"，竟然纷纷自封为"小南京"，可见其豪情壮志。境内有三个"小南京"，可不就是中国"最大"的城市？

其二，一个听来的段子。杨家滩这个地方又称杨市。对此，许多跑外地的涟源人都自豪地说，杨市是娄底第一市，中国第二滩。杨市是娄底境内第一个称"市"的地方，而"谦虚"地称自己是中国第二滩，是因为"第一滩"上海滩名头太响亮。而杨家滩这样有名头的地方，还成不了涟源市府的驻地，可见涟源是中国最大的城市是没错的。

我这样说，当然是调侃。但在涟源话中，有一个程度副词用得非常普遍却是不争的事实。

这个程度副词就是"最"。女孩子稍稍有点儿姿色，涟源人就会形容说"最漂亮哩"；哪个稍微富裕一点儿，就会说"最有钱哩"。至于"最好哩""最坏哩""最开心哩""最聪明哩""最老实哩""最有本事哩"，等等，就一路"最"着去吧，反正在涟源人嘴巴里，所有的事情，都是用"最"来形容的，没有更好，只有"最"好。所以，当一个涟源人当面说你是个"最"好的人，你千万别信以为真他是在赞美你，你要明白，那只不过是他们的口头禅而已。

但在全娄底市，涟源人"最"有追求，也是事实。在我读大学的同期系友中，现在最有出息的一个，就是涟源土生土长的，现在的名气，已经大到国外去了。而在读书期间因为违纪唯一被开除的一个系友，也是涟源人，其他的同学在"不准谈恋爱"的条文下噤若寒蝉，他老人家不管家里已经有了老婆、孩子，和外语系一个学妹谈起了恋爱……而当今，湖南首富曾是涟源人，湖南富豪榜前二十涟源占了五人，远超其他地市，这也是涟源人"最"有追求的结果。当初涟源争取由县改市，那股子劲头，真比抢新娘、做新郎还积极，创造一切可以创造的条件，争取一切积极因素，终于天道酬勤，许多比涟源条件好的县仍然是县，条件并不那么出众的涟源，最终成了市，令许多的县在流哈喇子之余都困惑，这涟源，到底是凭什么力量，就成了市？

　　我总是迷惑涟源这种积极进取的精神来自哪里？涟源建制的历史并不长。在新中国成立之前，现在涟源的地盘分属安化、湘乡、邵阳、新化，直到 1952 年，才始有涟源县建制。

　　由好几个县市甚至外府各划出一部分组成一个新的县，在县级建制中并不多见，这是涟源最大的特点。成建制的涟源市（县），和分属各地的漫长历史比较起来，只是一瞬。在这么短的时间里，怎么就形成了相对统一而又独具特点的文化习俗？这很值得我们研究。要知道，在漫长的历史进程中，其原来分属的各县，文化习俗有着很大的差异，那么它们又是怎样糅合起来，那样有机地结合成一块，并形成独具特点的文化习俗的呢？

　　也许，正是这样的历史，才形成了涟源这样的文化特性吧？四个区域的地盘，组合成一家，每个地盘上的人，都想在这个家里好好表现，于是形成了你追我赶的局面，你走到了我前面，我就一定要赶上你；我为了不让你赶上，就一刻也不懈怠，总要想办法比你做得更好才是。六十多年的互相竞赛，孕育了涟源人好表现、不服输的个性，孕育了涟源人积极进取的品格，也孕育了涟源人互不相让的性格。

这些个性品格，都融合进一个"最"字，不管做什么事，不管怎么样，都要做到"最"的境界，而他们每一个涟源人，都是"最"好的。在单位，要争第一；夫妻之间，要争第一；兄弟姐妹之间，要争第一。就连"小南京"，三个城镇都要争着当。争着争着伤了感情也在所不惜。

在这种竞争中，他们得到了磨砺，得到了提高，也取得了令人瞩目的成绩。

涟源的发展，是有目共睹的。80年代中期到涟源市区，除了涟水河边老旧的中山街、双江街，除了人民路上的县政府，基本上都是乡村，整个城区就如一个衣衫褴褛的老人。现在呢，尽管仍然不大，但一个清秀明丽的小姑娘般形象的市区，已经初具雏形。

只是，有时候，也得悠着点儿。比方说，你把娄底"最大"的城市称号争去了，叫娄星、冷水江情何以堪？你号称"小南京"，叫省城长沙情何以堪？如果你作为妻子，天天在家里抢着争老大，叫你的老公整天面临着沉重的压迫感，他又会作何感想呢？你也得让自己的老公在某些日子里有一点儿做老公的威风与体面哪！

双　　峰

先讲个故事。

某少年听人吹嘘，某年月日，一大波美女将经过某路。少年眼放绿光。至是时也，蹲守于某路，冀可观之。从早至晚，没见着美女，唯见一路少先队员，全是女生，排队持花，前往某会场助兴。少年恼，责之某人。某人笑答，一大波美女，即那一群祖国的花朵是也。

双峰这个地名，也有如此妙处。外地人听到双峰这个名字，总以为语含暧昧。本地人知道所指，也常以此打趣调侃。除了县名叫人浮想联翩，其县辖的乡镇，也可佐证：荷叶、太平寺、花门、杏子铺、走马街、青树坪、甘棠，这些地名，是不是可以从中闻到女性脂粉的味道？

耐人寻味的地方就在这里。从地名上看，双峰颇叫人心猿意马，但生活在这块土地上的人的性格，却和地名的意蕴相距甚远。嘿嘿，不要以为生活在此地的，是一群非常浪漫的人，不，他们一点儿都不浪漫。这个地方，产生不了徐志摩，也产生不了戴望舒。不仅不浪漫，甚至称得上古板。这么说吧，在娄底市域内，其他任何地方，都可能产生徐志摩，都可能产生戴望舒，唯独双峰，基本上没有这个可能。

也许，我这话说得有点儿过分。我只是表明一个意思，那就是，双峰人在个性上，有一个非常明显的特点，那就是内敛。

双峰人做的比说的好。比方说吧，你让双峰人做事，一旦他答应了，你就可以放下十万个心，根本不用你去催促，等着他来回复你就是。他做得是又快又好，比你想象中还要好。而且做了之后，并不张扬，不会逢人就自夸：某某事是我做的，某某事又是我做的。不会，他会说：这事儿是某某告诉我做的。甚至，什么都不说，就去做其他事去了。

双峰女子也如是。双峰女子漂亮吧？漂亮。但双峰女子还有一个更重要的特点，就是端庄。

说了这么多，其实还没说到点子上。双峰人真正的特点，就是勤奋加坚毅，从不气馁。双峰人读书特厉害。上世纪70年代末80年代初，考大学还很稀罕。其他的县，大中专加一起，一年能考两百人左右就非常了不起了。双峰呢，每年都是四百多，把别的县远远地甩几条街。现在，双峰籍的中国科学院、工程院院士，就有七人之多，按人口比例，位居全国前几位。双峰人怎么读书的？那些屁大的小孩儿，根本不用大人督促，晚上就能自觉地在油灯下读到半夜。而哪个家庭如果有个小孩读书聪慧，则卖屋卖田，也得送他上学。其邻居，也会慷慨解囊。

双峰人做田、养猪也厉害。他们种的粮食、出栏的猪，真正的庄稼汉见了，都得为之赞叹。正因为双峰这块土地上的人有如此特点，所以才能孕育出曾国藩这样的人物。勤奋、律己、不屈不挠、屡败屡战、脚踏实地、不轻易出战，正是个性上的这些特点，造就了曾国藩。反过来，曾国藩功成名就之后，以自己的人生经验，在双峰人性格特点的基础上，总结出了"猪、蔬、鱼、书、早、扫、考、宝"八字家训，又更多地强化了双峰人的此种性格特征。可以说，双峰孕育了曾国藩，曾国藩又给后辈指出了更明确的方向。两者之间，相辅相成。双峰这块土地，钟灵毓秀。曾国藩之后，还有蔡和森、蔡畅等，这都是认准了道路，就踏踏实实地去做，不达目的不罢休的人物。

开句玩笑吧。如果他们要做坏事，也会将坏事做到极致。前些年不是说双峰人都是骗子吗？不多的那么几个双峰人合伙设局骗人，也骗出了全国影响，这真不简单哪！

其地名和人的个性如此相反、相映成趣者，双峰应是一个典型。

但是，说真的，双峰人本身，却还真缺少一点儿情趣。他们做官可以做得很出色，做学问可以做得很出色，但在生活情趣上，总叫人觉得缺少一点儿丰满的韵味。也许，因为有个"太平"寺，把"双峰"扯平了吧？

新　　化

新化有"三多"。

一是美食多。杯子糕、向东街牛肉面、新化三大碗（糁子粑蒸鸡、雪花肉丸子、大片牛肉，还有其他说法）、三合汤、水酒、田鱼，一路数去手指头都掰不过来，都是脍炙人口的佳肴，吃了还想吃。新化人尤善点石成金，一些极普通的食材，经新化人妙手调和，就成了人见人爱的食物：米粉辣椒、猪肠子粑、鸭子粑、清炒蕨根、香椿炒鸡蛋、牛百叶，吃得人流口水。

二是美女多。站在新化的大街上，望去，迎面走过来的，背后走过去的，那些年轻的姑娘少妇，一个个袅袅婷婷、腰肢轻摆、莲步慢摇、面容姣好、双眸生辉，叫人们移不开眼。不仅新化本地，就是在娄底，那些在大街上看上去曼妙无比的女子，十有八成，是新化美女。

有了这"两多"，去新化出差或旅游，就成了福利。吃有美食，看有美女，大家都乐意去，都抢着去。可是，如果要派遣到新化工作，去那儿蹲几年，就不那么乐意了。"老少边穷"，新化占了三个："老边穷"。山高、水长、路遥，国家级贫困县的帽子，一直戴着不愿摘，直到前两年才不情愿地摘下。而且，新化人性子有点儿傲慢，一般的人，全不在他眼里，不正眼看你。到那儿去工作，除了美食美女，全是吃苦的活计，叫人好生苦累。

新化人不正眼看外来的和尚，是有底气的。谁叫新化是娄底市范围内建县历史最悠久的县呢？当娄底境内其他的县市，轰轰烈烈地庆祝建县五十周年、七十周年的时候，新化人在那儿看着，冷冷地发笑。没法子，谁叫咱祖宗有出息呢？从北宋熙宁五年（1072年）"梅山蛮"归化后置县开始，咱新化已经开完建县九百五十周年庆典了。这差距，不是一点点。

建县历史悠久，这儿积累的文化底蕴就深厚。所以新化的文化，在娄底境内就自成体系，名曰"梅山文化"。尽管"梅山文化"不是新化独有，但它是核心区域。这一文化上承"化外之地"的神秘，外融中原文化之厚朴，下承各种习俗之发展，糯而不腻，扬而不张，和而不同，清而不丽。而且吸附力特别强，外界这样那样的新鲜事物，还没流行呢，就已经到了这里，并且立即被"梅山化"，成了梅山文化体系的一部分，恍然就是梅山文化原有的东西。所以你到新化一看，最现代化的事物，与最古老的事物，和谐地交织在一起。傩戏、巫歌、滩歌、草龙舞、旱龙船，仿佛把人带回那蛮荒时代，而坐在那儿兴高采烈观看的，却是打扮得最入时的姑娘、小伙；吊脚楼、火炕桌，把人带到安静的农耕社会，而住着的、坐着的，却是玩最现代化手机的中年人甚至老年人；在县城里，住在巍峨楼房里的，却可能天天在那里唱具有悠久历史的新化山歌。

新化人的文化生活丰富得很，新化的历史积淀厚实得很。你们有的，我都有；你们没有的，我也有。谁还理你那么浅薄的外来人？别看你梳妆打扮比我漂亮，可你还只是三五岁的黄口小儿，我当年纵横天下的时候，你还不知道在哪里呢！甚至，像冷水江，别看现在风生水起，还不是前些年从我这儿分家出去的小子？我当年，可比你阔多了，我要理你干什么？

可是，尽管在娄底境内，新化建县的历史最悠久，新化人有强烈的历史自豪感，但和周边的县市一比较，它立马就矮了三分。放眼望去，它周边的县市，几乎都比它的历史更悠久。南边的邵阳，我的天，汉代初年就设立了昭陵县，至今二千二百多年了。西边的溆浦，屈原的《离骚》里即有记载，从唐高祖武德五年（622 年）起即开始置县，至今一千四百多年了。北边的安化，自从章惇开梅山始，先置新化，第二年（1073 年）就置了安化县，与新化也就是两兄弟。何况，人家安化都考证出来了，梅山文化的发祥地是在它的地盘上。现在要把这顶帽子抢回来，有点儿难度，也只能说，与安化，同为梅山文化的发祥地。

这样一比，新化就没有优势了。和娄底市辖下的其他县市比，现状比不过；和周边县市比，历史比不过，现状也比不过。这就没法比了。于是新化就开始纠结了。整点儿悠久的历史，冲不出娄底；整点儿现代的东西，更冲不出新化。

怎么办？两者权衡取其轻，咱就整点儿历史算了。好歹在娄底市境，咱还是最有历史感的县是不？

首先整大熊山。根据司马迁《史记》里"黄帝……登熊湘"的记载，考证出当年黄帝曾到过这儿，只可惜没有考证出黄帝的脚印在哪儿。并考证出这里是蚩尤的故里，苗瑶族的发祥地。反正就是一传说，信则有，不信则罢。这样一考证，这大熊山的人文史，就追溯到了史前，就是国宝级的文物了，历史悠悠，何其远哉！你那战国、汉唐又算什么？

然后整紫鹊界。指着那紫鹊界气势恢宏的梯田说，这是秦人在这里开凿的梯田，秦人为避战乱，由中原来到这儿，休养生息，用在中原地区掌握的先进农田水利技术，建造了国际级的梯田景观。而陶渊明笔下的桃花源，也在离这儿不远的奉家山。这里的奉姓人家，就是秦人在秦末为避战乱搬迁而来。秦、奉二字字形相似，他们哪里是姓奉，分明是为了告诉子孙，自己是秦人的后代。他们躲在深山老林里，"不知有汉，无论魏晋"。反正不管你考证桃花源在哪里，不管你认不认为陶渊明笔下的桃花源是"子虚乌有"，我先认了，怎么着？这样一来，紫鹊界的历史，马上追溯到了秦汉。

而梅山龙宫，更不得了，把神话都整了出来。这样一整，还真整出了效果。大熊山、紫鹊界，在娄底境内，尽人皆知。在湖南省，也有了影响。反正就是来玩儿的，两个地方，都在深山老林之中，春有花，秋有锦，夏有阴凉，冬有雪，寺庙菩萨一路拜，迎面全是好乡亲。迎接客人的，有的是可口的饭菜，有的是笑靥如花的美丽姑娘，有的是深山中宜人的气温和清新的空气，让一个个游客玩儿得乐不可支。至于那些景区的人文历史，谁吃饱了没事干，来考证这些无聊的事情？风气所至，现在田坪、温塘、天门、长丰、琅塘、四都，都在整理各自的故事，要把客人吸引到他们那儿去。

这么着，就有了新化第三多：美景多。

安 化 记 忆

湘黔铁路与茶马古道

她告诉我，她家住的地方，叫烟溪。那儿有一个七一五矿，李四光勘探出来的。她家住在矿山最高处。

我最初在新化，后来在冷水江糊口。它们与烟溪之间，由一条纤细的湘黔铁路连着。20 世纪八九十年代，差不多十年时间，我就踩着这条闪电一样的细线，像头驴一样来回奔波。

周六下午，校园里总有一股落寞的味道。天空中随风飘移的云，总有相思的泪欲流还休。下午四点，那群像猴子一样的学生差不多逃光之后，我便扯开双腿，往火车站走去。

对，是一步一步走。烟溪站只停一趟慢车。我可以在冷水江东站与西站之间选择一个乘车。从东站乘车，票价四块，可以搭公交去火车站；从西站上，三块，没有公交。我基本选择从西站上车。那时候年轻，两三公里路程，一点儿也不愁，何况还有满心的相思。

慢车名副其实地慢。进入坪口之后再往西，更慢。坪口已经属安化县管辖。烟溪也是。两者相距三四十公里，却需要爬行一个多小时。在坪口与烟溪之间，记忆最深的是那些隧道。

火车咣当咣当，在隧道里跑着的时候，喘息更厉害了。我总担心它随时都可能无力地停下来。事实也是如此。从坪口出发，沂滩溪、渠江、夏坪溪，再到烟溪，每每刚刚艰难地喘几口粗气，又像一个破气球呲的一声泄了。即使不是这些只有一间候车室的火车站，它也经常毫无理由地停下来，趴在铁道上喘息。

这一段漫长又无聊的时光，我只好用数隧道来打发。

从坪口到烟溪，总共二十四条隧道。火车还未出了这条，又钻进了另一条。雪峰山主峰隧道最长，五华里多。

无论来或者回，从第一个隧道起，就开始数，一、二、三……二十二、二十三、二十四，一边数，一边计算还剩多少个。数到最后，长舒一口气，总算把隧道过完了。

烟溪在安化的边缘，西傍溆浦县；坪口也在安化的边缘，东靠新化县。湘黔铁路只在安化县境西南边缘的崇山峻岭里画了一道细细的弧，就飘然而去，留下一个美丽的身影，叫安化人怅然。

除了湘黔铁路，当年处于梅山腹地的安化县，再没有像样的交通线与外界连接。后来，终于把离安化县城东坪两个半小时车程的四等小站坪口站升格，更名为安化车站，加停了三两趟普通快车，才让期盼更顺畅走出山外的安化人稍稍心安。

烟溪是雪峰山深山褶皱里一个安静的小镇。清晨，从她的住处走廊望去，除了矿山生活区那些两层的筒子楼，依然看不到镇子的踪影。我的四周全是耸立的青山。东边山峰划下的大片阴影之上，细密的阳光一粒一粒跑过来。阳光驱赶阴影的过程中，我可以听到时光流逝的声音。阳光未照到的地方，山的颜色是青黛的；阳光照耀的地方，山的颜色是深绿的。山很高，水很深，青黛与深绿的分割线，总是明晃晃地分出来并生动地相互追逐，你退我进或者你进我退。那是温柔与阳刚的分割线，它们亲密无间，恰似一对如胶似漆的情侣。

镇子就建在高山之间被溪水冲出的狭窄的沙滩上。当我周末来到这里的时候，总愿意陪她到镇子附近走走。镇子里边沿山，外边临水，并没有几间商铺，多的倒是鸡、鸭。几步走过唯一的一条街道，溯小溪而上，两边的山峰几乎能碰到我们的鼻尖。山是岩山，最有名的两块巨石，一个叫将军岩，一个叫萝卜岩。山壁陡峭如削，粗大的藤蔓倒悬在山壁上，与山壁的缝隙相映成趣。山壁的缝隙里，一棵棵粗大的常绿树金钟一般昂然生长。山下的溪水哗哗地流、轰轰地流，也在潺潺地流。清凉的山风，从山的缝隙里吹过来，也从哗哗的流水里飞溅出来。

风和水，都笼罩着甜蜜的味道。

烟溪离县城东坪还有五十公里，有一条在陡峭的山峰之间生拉硬扯出来的粗砂路可以直达，每天有一趟班车在烟溪与东坪之间对开。路很陡，坐在车上的乘客提心吊胆，总疑心喘着粗气的破车会翻下悬崖。多数人为了安全，更愿意兜兜转转，从柘溪水库乘船去县城。

曾与她去过一次东坪。

冬天的一个清早，我们乘坐七一五矿职工上班的交通车，赶往矿山最远的上班地点污水处理厂。下车之后走半个小时赶到柘溪水库边的十八渡，从这里乘船沿柘溪水库顺流而下，前往水库大坝。船是机帆船，在水库安静的水面上突突突犁出一道水痕。两岸的青山没有猿声，缓缓往后移着，隔很长时间再去眺望，它依然安静地卧在那里。机帆船走走停停，一路接着在各个渡口等船的旅客，差不多悠游了近五个小时，下午四点多，满身疲惫的机帆船的喘息声终于细了下来，慢慢停靠在大坝的码头边。

　　我还是第一次乘这么长时间的船，非常新鲜。脚软软的，身子软软的，坐在简陋的长凳上或者在船上行走，眼里涨满了青山和绿水，一种极舒服、极放松的心境从内心深处涌上来。在那段时光里，如果没有身旁人声的嘈杂，就是山间水上的神仙。

　　然而船一靠岸，神仙就走了。一船人一窝蜂地拥挤着，争先恐后下船，争先恐后赶往大坝下方的公交站，抢坐开往东坪的公交车。从上岸处到公交站，四五百米的距离，此刻就是战场上作战溃败时逃命的距离，仿佛谁慢一步，谁就搭不上公交车了。倘若赶不上，就只能滞留在大坝过夜，而当年这里是没有旅馆的。大冬天的漫漫长夜，只能蜷缩在人家的屋檐下，这和战场上溃败时慢一步就没命了的情形差不多。

　　她是已经将一只鞋子跑丢了的。幸运的是，我们在公交车站等了半个多小时，公交车才来。等车的人满满当当地全挤上了车。等我们赶到县城的时候，已经暮色四合。

　　后来，她调到了我身边，矿山也转到了益阳市区，二十多年时光，再没去过。

但是对安化，始终是心存亲近的。那里的青山绿水，印证了我年轻时刻骨铭心的初恋情怀。

安化的历史渊源，与我多年糊口所居之地新化、冷水江，同属一脉，都是当年居于雪峰山两侧的莫徭（莫瑶）属地，核心区域是雪峰山东面延伸的第一座大山大熊山。以大熊山为界，新化（冷水江在析出成市前，一直属于新化）大部在山之阳，安化大部在山之阴。

很早很早以前，莫徭人生活在崎岖险峻、连绵不断的山峰之间的谷沟里甚至山坡上的溶洞中，以部落的形式延续下来。十八个部落，称为十八峒。当年信息不通，这群梅山人眼里根本没有山外的皇帝，只知道自己是神仙。对朝廷大军的征剿，从来就是一肚子的不屑，每次都将朝廷大军杀得丢盔弃甲、落花流水。日子过得不舒坦了，还会呲的一声吆喝着冲进汉人的地盘，到邵州府（今邵阳）、潭州府（今长沙）潇洒走个来回，让汉人的地盘鸡飞狗跳。直到北宋熙宁五年（1072年），章惇向朝廷提出用怀柔政策来"开梅山"，并亲自主持此事。自此之后，当年的梅山区域，活生生被朝廷分置成两个县来治理。大熊山之南设新化县，属邵州府；大熊山之北设安化县，属潭州府。分而置县，符合分而治之的原则，县名又含有"王化一新""人安德化"之意，可见其心机之深。

莫徭人没有对封锁与征剿低头，却被怀柔政策攻了心。其实这也是梅山十八峒先民在"顺坡下驴"。被外面强大的汉人封锁日久，除了提着脑袋，用性命冲到汉人区域掳得一些先进的生活物资外，十八个部落的生产力水平及生活质量，已远远低于外面的汉人。遥望山外，眼看着汉人吃香的喝辣的，自己却在茹毛饮血，面对梅山区域的崇山峻岭与不毛之地，除了屈从于外面的汉人，没有第二选择。

章惇一改过去的封锁与征剿而为怀柔，是给了梅山区域十八个部落头领一个台阶，这些部落头领，面对章惇垫到自己脚下的台阶，也就顺坡下了。自此以后，梅山区域的莫徭人，告别了原来刀耕火种的日子，融进了山外汉人的生存体系中。

梅山置县后，在梅山犹如迷宫的大山褶皱之间，原来几乎不通往来的各峒之间，尤其是，梅山与外面的汉人地域之间，一条条官道，通过官府的主持，次第修了起来。

邵州至新化、长沙至安化，那是府道。相当于现在的市级公路。安化、新化县城通往各乡各保，那是县道。府道和县道，都用青石板铺就。有了官道，就有了驿站，往来商贾客人，来去方便多了，外面的时新用品、先进生产资料，也被肩挑马驮，渗透到了梅山峒的千家万户。自开梅山一直到民国时期公路、汽车出现之前，这些官道，都是进出梅山的交通要道。我的生于20世纪初的爷爷与外公，年轻时就是经常行走在邵阳至新化之间官道上的"挑脚人"。邵阳到新化相距一百六十里，挑脚时三天一个来回。从邵阳挑一担洋布或者其他日用百货出发，沿邵阳至新化的青石板官道，经过长冲铺、新田铺、白云铺、巨口铺、龙溪铺、田心铺、天龙山、枫林铺，然后到新化县城上梅镇将商品卸下，再挑一担木炭或者煤炭，原路返回。肩挑是最原始的运输方式，那个年代更先进的运输方式是马驮或者马拉。一个个马帮，在主人的监督下，驮着或者拉着更多的货物，不无骄傲地走过青石板官道。中途这些带"铺"的地名，就是驿站，供往来客商或搭伙吃饭，或住宿。挑脚人和马帮的赶马人，都在这些地方歇息，让各种"铺"逐渐兴旺起来。

与此同时，府与府之间的官道也修了起来。

新化与安化核心区域的分野，以大熊山为界。同为一座大熊山，山南的新化县属邵州府，山北安化属潭州府。自两县分设后，从未合府而治。新化后来属宝庆府，中华人民共和国成立后属邵阳专区，70 年代末期又划归娄底。安化一直属潭州府，后来属益阳。新化与安化，开梅山之际的亲兄弟，被官府生生划到两个府分而治之，并因为大熊山的阻隔，慢慢疏远。就如他们说话的口音。现在除了大熊山主峰附近的山民，新化与安化的口音还略为相近外，其他地方，新化话更接近邵阳口音，安化话更接近益阳口音。从社会关系层面上来说，他们已分属于两个不同的社会体系，相互之间那种千丝万缕的社会联系已经渐渐少了。

然而尽管关山阻隔，在更深层次的文化层面上，他们的血液里，依然同样流淌着梅山人的文化因子。这些文化因子的联系纽带，或许就是绵延于大熊山南北两侧峰壑之间的茶马古道。

说它是茶马古道，是因为行走于这条路上的人，多是经销茶叶的客商。他们用马作为运输工具，将茶叶从山里驮出来，输往西北、西南边境。当然还有更多的肩挑马驮茶叶、茶饼的挑脚人及贩夫走卒。而实际上，这条古道是一条官道，且是府与府之间的官道。

当年，安化的县治是梅城，新化的县治是上梅。从梅城至上梅，后来修公路，是途经相对平缓一点儿的王板坳。当年的官道，是经过大熊山这个梅山文化的母山，将两者之间联系起来的。府与府之间的官道，当年属于省道，只比国道低一级，其在当年交通领域内的重要性，不言而喻。

我是在初秋的一个周末去的茶马古道。

在交通日益发达的今天，茶马古道的实用功能几乎已消失，现在保存的这不长的一截古道，只是为了供后人观赏与体验。现在，安化茶马古道已经是 4A 级旅游景区。修葺之精致，叫游客更多的是体会到闲情逸致，却几乎体会不到当年古道的苍凉。

站在茶马古道景区的广场上，遥望四周，全部是连绵的青山。在明净天空的映衬下，青山清晰的轮廓画出的波浪线，比画家画的线条更流畅。天上的白云在山头上飞，可我更觉得是连绵的群山在飞。空气中充满了丝帛一般滑腻的触感，若有若无的甜味儿，丝丝入口。

向西南方向望去，位于新化境内的大熊山峰顶上巨大的风力发电塔架的银白色的靓影，清晰可见，只是由一个威武的小伙子变成了一个玲珑清秀的姑娘，叫人愈可怜见。

茶马古道就从我的脚下出发，沿着陡峭的山腰和阴森的沟壑，一直延伸到大熊山那一边的新化。青石板全是长条形的，一块挨一块，亲如兄弟。岁月犹如磨刀石，青色的石板经过岁月的打磨，细密如镜，在明亮的阳光下氤氲着青色的光芒。自然镶嵌于青石板中的石头纹理，白色的、麻色的、乳白色的、淡红的、灰色的，此刻都纤毫毕现。

细细看去，仿佛还可看到当年驮着茶叶的马匹嘚嘚走过青石板时的马蹄印痕。大熊山深处各个山峦的陡峭的山坡上，最具意义的植物，就是茶叶了。山里土地薄，大多又不聚水，种植粮食几乎全靠老天爷恩赐。唯有茶叶，是山里人生存最重要的支撑。

在很长的时代里，茶叶是朝廷重要的战略物资，多是用来与西部各外藩交换马匹。古时军队的战马，相当于现代军队的战车与坦克。可惜内地产的马，总是比不上西北边境各外藩产的那么剽悍凶猛。好在西蕃地区的人嗜茶如命而西蕃地区却不产茶叶。于是朝廷便将产于内地的茶叶，送去西北、西南边境，向外藩换取军队装备必备的优秀战马。

在那个时期，梅山腹地所生产的茶叶，源源不断地从这条青石板官道上被马匹驮着、被挑夫挑着，送往西北边境、西南边境的茶马互换市场。大熊山多雨水，又道险且阻，制好的茶叶容易霉变，先民们又创造性地事先将新采的茶叶发酵，制出了在任何条件下几乎不会霉变、越陈越香的黑茶。

这里的黑茶，从外藩换来了多少英俊的战马，当然无法统计。但可以肯定的是，中原在与外藩的历次战争中，多数能够取得胜利，大熊山腹地所产的茶叶做出了不可磨灭的贡献。同时可以肯定的是，当地百姓也用茶叶，换来了生存所需的粮食与用品，让山旮旯里的日子尽管卑微，却仍然安静。

此刻，当年青石板山道上驮着茶叶走向山外的嘚嘚马蹄

声，已经渐渐远去，那回响只有在历史的册页中还依稀可以
听见。

除了茶叶，这条官道更重要的作用，是将大熊山两侧的梅
山子民联系起来。关山万重，有了这条官道，就有了相互往还
的纽带。我走过这条古道，到你那儿做客；你走过古道，来我
家做客。在相互往还中，梅山文化的因子一直植根于他们的心
中，生生不息。就如此刻，我站在地处安化江南镇的茶马古道
旁眺望新化，新化境内身姿飘逸的风力发电架就如一面面旗
帜，在我的眼中飘荡；而当我站在大熊山顶北望安化，我所看
到的景物中，肯定有这茶马古道的风景。

当然，这条官道，更通往山外，把山里人的理想与抱负，
与山外紧密联系起来。它虽然逼仄，却是梅山腹地人当年走向
山外的唯一通道，这让他们倍加珍惜。就如湘黔铁路，它虽然
只在安化一个角落里细细地画过一角，却是安化境内迄今为止
唯一的一条铁路。安化人请求铁路系统将远在县城百里之外的
坪口站更名为安化站，换来几趟快车，也是珍惜铁路与山外的
联系。它能够直接通向远方，通向外面更广阔的世界。

处于雪峰山腹地，在大山褶皱中生存的安化人，他们的
心，永远装着远方。其中最著名的，就是那个叫作陶澍的
牛人。

陶澍与羽毛球世界冠军

从梅城去小淹，层层叠叠的大山把一条羊肠小道挤成了一

团麻纱。倘若走路，踏着朝露扯起脚杆子出发，走到天空里闪耀着点点繁星，还在大山的肚子里迷宫一般转来转去。

梅城是安化资深县城。安化置县凡九百五十来年，八百八十年县衙开在梅城。从梅城去长沙府，往东；去繁华之地益阳，往东北。上这两个地方，虽说道路崎岖，尚有官道可倚。打马、坐轿或是走路，能沿着官道逶迤前行，少费了许多力气。官道两侧的镇子，凭着南来北往的官人、客商、贩夫走卒搭伙入住，还有些人气。小淹在梅城西北。梅城到处是大山，小淹埋在更深处。沿着这地方走去，一山更比一山高，越走越偏僻。除了采茶季节，茶商赶着马儿沿着茶道前来收购茶叶、茶饼外，其他时间，鸟都不愿意朝这个方向飞。

幸好还有一条直通武汉码头的资江河从小淹的地盘经过。当放排人撑着木排经过时，他们吼着的嘹亮的船工号子能够给镇子上的天空增加些许热闹、些许明亮。只是，小淹并不是资江沿岸的码头，只能在河岸的半山腰上听着船工吼着号子顺流而过，并不能让船工停下来留下美丽风流的传说。

小淹是陶澍的故乡。

关于陶澍，我们津津乐道的，更多集中在他的慧眼识人上。不错，陶澍识人当为一绝。当年胡林翼年仅六岁，陶澍甫一见他，即将其视为栋梁之材，并将女儿许配于此黄口小儿。胡林翼典型的官二代一个，少年纨绔，新婚之夜还要溜出洞房到秦淮河上寻欢作乐。陶澍得知不但不责怪，还心疼地说："此儿他年操劳国事，没时间消遣，趁他年轻，随他逍遥。"陶澍老年从两江总督任上回家省亲，回湘第一站驻醴陵渌江书院。县令请书院主讲左宗棠撰一对联隆重欢迎，曰："春殿语从容，廿载家山印心石在；大江流日夜，八州子弟翘首公归。"尽抒陶澍心意，马屁拍得恰到好处。陶澍一见极为欣赏，即命召左氏相见。"一见目为奇才，纵论古今，为留一宿。"要约为儿女亲家，兼有将儿子陶恍托孤于左氏之意。左氏身为赘婿，以为门第相差悬殊，诚惶诚恐，犹疑不敢答应。陶澍宽慰说："是我为儿求婚于你，不为攀附。若说攀附，他年君为国之重器，倒是我攀附于你。"

胡林翼、左宗棠果然如陶澍所料，成为一代名臣。

但更重要的，是陶澍选对了一个长期合伙人。他与合伙人共同策划，在政事上采取了许多开风气之先的举措，并终成经世济用理念的首位施行者，给垂垂老矣的王朝，带来了一丝活泼的气象。

这个合伙人就是魏源。

魏源是近代史上著名的启蒙思想家，才气横溢，但在科场上却并不得意。会试屡试不第，长年入幕为宾，先是应乡党贺长龄之邀，到南京入江苏布政使幕，协助贺谋划政事。陶澍任江苏巡抚时，就多次与魏源探讨政事。任两江总督时，为改革当年弊政，隆重邀请魏源入总督幕府。在这里，魏源"面向大海"的主张，在陶澍的主持下，得以施行，并逐渐形成自己"师夷长技以制夷"的近代启蒙思想。他们两个珠联璧合、相得益彰，成就了陶澍能吏的声誉，也成就了魏源作为思想家的声名。

对陶澍，我们更应该关注的就在这里。他不是腐儒，他的经世致用思想，不是按先人之规，将事情循规蹈矩切实做好，而是敢于开风气之先，在荆棘丛生中别开一面，闯出一条新路。就犹如沙漠治理者，他不仅固沙，不让沙尘暴漫天飞舞，他还在沙漠里打出了井，让那片沙漠变成一片绿洲。

就说改漕运为海运。漕运是京城的命门。东南富庶地域的粮米，都得通过漕运，从大运河运抵京城。可是，运河年久失修，沿途湖泊决口，通过高悬的黄河时，所有物品都得重新卸下装上，如此折腾一番，消耗了大量人才、财力。再加上途中各级官吏索拿卡要，又要消耗大量成本。从南方启程装运的物资，还没等到京城，费用已耗大半。道光皇帝除陶澍江苏巡抚之职，整顿漕运即交代的重要事项之一。

如果从漕运来整顿漕运，无非是疏浚运河河道、整肃官吏、规范程序、改良船舶，于事当有小补，但不能一劳永逸，稍不留神又会故态复萌。陶澍甫一上任，即别开生面，将眼光放在了广阔的海洋上。他征用商家艨艟大船运载货物，从上海港口出发，扬起风帆，一路畅行无阻航行到天津港，从天津港卸下运抵京城，与漕运比较，运输费用十省其八，且为一劳永逸的解决方案，此后不必再为此操心。

海运当然有风险。这个风险在于摸不着海洋的脾气。如果在途中遇到台风、大浪，所有物资都会被大海一口吞噬。元朝时就因为这个风险而放弃了海运。但是，陶澍没有被风险吓倒，而是想办法摸清洋流的运动规律。他知道，大海发脾气的日子屈指可数，大部分时间都风平浪静。而经过与他当时的朋友、后来任两江总督时的幕僚魏源的长时间深入探讨，他有了改漕运为海运的底气。

魏源关于改漕运为海运的依据，也就是他关于海洋、关于经济运行方式的最初的科学认识，叫那些反对海运的人无话可说。

我们把近代启蒙思想家的头衔戴在魏源的头上，把他誉为近代中国"睁眼看世界"的第一人，这其中有陶澍多少功劳？在我看来，陶澍为官有一个显著特点，就是眼光向外而不是向内。他是不断进取的而不是满足于现状的，他是光芒四射的而不是自我封闭的，他是寻找刺激的而不是追求安逸的，他是充满少年的渴望的而不是老年人的双眼空洞的。他不仅善于识人，更善于识别与把握才起于青萍之末的未来之风气，在国门尚处于关闭状态之际，敏锐地体察到魏源想法的先进，体会到魏源的思考对中国未来的影响，并与魏源一拍即合，极力将魏源的思考糅进自己的社会治理行动中，用事实证明了魏源思想的正确。也许，正因为受到陶澍的鼓舞，魏源才沿着既有的思考深入探索，并最终形成自己的思想，成为中国近代最初的启蒙思想家。确实，《海国图志》是魏源受林则徐之托编撰的，但是，其思想的实践来源，相比林则徐，陶澍的影响更大。

陶澍为官敢开风气之先，给当年死气沉沉的官僚体系带来了一股少有的激情。不仅是当年的湖湘学子、士人，整个官僚阶层，都打心眼儿里佩服陶澍。张之洞晚年评价陶澍时，曾经感叹："道光以来人才，当以陶文毅（澍）为第一。"这个评价，有两层意思：一层是，把陶澍比作晚清时期全国人才发生发展的"源头"；还有一层，晚清即使人才辈出，但两相比较，陶澍还是位居第一。就是当年的道光皇帝，也将陶澍引为治国栋梁。道光十五年（1835年）冬，陶澍入京觐见道光，不到一个月时间，道光皇帝为与陶澍探讨治国之策，召见其达十四次之多，其间多次问及陶澍故乡情况，并御赐"印心石屋"匾额，可谓对其恩宠有加。

那么，陶澍敢开风气之先的开放意识来自哪里？

很多论者，都认为来自王船山思想的影响。这不错。在陶澍读书达到一定程度的时候，肯定会受到王的影响。但是，王船山在当年的影响已是很大，也不止陶澍这一个读书人受到他的影响。可当年那么多的士大夫，湖湘那么多的学子，为何偏偏只有陶澍食而化之？

我以为真正的原因，是他身上与生俱来的梅山文化因子。

陶澍出生于小淹陶家湾一个小农家庭，是一个土生土长的安化伢子。家道艰难，到其父陶必铨辈上，才置了点儿田，读了点儿书。其父后来考上秀才，其身份除了农民，也只算是地方知识分子，相当于现在的乡村教师，长年在本地及益阳的富人家里设馆教书谋生。陶澍亦从五六岁起，跟随在父亲身边，或读书，或事农桑。父亲走到哪儿，他跟到哪儿。绝大多数时间，是在梅山区域的崇山峻岭里打转转，直到二十一岁离开益阳到长沙参加乡试，才从安化大熊山深处的大山褶皱里走出来。

陶澍起于乡野，是梅山大山里的"土货"。

乡里人想进城。越是偏远的山村，这种愿望越强烈。梅山十八峒人家，每天都是大山贴着脊背，在交通基本靠走的当年，甫一从摇摇欲坠的家门走出，往上看不到天，往下看不到地，要想出门，不是爬坡，就是下沟，不是肩扛，就是手提。地又窄，土又薄，一场稍大点儿的雨，一轮稍长时间的晴，甚至一次野猪的散步，都可能会让一年的劳作化为乌有。生活的种种苦难，梅山人从小就尝了个遍。也因此，在他们的心底，从小就埋下了改变贫穷现状的强烈愿望。

在穷山恶水的梅山，山外才是他们的希望所在。当年十八峒的峒主，愿意在章惇的怀柔政策面前低头，让汉人来统治自己，也是为了改变与汉人的生活水平越拉越大的窘境。他们的眼光紧盯着山外。山外的任何变化，特别是可能让他们的希望得以实现的变化，都能引起他们内心强烈的悸动。认真说句玩笑话，今天上午一套新款时装在香港上市，第二天下午，就能在安化、新化县城的大街上看见漂亮的姑娘穿着这套时装的山寨品在招摇。

当然，能否走出山外，都得靠自己担当。山里面只能提供给他们充饥的谷米与野菜，提供给他们极目远望的天空，却无法给他们提供走出山外的路。要走出山外，必须用自己如铁一般的脚步，走出一条路来。或者读书，或者当兵，或者写作，或者做工，甚至，或者坑蒙拐骗。

没有人愿意待在山里守成。事实上他们一穷二白，无成可守。

走出山外来到城里，生活境遇的改变，并不能将他们的眼光拘囿。说他们不满现状也好，说他们这山望着那山高也好，他们在山里形成的眼光向上的特点依然是他们个性中不可剥离的部分。他们一点儿都不保守，谦逊、率真、热情、朝气蓬勃，永远有一颗骚动不安的心，随时紧盯着外面更广阔世界的变化，并能够独辟蹊径，在别人看来是一条死胡同里开辟出一条康庄大道。

这是他们与生俱来的性格。当年十八峒峒主虚心向外的文化血液，流过遥远的历史长河，依然在他们的血管里哗哗流淌。

小淹镇的偏僻，非到过无以想象。现在，从梅城乘车去陶澍的故乡，山区崎岖蜿蜒的公路就犹如大海中的巨浪，将乘客颠得七荤八素。少年陶澍从小在这里读书，从小在这里劳作。当他躺在资江河中的印心石上读书读得乏了，在精瘦的田土里扶犁荷锄耕作得累了，打量着四周寂静的青山，倾听着天空鸟儿飞过留下的天籁，他的心、他的眼光，早就随着鸟儿的鸣叫，随着清凉的山风，越过壁立的高山，飞到了外面的世界。一个信念在他的心头清晰地涌上来：离开这鸟不拉屎的地方，到外面去，到外面去！

他有机会。他天生聪慧，读书极有悟性，极善将书本知识化为己有。他将所有的心思都沉浸在读书与学问之中。通过父亲的悉心调教与自己的潜心体悟，通过四处游学与好友相互砥砺，进步神速。秀才、举人，几乎没有任何耽搁，早早被他收入囊中。然后在第二次参加会试时，金榜题名。

陶澍成了安化县有史以来第一个进士。当年，在这个蜷缩于深山的偏僻穷县引起的轰动，与现在考上北大清华引起的关注比较起来，那就是雷鸣大炮与小鞭子的区别。

考中进士的陶澍依然是那个土生土长的梅山伢子。他充满热情，蔑视成规，具有强烈的进取欲望，不因循，不泥古，善于借鉴，善于思考。无论是做翰林，还是外出守土一方，都做得风生水起，成了当年一潭死水的官僚体系中的一朵激越的浪花，也给走向末路的封建王朝打了一剂强心针。

而魏源的出生地隆回司门前镇，在隆回单独立县之前，也属新化管辖，与安化同属梅山文化体系。魏源的家庭，也是一个乡村知识分子家庭。

他俩的身体里，相同的文化因子汩汩流淌，两人之间相互理解，一拍即合，一个思考，一个实践，共同把各自的事业推向高峰，最终造就了一个近代名臣，一个近代启蒙思想家。而中国能够进步到今天，全肇始于当年的思想启蒙，以及在"师夷长技以制夷"思想引导下的社会变革的初步实践。

从某种意义上来说，中国在自陶澍、魏源始的思想与社会进步过程中，梅山文化的因素功莫大焉。

这个地区的人永远眼光向外。安化人非得把离县城两个半小时车程的坪口站更名为安化站，在公路四通八达的今天，依然将当年的茶马古道修缮一新，就是因为能够顺着这条路，来平息他们内心的骚动与喧哗。

那是外部世界延伸进来的血管，是他们血液流动的最通畅的渠道。

当年我差不多每个周末往返于冷水江与烟溪，源于爱人在安化烟溪的七一五矿子弟学校教书。学校坐落在半山坡上，后面的山崖紧贴着教学楼的墙壁，教学楼前，勉强修了一个窄窄的操坪。学生放学后的时间，子弟学校的老师们，常常在操坪里打羽毛球。他们的羽毛球打得很沉浸。无论是热热闹闹的一堆人你方打罢我登场，还是三两个人在球场上挑着球儿玩耍，都要将最后一丝暮色挑落，才会收起球网，尽兴而归。

那时候我的羽毛球打得不错。一些不明就里的人，甚至误以为我是专业羽毛球运动员。老师们打球的时候，我时常陪她站在旁边看。她也打，但打得不太好，上场没几分钟，就会带着一张涨红的粉脸，快快离场。有时候心有不服，为压制老师们在她面前的嚣张气焰，也撺掇我到场上露一手。他们的水平都不低，和他们过招儿，有时候非得把我的绝招儿拿出来，才不至于被他们斩落马下。

后来我才清楚，羽毛球是安化县境内五个中央与省属厂矿的厂球。七一五矿子弟学校老师的水平，在全矿属于中下，七一五矿在五个厂矿中，又不幸名列榜尾。

最厉害的是湘华机械厂，他们厂里出了一连串的羽毛球世界冠军。唐九红、龚智超、龚睿娜，都曾是他们厂里的羽毛球高手。

打羽毛球一下子就打成了世界冠军！流风所及，安化人打羽毛球蔚然成风。后来，这些厂矿陆续迁走，但打羽毛球的氛围保留了下来，又出了黄穗、田卿等羽毛球世界冠军。至于市队、省队，安化籍的羽毛球运动员，一抓就是一大把。

仔细想想，处于雪峰山腹地的安化，在球类项目中，打羽毛球算是比较适宜。在山坡上建个室外简易篮球场，或者摆几个乒乓球台，稍不留意，球就从球场蹦蹦跳跳掉落到了山沟里，一场球下来，估计捡球的时间比打球的时间还要长。唯有羽毛球不会蹦跶，落在哪儿就安静地躺在哪儿。即使场地高低不平，甚至处在缓和一点儿的斜坡上，也可以挥拍自如不受影响。现在，打球的条件改善了，在安化各地，羽毛球学校、羽毛球馆，甚至比酒店还要多，还没上学的小孩，打球打得像模像样的比比皆是。你若问这些小孩的理想是什么，十个有九个会脆生生地告诉你，他们的目标剑指世界冠军。

　　安化誉为中国羽毛球之乡，实至名归。至少在目前，再没有哪个地方，以一个县的区域，出了这么多的羽毛球世界冠军，有这么浓厚的羽毛球氛围。

　　梅山区域的人，眼光高着呢，就是玩，也必须玩出世界最高水平。

好大一座宝庆城

邵阳市热闹不热闹？热闹。邵阳伢子、妹子时尚不时尚？时尚。邵阳市大不大？不大。我呸！邵阳市还不大，那哪个地方才算大？难道酿溪镇（新邵县城）比邵阳市大？难道新田铺（区政府所在地）比邵阳市大？难道石马江（故乡附近一个乡村集市）比邵阳市大？更何况呢，新田铺街上我没去过，酿溪镇也没去过。我只听父亲说，邵阳市好大一座飞机坪，飞机像鸟儿在天上飞；邵阳临津门，好比北京天安门；邵阳市人民广场，好比天安门广场；邵阳红旗路，好比北京长安街；青龙桥头的工农饭店吃碗面，嘴巴都要香三天。我只记得夏天的夜晚坐在房子前面纳凉，奶奶指着东南方向的一抹红云说："那亮堂堂的地方，就是宝庆府。"（乡人都称邵阳市为宝庆府）点那么亮的一盏灯，红透了半边天，那红云下面的城市，该有多大？

九岁之前，说起邵阳市，对我来说就是如雷贯耳，那就是我心中最大的城市。我知道北京，知道天安门，知道长安街。但那是在书上读的，可望而不可即。哪如邵阳市，就在我身边，离我那个山村，只有二十多华里，大人们早上走路去，傍晚走路回，一回来，不进自己家门，蹲在村口的地坪里，就卖弄，就夸耀，说邵阳如水般平坦的大马路，说又看到两个年轻男女在眉来眼去，说工农饭店的面条那真叫一个香。大人们说，我赖在旁边听，口水都流了出来。邵阳真大，邵阳真让人开眼界。哪一天，我也要去邵阳，好好看一看，看看好大的一座宝庆城。

机会总是留给有准备的人。终于，在我九岁那年的秋天，队上要到宝庆城里去捉猪崽，男人们都去。我知道了，缠着父亲要求带我去。父亲不同意，斥我太小，来回五十多里路，没人管我。我就缠奶奶。奶奶疼孙子，指挥父亲说："你带他去，让他看看世界。"我在旁边对着父亲发誓："我自己走，不要背，也不要等。"父亲是孝子，奶奶说的话，都听。在得到我坚定地回答不用他背的承诺后，终于松了口，答应带我去看大邵阳。

兴奋得一晚上没睡觉。我要去看大邵阳了，我要进城了。我没去过县城，我没去过区公所，可我要去看大邵阳了！看了邵阳，我就开了眼界，我就有了在伙伴们面前吹嘘的故事了！临津门，天安门；红旗路，长安街；香喷喷，肉丝面。想了大半晚，好不容易迷糊一阵，就被奶奶的叫声惊醒了来。天已蒙蒙亮，父亲早已端着碗，在桌子边就着炒辣椒吃饭了。赶紧起床，扒开饭锅盛一碗饭就着辣椒吃了，眼睛生生地盯着父亲整理装猪崽的箩筐，生怕他一转眼就不见了人影。终于，在父亲邀齐了所有去邵阳的老大男人后，我怀着无比新奇的心情，跟着大人们出发，去我心中向往已久的大邵阳了。

"我们走小路去。"父亲说，"去城里，得有个上城的样子，不能野。"我就没打赤膊，穿了件布褂子；没打赤脚，穿了双布鞋。大人们也煞有介事穿了衣服、穿了草鞋。嘿嘿，真是乡里人进城哈。可是呢，小路两旁，有野草，野草上有朝露。没走多远，布鞋就被打湿了，沉得很，远没有打赤脚轻松自在。初秋天，太阳一出来，气温就高，走着走着，背就汗湿了，胸就汗湿了，腿也汗湿了。不出一半路程，我和大人们一样，衣服也脱了，鞋也脱了。没到邵阳市，就回归了农民本色。倒是在路上没犯懒筋，践行着先晚在父亲面前承诺的誓言，健步如风，跨向邵阳。一路走过石岩，走过樨木山。都是乡村好风光，四处鸡鸭啼不住。眼看着到了陈云渡，花两分钱，过了资江，就到了邵阳街上。

真个是繁华得让人眼花缭乱。城里人，不一般。男人们，穿解放胶鞋、穿黑色松紧带布鞋、穿皮鞋。有穿白衬衫的，有穿各种颜色的汗衫的。走路时那两条腿，抻得笔直。年轻的姑娘，穿着紧身裤，穿着花衬衣，穿黑色紧口鞋，一个个白净净的，真漂亮。没有人打赤膊，没有人打赤脚。看着看着，我把提在手里的衣服穿上了，把丢在父亲箩筐里的布鞋穿上了。父亲和叔叔们在飞机场那角落捉了猪崽，然后挑着担子，在邵阳街头走哇走。走过南门口，走过红旗路，走过东风桥（青龙桥），就来到了桥头的工农饭店。坐在店里面，数钱，称米，每人点了一碗面条。我也有，但我没贪队上的便宜，我的那一份，年底会从我父亲的工分中扣除的。那店堂真敞亮，从没见过那么敞亮的房子，从没见过房子里有那么多的餐桌。

等啊等，面条终于上来了。真香啊！红油汤肉丝面，香到人肺腑里去了。吃一口进嘴里，辣、咸、香、糯，一直舒坦到脚后跟。很惬意地吃过了，走出来，再往广场方向走。走哇走，看到的是更多的人，看到的是两旁店里花花绿绿的商品。一个和我一般大的男孩子走过来，手里捧着一个红红的果子在吃。那果子我从来没见过。我瞧着他吃，脖子都转到了后背，直到耳里传来父亲的呵斥，才转回身。又一个小女孩走过来，手中拿着一个黄色的圆长条形的果子撕开，将里面白色的果肉往嘴里送。我仍然不知道是什么果子，又是直勾勾地看着，脖子随着那女孩的身影转，又是直到父亲呵斥，才转过头来。一切都是新奇的。房子真高，两层楼的、三层楼的、五层楼的，全部在马路两旁矗立着。我必须仰着小小的脖子，才能看到房顶。马路真宽，车子在马路上奔跑着。卡车上的司机，一个个神气活现的。还有客车、包车（吉普车）、轿车。看到这些车来了，我跑都跑不赢，跑到马路边上，满心敬畏地看着这些高级车子呼的一下开过去。

　　走哇走。来到了邵阳市人民广场。东瞧瞧，西望望。我看不到边。想去跑，却不由自主地拉住了父亲的衣角，生怕弄丢了。广场上到处都是人。万一丢了，到哪里去找父亲？只得随着父亲走哇走。在广场上彷徨了一会儿，大家就往回家的路上走，走过资江大桥，走过鱼苗场，走过状元洲。然后顺着公路，慢慢地走哇走，走了两个多小时，天快黑的时候，就到家了。

　　好大一座宝庆城，我整整走了一天，才看了它一条街。心里想，我能够天天来这城里走吗？做个城里人，住大房子，走大马路，真的畅快呀。不过这是做梦啊。我今天能来看一眼大邵阳，已经让我非常骄傲了。还是回我那个小山村，好好读书，好好劳动，快快长大吧！长大了，我就能像大人们一样，经常来到邵阳城，好好看看城市的风光了。

洞口塘边的石碑

洞口系县名，为湖南邵阳市辖下。建县历史不久，1952年方得立县。同为1952年立县的，还有双峰县。双峰现属娄底市管辖，但1977年前，娄底所辖各县市，统属邵阳地区。因在同一地区，两个县名又都别具一格，故常为邵阳人取笑。

直到这次去洞口，粗粗了解了洞口的历史与风土人情，我才明白，在打趣它的同时，更应该对它肃然起敬。

其实我只去了一个地方：洞口塘。

从洞口县城往西走，大约三公里，就到了洞口塘。

夹江而立直插云霄的两块巨石迎面扑来。河北岸的巨石，叫犀牛石，两块巨石之间，是一江碧水平溪江，巨石依傍的，则是陡峭连绵、怪石嶙峋的群山。渡河至对岸，同样陡峭的山，叫狗爬岩，有一条狭窄的栈道直通山顶。

我等肥胖，又年岁渐丰，爬山自是不敢逞能，只得一边牛喘，一边慢慢看着两旁的景致。山脚下略微平坦，有一石板小径，颇为光滑。光滑的石板是历史悠久的证据。这条蜿蜒上升挂于陡峭的雪峰山山崖，并最终绕过雪峰山脉通往怀化、贵州的青石板路，就是当年政府修的官道。现在，这条栈道是游客假日登山休闲的去处，而在历史的幽暗处，当年祖先们攀登雪峰山时摔下的汗珠，正在光滑的青石板上闪耀着点点青光。

有山脚下布满苔痕的石碑为证。

沿着蜿蜒的山道，上下错落地立着十多块石碑。多是清时立的，最早的一块，立于清嘉庆二十年，距今已有两百多年。碑身已经斑驳，碑文业已模糊。我老眼昏花，已无法对文字一一辨识。只能大致明白，这些碑文记录的，是修路时的捐款，是乡规民约，是上山注意事项。

这些略显粗糙的文字，记录的是当年乡亲们生活的艰难，是乡亲们对幸福生活的向往，是当地百姓对过往客商一句温暖的问候，更是他们对后人的历史交代。我们现在走在山道上，看到的是群山和怪石在我们眼前呈现的错落有致的风景，我们的心情，是轻松、是愉悦。我们早已看不见先人的影子，但是，他们的魂灵正在我们身处的天空之上，注视着我们的一举一动、一言一行。他们可能羡慕，可能钦佩，但更多的，应该是欣慰。

确实，他们应该欣慰。从半山腰上望去，平溪江两岸，两条长蛇一般的公路并行着直插群山的深处。北岸是320国道，南岸则是沪昆高速。这两条路，都是从这条青石板道衍生出来的。先人们走过陡峭狭窄、难于上青天的青石板道时，他们的心愿恰如此时的我们，是多么想走高山如履平地呀。现在，他们的愿望终于在后人手中得到实现。假如先人们能活到现在，那么曾经饱尝爬山之苦的他们，肯定比我们更要欢呼雀跃。

然而，他们的愿望实现之后的结果是，狗爬岩上这条当年去怀化、贵州的青石板道，一日比一日荒芜了。荒芜是必然的。它们的荒芜，印证的是时代前进的脚步，但我们不能忘记先人们在这条路上艰难行走时内心深处的心愿。先人的血与汗、先人的心与愿、先人的崎岖与曲折，正是我们现在能够畅行无阻的基石。他们用碑铭寄托了自己对后人的心愿，更是叫我们记住他们曾经的付出。

我们可以让路荒芜，但不能让心荒芜。

在这一排石碑的最下方，是一块最小、最粗糙的石碑。碑文铭记的是在抗日正面战场最后一战雪峰山战役（亦称湘西会战）中牺牲的一个国民党军队连长方铭德。某军某师某团某营某连，安徽无为县人士，非常具体。也许，限于当时条件，他的弟兄只能暂时将英烈葬于此地，等待胜利后厚葬英灵。然而，时局变迁，他的兄弟一去不返，只留下他一人长眠于此，于漫长的岁月缝隙里，孤零零地回望故乡。

当年日寇大举进攻湘西，兵锋直指芷江、远浸陪都，此处是中部丘陵与西部山地的衔接处，为极为重要的战略要地，中国军队与日本侵略者在此激战数日，终以中国军队取胜、日寇败退而结束。站在半山腰上，我们依然可以想象当年连天的炮火、弥漫的硝烟、嗖嗖飞过的子弹。想象着我们的前辈在血与火的战场上与入侵者的厮杀，一股荡气回肠的英雄气概从心底油然而生。我们的先辈，是用他们的血肉之躯，与此处的群山一起，筑起了我们御敌的长城。

他们倒下了，却让山更巍峨。

方铭德只是一个代表，在这里倒下的抗日将士还有很多。

他们姓甚名谁？谁家儿郎？绝大多数已湮灭在历史的长河中。
而整个抗日战场倒下的英烈，不可胜计。对此，我们应该愧疚
于英烈的在天之灵，是他们的生命付出，才有了中华民族的生
存。竖立于此的英雄连长的碑铭，是洞口人心地善良的见证。
抗日烈士的个人石碑，竖立于纪念园者多，北方多，但在南
方，恕我孤陋，于英烈牺牲之处勒石而成的石碑，除此处外，
我还未见到过。世事沧桑，竖立于此偏僻山野的小小石碑，虽
粗糙、矮小，但它记录的是一个魂灵，一个英雄的魂灵。它被
洞口人小心翼翼地呵护着，与那些寄托着前辈洞口人希望的石
碑并列，供后人瞻仰怀念。

这是洞口人的可敬之处。洞口以产雪峰蜜橘闻名。蜜橘其
貌不扬，鹅黄中间见青色斑纹。正如人之外表有缺陷者，常常
被人取笑。剥而食之，入口即溶，满口生津而甜入心脾，回味
绵长。故而，洞口周遭数县百姓，常被此蜜橘吸引，丰收季节
往往扑入此地橘园，尽情采摘，装回去、藏起来慢慢享用。到
了春节，酒酣耳热之后，剥一瓣蜜橘含入嘴里，美妙不可
方物。

洞口人恰如这蜜橘。

去上海的路有多远

　　某一次邀朋友回乡下老家玩耍，沿着当年从家里到村小上学的田间小路走了一趟。一边走，一边告诉朋友，这条路，是我第一条上学的路。此后，我还走过几条不同的上学的路，高小、初中、高中，直到大学。走过这一条条上学的乡间土路甚至荆棘丛生的陡峭山道，我终于如愿以偿，从故乡那个偏僻的山村，走进了城市。

　　很小的时候，我们对城市的了解，首先就是北京、上海，然后是故乡附近的大城市邵阳，其他的城市，基本不知道。北京是首都，"我爱北京天安门，天安门上太阳升"。一上小学，就会唱这首歌，知道那是红太阳照耀的地方，更多的是神秘。而能够闻到生活气息的城市，则是上海。

　　对上海的认识，最初来源于"上海牌"。那时候，"上海"两个字，就是质量保证。凡是稍微"高大上"一点儿的产品，要么是"上海牌"，如上海牌手表、上海牌轿车，要么就是上海出产，如自行车、老式相机、缝纫机、钢笔、肥皂、的确良服装。"上海牌"风气所至，就连我们上学用的帆布书包，也在正面印上硕大的"上海"二字，以示正宗。与此同时，在我的生活中，确实有上海人的身影。我老家附近，有一个知青点。我上高小时，必须从知青点经过。我认识的知青中，有两位，就是从上海来的。

对我来说，如果北京是一个抽象的概念，那么，上海这座城市则更多地渗透到了我的生活当中，有一种伸手即可触摸的质感，因此更为形象、更为生动。再加上当年对学习成绩出色的孩子，大人也好，老师也好，多是用去上海来鼓励。"将来到上海去读大学""到上海去工作"，成了他们激励我们的口头禅。因此，在当年懵懂少年的心目中，上海，成了比北京更令人向往的地方。我记得一位高中同学，成绩好，一次在一起吹牛，他自得地说，我要考上大学，去上海工作，到时候坐上海牌轿车回来，也给你们坐坐。

俨然成了上海新贵。

应该说，在当年，我在潜意识里，也是有深深的对上海的向往的。随着逐渐懂事，除了众多的"上海牌"，也知道了外滩、南京路、十里洋场、黄浦江，知道了鲁迅、茅盾，知道了一大地址，知道了上海是中国最大的城市、中国的经济中心，也知道了复旦大学、上海交大。知道得越多，就越来越觉得居住于上海之难。上海不仅米贵，而且水贵、房贵，居之，确实大不易。

心中当然是想去上海，成为一个上海人的。但那只是一个缥缈的梦想罢了。作为一个农村孩子，心中想得更多的，首先是走出田野，洗脚上岸，不用再在赤日炎炎下与冰天雪地里，在没有边际的田野里像条牛一样喘息。为此，在没有恢复高考之前，我只是想，能够成为大队代销店的代销员，或者做一个民办老师，就非常满足。后来高考恢复，才觉得脚下的路清晰了起来，通过高考成为一个城里人，成为我学习最大的动力。

如果从农村的视角来看，我成功了。1979 年，我还不满十六周岁的时候，就考上了大学，此后一直在城市工作，直到今天，在一个地级市一所并不入流的大学里，做着老师。

可是，在我即将退休的今天，我却深深感到，我并没有被城市接纳。

我一直觉得，城市就是入城而市，将自己的知识和才华，货于城市，以求换得金钱、地位、名气。然而，城市是如此势利，你光有才华还不行，你还得有恰当的营销手段。在才华和金钱、地位、名气之间，还横亘着营销这个巨大的鸿沟。

纵观自己一辈子，成功营销了自己的，只有一次，那就是高考。这次营销，也是由城里人主持的，但这是一次大面积的营销，相当于海选。海选进城，我成功了。但此后的营销，便是由海选式营销，变成了个体一对一营销。于我这个卖方来说，得学会用恰当的方式、不同的手段将自己好好包装起来推销。这，我不擅长。于买方来说，也是某个人，最多是某个由不多几个人组成的团体对你的鉴别，将你的身与心打成包一起购买。因为我不善于推销自己，因此他们最终有意或者无意将我忽略了。

我跨不过自我营销这个坎，所以，在我成了所谓的城里人之后，一直徘徊在城市的大街上，就如城市的路灯，迷离于城市的夜色，装扮了城市的风景，却永远单调地杵在马路边，成了孤独的守望者。

我用了十五年，从乡下走进了城市。我用了四十多年，才从县城、县级市，走进了地级市，走过了离故乡一百二十公里的路程。

我的同学当然有去了上海的，去了北京的。但是，据我的观察，无论是去了上海，还是去了北京，他们也依然没有被所在的城市完全接纳。能够进上海的同学，是从美国留学回来的；能够进北京的同学，是当年考上了北京大学的。最初的营销，当然轰动乡里。然而少时了了，没有学会营销，大也未必佳。何况现在的个人自我营销，是必须连人格一起出售的。他们并不愿意出售人格，所以一辈子，也没有卖出个好价钱。

可是，我依然在心底，没有放弃成为上海人的梦想。现在我居住的城市到上海的距离有一千多公里，不知道有多少座山，有多少道水。我想只要努力，这遥远的距离，并不是问题。问题是，上海是否可以用宽广的胸怀，来接纳我。

我知道，上海的城市精神是"海纳百川、追求卓越、开明睿智、大气谦和"。我还知道，上海人看不起没本事的人。我也知道，上海男人以怕老婆"妻管严"著名，上海女人个个精明开放、时尚大气。这些于我来说，好像都没有问题。

但有一点我必须坚持，就是人格与才华不一起打包。

我不知道去上海的路到底有多远。也许明天就能到达；也许，我穷其一生，也永远到达不了。

汽笛一响壮情怀

　　娄底立市的逻辑起点有二：一是涟钢，一是湘黔铁路与娄邵线在此交会。这两个要素具备之后，娄底的发展就犹如过年时放烟花，噌噌噌往上蹿，从最初的乡村小镇，升格为县级市，又升格为地级市中心城区。

　　湘黔铁路于上世纪 50 年代末修至冷水江。1958 年，娄底火车站开始运营。1960 年，娄邵铁路实现临时通车，娄底火车站遂成了中转站。21 世纪初，洛湛铁路通车，娄底更成了铁路十字中枢，整个湘中、湘西南的旅客，都从娄底火车站乘车，或者从这里换乘，赶往四面八方。输出、输入物资，也得在这里重新编组集散。

　　铁路是交通大动脉。自改革开放以来，人员流动日甚一日，物资集散日甚一日，娄底火车站的声望与地位，相应地日甚一日。声望最隆时，机务段、线务段、车务段、客运段、机车修理厂，一应俱全。在火车站上班的职工，穿上制服，巍巍然，昂昂然，自豪得如坐在五里雾中，在娄底其他行业的人眼里，就是大哥大、大姐大。

　　每个人都要出门是不是？在高铁开通之前，娄底人出远门，只有乘火车。南下北上，东奔西走，无论打工仔，还是达官贵人、老板巨贾，都得从娄底火车站出发，前往远方谋生、谋财、谋前途。尤其到了春节，火车站广场人头攒动，恢恢然都有了广州火车站的模样，求购一张南下北上东进的车票，难于上青天。那个时候，整个娄底人，都希望能够认识一个火车站的朋友，当然能够成为哥们儿最好。毕竟，购票还是要方便些呀。

孩子她妈二十年前去了浙江工作，每年春节回家，我都要提前一个月与火车站一领导说好，请他帮忙买一张元宵节前后去宁波的卧铺票。尽管这事经常让他为难，但为朋友两肋插刀，不管是卧铺还是硬座，不管是娄底首发还是邵阳首发，如果时间充裕，他还是能够帮我准备好的。倘若那些年，让我们自己去售票窗口购票，我的天，我现在都不敢想象每年能否让她按时赶到单位上班！

娄底火车站既然是娄底立市的逻辑起点之一，那么火车站的建设当然不能怠慢。当娄底还是娄底镇的时候，50 年代建成的火车站是这个小镇最巍峨的建筑。我唯一一次到娄底老火车站，是 1983 年夏天。从娄底新城区乘坐公交车经过灰扑扑的娄底老街，在老街中段一个拐弯儿，视线豁然开朗，一栋红色的砖混结构老建筑，在广场的正前方矗立，风格古朴厚重，却有点儿气喘吁吁不堪重负的老态。候车室里摆放的木质长条凳，也如古董一样。20 世纪 90 年代，新火车站落成，又成了娄底城区的地标性建筑。其建筑风格依然厚重，能够让每一个旅客感到踏实，其宽敞明亮、设施齐全、管理井然有序，更让每一个旅客感到心旷神怡。尤其是其站前广场，气势恢宏、宽阔平整，绿化带、灯光带、雕塑鳞次栉比，不仅仅是南来北往的旅客，甚至娄底市民，都愿意在晚饭后来到广场散步健身。现在，火车站建好已经二十多年了，看上去依然雄伟壮观。

不管从哪方面来说，在娄底火车站工作的职工，都值得自豪。但这种自豪，更多的是自身职业与其他职业对比更引人注目而显露的自豪感。而这个职业本身，却并不像看上去那样风光潇洒。在火车站工作的朋友告诉我，从事这个职业的感受，就是疲惫不堪。这体现在诸多方面。

一是上班没规律。每个岗位早中晚三班，两个班是夜班。其中从晚上十二点到早上八点的班，是必须熬通宵的。眼皮都不能眨一下。一个通宵班下来，人都虚脱了。没有双休日的概念，有时一上班就是十天半个月。当然休假时间也长。但是，休假的时候家人却要上班，一个人在家孤零零地待着，还不如去上班。二是压力大。二十四小时旅客来来往往，各车次列车二十四小时循环，没有停歇的时候，想休息一下又怕误了事。尤其是春运。为保证春运的安全正点，几乎所有职工都钉在各自岗位上，大年三十，从来没有与家人团聚一说。再加上一年到头，各种各样的安全维护期接踵而来，几乎连喘口气的机会都没有。

火车站职工有一个共同的特点，就是关系融洽，亲如兄弟姐妹。不融洽不行，整个车站的运转是一个整体，每个人都是这个整体之中的一个零件，如果哪个地方不融洽，运转起来就不顺畅。再加上，越是节日团聚的日子，他们越忙。所以他们过年过节，更多的是与单位同事一起过，与同事一起过节的时间了甚至超过了与亲人的团聚，与亲人的团聚仪式倒成了一个加餐。在单位早已是疲惫不堪，回到家只想休息，哪儿还有团聚的兴奋？这样的日子过久了，他们直把同事当亲人，直把旅客当亲人。把团聚的兴奋，都寄托在同事与旅客身上。还有休假。他们休假的日子，亲人却要上班，因而，他们休假时，许多人会选择与一起休假的同事，到外面走走看看。这样经年累月下去，很多时候，他们仿佛觉得，家，不过是一个旅馆了。

所以，只要接触过火车站的职工就会发现，他们特别热情。这种热情源自两个方面：一为释放内心压力的一种最有效方式。压力大，不释放会把自己压垮。而最佳的方式，就是热情的微笑。二是源自他们内心把旅客当朋友的心理。他们整天远离亲人，他们便把所有的同事、旅客都当成了自己的亲人。

娄底火车站是娄底城市的一张名片，其最本质的特点也在这里。他们除了有雄伟的车站大楼，有宽阔恢宏的广场，更有最热情周到的服务，每一个外地人来到娄底后都能感受到热情与微笑。我们去过汽车站及其他许多的地方接受过服务，但是在我看来，若论规范与持久，还没有其他任何一个地方能够赶上火车站。在这里工作的一代又一代工作人员，每个时代都能够涌现出饮誉全国的服务明星，每年都能涌现保护旅客生命安全的事例，这正是因为他们拥有厚实的人文基础。

他们为自己的职业而自豪，并因此沉浸于自己的工作之中，成为我们这个城市最美丽的一道风景。

万方之宝

娄底城南名万宝。万宝者，万世之宝、万方之宝也。其名饱含富贵，颇为诱人。此地畴田慢坡，茂林修竹，流水潺潺，雾岚轻舒，为娄底一极佳宝地。近年来娄底高调搞开发，于此成立万宝新区，平地忽忽起高楼，开发了许多工业园。然后沪昆高铁呼呼穿过，又建了高铁南站，万宝遂成了人烟稠密之地，东西商贾在此创业，南北旅客在此转车。万宝富贵气象，日甚一日。

此地有了高铁，我就成了常客。去省城，要来此；去北上广深，要来此；去故乡，要来此；去孩子她妈所在城市，亦要来此。高铁几乎成了我的"御用"交通工具。每次去高铁站，拖着行李箱，取票、过机、上车，怡然四顾，从容不迫，欣欣然、昂昂然，容颜虽已渐枯，仍颇有站立时代潮流之气派。

忽一日，友人告诉我："南站广场有顺德造，知道不？""顺德灶？知道，知道。"我点头如鸡啄，"顺德灶，液化气灶，好使好使，做饭、烧水、炖菜，飞快。"友人嘴巴一撇："知道娄底南联创小镇吗？"连串小镇？我一愣，"一连串的小镇，不是城吗？万宝、茶园、水洞底，三镇串一起，这是大城了。"友人更是摇头："你貌似站潮头，却已被潮头打翻，晒在沙滩上。我领你去见识见识联创小镇吧。"

遂随着这位潮人，去见识他的新潮流。

如约至娄底南广场。广场宽大，如砥如镜。左右皆高楼，有一大招牌：联创小镇。心中暗讥自己：搞错了。枉在高铁站跑来跑去，却忽略了那斗大的牌匾。友人左右指点，带我至广场中央顺梯而下。及至底层，抬头一望，三个大字闯进眼帘："顺德造"，乃家居专场。心里讪笑：又搞错了。

走进大厅，心中好生奇怪：偌大个卖场，不见几个人。友人大概看出我的心思，带我至一机器前，有电视屏幕，有一与平常大不相同之眼镜。然后指点我体验一把。我犹疑着戴上眼镜，却置身于豪华之居室里，就差一位美人。我不明白这是啥子地方，商场导购已在旁边解说："我们这是家居连锁（F2C）直销平台体验，您戴的眼镜，叫 VR 眼镜，戴上它之后，现在身处的，是您将要购置的家具摆放新房后视觉效果虚拟体验。您可以根据体验随时更换不合适的家具，达到最大满意度，不必买回去后不合适再来更换。采用这个销售方式，本店顾客大增，大货车装家具，在高速上跑不赢。"

"这个好，这个好！"我摘下眼镜，连连赞叹。友人打趣："这下记住了，顺德造，家具网上平台实体店，不是顺德灶。"我点头。过去只知顺德灶，而今更识"顺德造"。顺德灶好，顺德造更好。

出了顺德造，从内梯往上走，却见众多美女帅哥，年轻水嫩，把人眼睛都看直了。一打听，被告知都是"网红"。网红？娄底这地方，不是大城，有如此时髦之"网红"？友人又笑了："你只知道大城市有闺秀，不知道小地方有碧玉？这些网红，名气大着呢！吹拉弹唱，轻歌曼舞，拿手绝招儿，个个都有几把刷子。只要开直播，打赏的、献花的、点赞的、吹口哨的，根本停不下来。"我拉一下友人衣裳："与网红合个影，可以不？"友人拉来一美女网红，说："她有十几万粉丝。"网红美目盼兮，巧笑倩兮。我乐不可支，活了几十年，第一次单独与明星合影，心里那个美滋滋，自不用说。友人又笑我，"别想歪了呀。他们不靠脸吃饭，主要在网上推销本地特色新产品。有了直播，娄底农副特色产品，销量大增。"确实是，就在我们徜徉期间，一从事鸡蛋推销的男网红，就推销了好几箱土鸡蛋呢！

　　我与友人边走边聊："娄底还有这个，真没想到。"友人一脸笑："娄底怎么就不能有这个？北上广深有，长沙武汉有，娄底就不能有？互联网把世界都联了起来，没有乡村城市，没有沿海内地，也没有城市大小之分了。没有互联网，娄底是小地方，环境局促，思想受局限，距离越拉越大。有了互联网，我们就能够与一线城市，认识世界在一个水平线上，创业致富在一个水平线上。我们这样的小城，更需要互联网啊！联创小镇，就是通过互联网创业的小镇，你知道这小小一栋楼，百十来个人，销售额多少？一年五个多亿呢，吓死你。我们要再创一个娄底，根本就离不开互联网。"

　　他的话让我茅塞顿开。联创小镇，原来是这个意思。可怜我以前竟似刘姥姥，只知道大工业、大园区，以为那是时代潮，却没有体会到，互联网，才是我们小城创业最大最好的利器。

　　说话间，我们被带到一间教室坐下，一个导购给我们演示新黑板。老师在黑板上写着手写体，然后一点机关，马上变成印刷体。老师需要教具来演示，又一点机关，所有的教具、范图，需要哪样点出来哪样。我又是一感叹：这东西好哇！我是老师，过去只能在黑板上写，一些字潦草一些，学生就不认识。需要教具演示，也只能吭哧吭哧从家里背来。后来有了多媒体，却不能在黑板上写字，学生看不到老师亲自板书，感觉不到书写过程的美好。有了这东西，想写写，想说说，收放自如，才是线条与科技的完美结合，给学生、给老师，带来了更美好的享受。

　　联创小镇走半天，让我回味让我叹。我自诩不是刘姥姥，却真似做了一回刘姥姥。看来，我这旧思维、老眼光，也得清理清理，该丢的，要丢了，该换的，要换了。要真不做刘姥姥，就必须常观新事物、常换新思想。

南方的牧场

在偏居一隅的湖南、广西、贵州交界的崇山峻岭中，在人迹罕至的高寒山区，有一个地方，共和国两任总理专程来到这里考察过，其中一位更是先后来过两次。

当年红军长征时，红六军团政委王震率队伍攀越到山顶，歇息的时候，打量了一下四周如大海波涛一般的群峰，豪迈地说，革命胜利后，一定要在这里建一个牧场，让全国人民都有奶喝。

新中国成立后，王震实现了当年的诺言，果然将这个地方建设成了"中国第一牧场"。

这个地方，就是湖南城步苗族自治县境内的南山牧场。

城步是偏僻的山区小县。整个县城，就如小孩的积木一般，挨挤成一团，在城的这边吹声口哨，城那边的人都会停下脚步。出县城往西南，溯溪蛇行不出几步，就看到一脉大山，如巨大的栅栏一般横亘眼前。

这是雪峰山的南端，从山脚下的连绵群山之间突兀而起，直接从海拔两三百米，上升到海拔一千七八百米。我们的车在盘山公路上开呀开，就如汪洋大海中的一只小船，在波峰与浪谷之间盘旋了一个多小时，查看一下手机地图，才发现我们几乎一直在原地，只是从山脚来到山腰，再慢慢地往山顶盘旋而上。从车窗往下看，视野越来越开阔，连绵的群山如波涛翻滚。天气晴好，蜂拥而来的群山，碧绿与浅绿相互辉映：绿得深一点儿的，是丛林；绿得浅一点儿的，是丰茂的草原。往上看，依然是笔直的峭壁，刀削出来一般的盘山公路，几乎紧贴着裸露的山岩。

汽车依然成"之"字形向上爬行。当地的导游告诉我，我们正在翻越的，就是老山界。当年我们中学课本里学过的课文《老山界》，就是这里。

我知道这是当地乡亲们的附会。陆定一的《老山界》一文，写的是贵州黎平的大山。但红军当年从这里经过，却是事实。山势陡峭，我们坐汽车从这里经过，肠胃都被颠簸得翻江倒海，难以想象，当年的红军将士，打着赤脚、牵着马、扛着枪，在几乎没有路的峭壁间爬行的艰难。

我很佩服当年红军在崇山峻岭间飞越的坚定信念。那样的跋涉，如果没有坚定的信念支撑，是绝难以继续前行的。红军之所以长征，是因为第五次反"围剿"的失利，说直白一点儿，就是失败之后的转移，对胜利还能有如此坚定的信念，非钢铁般的意志，难以做到。而王震，这个被称为"王胡子"的将军，在率领红军经过此地时，逡巡一遍被他踩在脚下的群山，依然那么风度翩翩地、豪迈地在山顶上轻轻地画一个圈，说：革命胜利后，在这里建一个牧场吧。

后来的事情，果然按他划定的轨迹运行。他率领部队继续西行，去了通道。在通道，中央开了一个会议，决定红军长征的路线，从向北折而向西。就是这个会议，奠定了后来的黎平会议、遵义会议的基石。中国的革命，在这样一群有着钢铁般意志的先辈们的实践中，从此从胜利走向胜利。

在失败中看到希望，在黑夜中看到亮光，沿着既定的目标坚定地走下去，这才是真正的信念。

南山，南方峻岭之中的一座荒凉偏僻、人迹罕至的山峦，能够成为"中国南方第一牧场"，也是得益于这一对前途的坚定信念。

南山之上，原来长着的，并不是牧草，而是低矮的灌木。海拔太高，常绿乔木已经不能生长，只有一些灌木在山风中招摇。人类在这里无法用已有的传统方式生存，所以这个地方方圆几十里没有人烟。而在革命胜利后的 50 年代末期，一群长沙、邵阳的知青来到这里，开始了建设"中国南方第一牧场"的梦想。

你能想象当年他们初来乍到的艰难吗？

没有路，没有房子，没有粮食。他们刚来的时候，只能用石头垒一些窝棚，再草草铺一层茅草，就是他们最"宽敞"的住房。吃的粮食，要从几十里的山下挑上来。每天迎面而来的，都是呼啸的山风，都是荒凉的蜂拥而来的群山和翻滚着的云海。

在如此恶劣的环境中，这一群昨天还是学生的知识青年，用他们细嫩的双手，用他们单薄的身体，开始了他们改天换地的"战斗"。他们用刀将灌木一棵棵砍了，他们用石头一块块将山间的道路修了，他们将飞机播下的草籽一颗一颗地养护好了，然后，他们开始在牧场上放牧奶牛。

这一开始，就是近二十年的时间。在二十年的时间里，他们的手上，老茧磨了又脱，脱了又磨；他们的脸上，不知道被山风抽打出了多少沟壑；他们的身上，不知道被岁月堆积起了多厚的盔甲。他们所有的人，由城市的少男少女，变成了地道的农民，不，是牧民。

他们用坚定的信念，在上世纪 70 年代中期，硬是将一个人迹罕至的高山台地，改造成了"中国南方第一牧场"。

在盘山公路上盘旋了两个多小时，我们终于到了牧场的管理部门所在地南山镇。从这里往四周看去，拥挤到眼帘的，全是翠绿的山间草原。在宽阔的草原里，在汽车开过的公路上，在蓝天白云之间，那些黑地白花的奶牛，或在吃草，或在行走，或躺在地上休息。它们神态悠然、淡定，对人、对车、对面向他们拍照的相机和手机，全然无视。镇子的两旁，一幢挨一幢的，全是宾馆，全是摆满琳琅满目的奶制品的商场。

这个拥有三十万亩草地的牧场，成了中国奶制品中心之一。当年的不毛之地，成了一道最美丽的风景。

王震当年的信念，在南山人的不断坚持之下，终于成了美好的现实。

1984 年，一位领导有感于南山人的创业精神，专程来这里考察。他被南山人坚定的信念所感动，考察之后，促成了中国与澳大利亚的良种奶牛合作项目。从此之后，南山的奶牛，全换成了澳大利亚进口奶牛，产奶量大幅度提高。

南山的最高峰，叫紫阳峰。当年一位大领导就是在这里豪情万丈地喊出了要建一个牧场的梦想。

　　有梦想，才会有行动。而有了信念的支撑，有了持之以恒的行动，再遥远的梦想，也终会实现。

　　南山牧场，这偏居深山一隅的现代化牧场，再一次向我们诠释了这一古朴的道理。

筑一间乡间小屋

农历丁酉年腊月初九，按照事先的约定，我联系上朋友给我安排妥当的一辆小货车，将闲置了好些年的几件旧家具装载上车，在蒙蒙细雨中，赶往老家。

这些闲置不用的旧家具，将被我布置在老家新建的房屋一楼。

父母盼望了不知多少年的老家的新房，终于在农历丁酉年建好了。从开春下脚，到砌墙、圆垛、贴外墙砖、铺地板、内粉刷，一年时间，眼见着一栋略显单薄却又和农村常见的民居相比别具一格的小屋，在荒芜的空地上慢慢立了起来。主体工程已经完工，这次装旧家具回家，为的是赶在"过火"（通过由长辈提着火种进新屋的仪式，表示从此在新屋里生火过日子）之前，将新房彻底清扫，把早就定制好了的家具、电器拉进新屋布置好，将窗帘挂好，等待"过火"那一天的到来。同时按父母的吩咐，将应该付给建房师傅们的工资付清。

汽车在高速上行驶，蒙蒙细雨一直下着。坐在车上看窗外，一幅一幅淡淡的水墨画渐次掠过我的眼前。天气很冷。在南方零下几度气温的侵袭下，大地一片空旷安静。而在此时，我的内心一如这原野，空旷而宁静。

终于，在父母八十高龄开外的时刻，在我自己早已成为年过半百的"老人"的时刻，父母的心愿、我自己的心愿，就要实现了。

在老家筑一间乡间小屋，这一愿望，于父母，已经在内心里萦绕了二十余年。

建房，是两位老人最大的夙愿。

之前的土坯房，还是 20 世纪 70 年代初，我刚刚记事的时候起的。这栋土坯房很高大、很巍峨，在它刚建好的时候，是村里最漂亮、最显眼的"豪宅"。这一荣誉一直保持了十来年，直到 80 年代初红砖房在乡间兴起。这让父母颇为自豪。尤其是我与妹妹当年一举考上重点大学，更让他们觉得是这栋房子的好风水在保佑。

然而，进入 90 年代后，村里的房子发生了显著的变化。先是红砖房，接着是平顶的砖混结构；先是两层，后来是三层甚至四层。这些追赶着时代潮流的乡村民宅，在我家的老屋旁边，一栋一栋拔起而起。老屋当年那"磅礴"的气势，被这些新房的气势一栋一栋盖了下去。

这让父母的内心变得焦虑不安。在乡村，房子就是面子。高晓声笔下的李顺大，即使穷得没裤子穿，造屋也是他魂牵梦绕的最高理想。而我的父母，他们曾经自豪了那么多年，却被四周的乡亲将自豪感抢了去，他们的面子挂不住。尤其是他们的两个子女都通过考学来到城市工作，比在乡间务农、在城市打工更体面。一个体面人家，却不能在乡间建一栋新房，这让他们在乡亲们面前失去了面子。

早在 1999 年，当我在城市拥有了第一套自己的住房之后，每次回家，父母都会有意无意提及建房的事情。他们跟我说，老屋后面的橘园，随着树龄的增长，近几年挂果越来越稀少，还不如砍了。后来又告诉我，我的一个堂弟好几次和他们说，要买下或者换下这块橘园做他的宅基地。两位老人一直没有答应，告诉堂弟我早就说了，自己准备在这块地基上建房。

我知道父母的心思。而我，又何尝不想在乡间建一间房子呢？这是我的故乡。这一方生我养我的山水，尽管贫穷，却是那么亲切！每次回乡，走在故乡熟悉的泥土地里，少年时期的乡村生活场景，就一幅一幅次第浮现在我的脑海。在沙洲上，我放过牛；在小河里，我光着屁股游过泳；在地里，我插过秧也踩过打稻机。春天的茶泡、茶舌、野泡吃起来真甜哪，嫩嫩的草鞭嚼起来真沁人心脾呀，冬天河里、塘里结的冰，一块块掀起来提着跑那是真爽啊！

还有众位乡亲。爷爷叔叔的笑脸暖和得就如春天的阳光，弟弟妹妹们的笑声就如春天的风。在夏天的时候，当我不知深浅地与小伙伴们下河玩水，是一个叔叔将我的小命捡了回来；秋天的时候，当我艰难地挑着满满一担木柴从山上往家走，是另一个叔叔帮着我挑了回家。

这里的水，格外甜；这里的风景，格外好；这里的人，格外亲。当我在外地奔波，整个内心被世俗击打得遍体鳞伤时，一回到故乡，就会变得特别宁静。

筑一间乡间小屋，作为自己心灵的归宿，也随着父母的愿望，在自己的内心升腾起来。

只是，这个愿望太难实现。

我曾经在另一篇文章中写过我的职业经历。经历不算复杂，但必须在人生中年时期另起炉灶。在另起炉灶的过程中，于别人，或许早已发达，但对我这个蠢人加懒人来说，却很艰难。一方面是懒惰。工作之余就想着放松自己，没有利用自己的一技之长，写几本书来挣个辛苦钱；另一方面是愚蠢，只想着全身心投入工作，没去考虑回报。在很长一段时间内，全凭着几个工资来养活一家老小。而光凭几个工资，过日子都艰难，哪儿有钱来建房？建房的愿望，尽管与父母的愿望一起同步，但愿望终究只是一个愿望而已。

随着父母年事渐高，建房的要求也越来越强烈。早在前几年，他们就对我说，只要我答应建房，他们愿意把所有的积蓄都拿出来。这几乎就是告诉我，他们即使倾家荡产，也要建房了。

我只得答应他们，再过两年，我、妹妹和他们一起建房。

恰好这几年，我的工作轻松了下来，有了更多的时间和精力来考虑个人的事情。建房，就摆在心中最重要的位置。

为了建房，我不再像过去那样虚度光阴，而是将所有的空闲时间都将自己按在电脑前，把脑子里思考着的东西变成文字。也在朋友的推荐下，主动与一些单位联系，帮助他们把工作中的一些思考写成书籍或者经验材料。再后来，把原来写的一些文字及一些新写的文章，整理成一本集子出版。如此积攒两三年，我的积蓄倒颇为可观。

2016 年底，我与妹妹商量，两兄妹合伙在老家建房。

在微微细雨中，汽车平安抵达老家。

旧家具卸下后，汽车按了几声喇叭，回去了。我留在老家，在新屋里开始搬家前的忙碌。

墙壁刚刚刷过，房子里充溢着各种建筑材料的刺鼻气味。在零下好几度的气温下，我把房子的窗户全部打开，让凛冽的朔风把房子里的气味吹掉。

卫生还没搞，房子里一片凌乱。我先是搞卫生。搬着一把人字梯，一个房间一个房间清刮干净。

同时根据天气预报，联系捣地坪的师傅，确定捣地坪的时间。

家具、电器、窗帘是早已订购了的，我和他们约好各种家具、家电的送货时间。

接着就是买好煤气、开通电视网络、把房子四周的垃圾一一清除。

十多天的时间，我一个人，在我的一位现居乡村的小学老师的帮助下，把这一切事情全部做到了位。

那些天天气很冷，最高气温都在零度以下，冻彻骨髓。好在气温慢慢回升，中间穿插了几个晴天，给捣地坪提供了条件。而在如此寒冷的天气里，我几乎脱掉外套都会热得大汗淋漓。

也许娇生惯养日久，没有几天，我的双手便因为整天在水泥泥浆中浸泡，手背全部溃烂，一沾水就疼痛难忍。即使这样，我也不能停下来。这是我的新房，在进新房之前，我必须把它们清理得干干净净。而这一切，不能让父母来操心。他们年事已高，应该让他们享儿女的福了。

好在我的小舅，在知道我一个人在家里清扫的时候，带着几个表妹，一天的工夫就将房子最后清扫得干干净净。

丁酉年腊月二十二，在一片嘹亮的鞭炮声中，在亲人深深的祝福声中，父母、我与妹妹两家，一起住进了我们早已梦寐以求的新屋。

搬家前的忙乱一下子沉寂下来，亲人们也全部回来了。父母一脸的满足。尽管他们为了建房，在故乡累了整整一年，尽管他们在建房时，固执地要在新房的旁边搭建一间柴火屋，告诉我当我们不在家时，他们可以在那里烧火做饭，但他们那份自豪与幸福，仿佛就是故乡前哗哗流淌的河水，在梦里都没有停歇的时候。

而我，每天早早地起床，给亲人们做好早餐，就在村子里、村子前的田野及小河边徜徉。故乡的大地一片安静。田野里到处弥漫着泥土的香味，弥漫着干草的香味。我慢慢走着、欣赏着，每遇到一个熟悉的长者，都会停下脚步，满面笑容地和他们打招呼，恭敬地递上一支烟，为他们点上火。那些曾经认识、但早已陌生的乡亲，又慢慢熟悉了起来。而那些在我离乡后出生的侄儿侄女辈，也在他们父辈的介绍下，认识了，记住了。

在疏远了故乡三十多年之后，那个早就镌刻在我记忆中的童年的故乡，又回到了我的日常生活当中。

农历戊戌年正月初六，我们一家在父母的叮嘱声中，离开故乡回城。从腊月初九到第二年正月初六，我在故乡整整待了二十七天。这是我自结婚成家后，三十年来在家住得最久的一次。

脚踏着故乡的泥土，这一段日子，成了我内心最踏实、最安静的日子。我告诉父母，建了新房，以后回家就方便了。只要有空闲，我就会回故乡小住，来陪他们，来满足自己对故乡愈来愈浓的情愫。

这一间乡间小屋，就是父母内心的安憩之所，也是我自己内心的安憩之所。

第四辑　习俗

春节的趣味

中华民族的传统节日，基本主题就是团圆。端午、中秋莫不如是，而以春节为甚。这些年国人的流动性越来越大，背井离乡外出打工者众。但一到春节临近，每个人心里都像挠子在挠着一般，总觉得远在故乡的父母在催着自己回家，不回去和他们一起过春节，就安静不下来。不管山遥路远，不管旅途艰辛，一心想着要回家。因而每年的春运，就成了中国这块古老土地上一道独特的风景，蔚为壮观地一直演绎着。

春节团圆的主持者，大抵是作为长辈的父母。尤其是那些已至耄耋之年的长辈，盼儿回家一起过年的心情，更为迫切。看着春节将至，就一个电话接一个电话打给远在他乡谋生的儿孙，或直截了当，或转弯抹角，嘱咐他们早点儿回家，父母等着他们一起过年呢！儿孙答应了，便高兴得什么似的，挪动着并不听话的身体，甜蜜蜜地准备过春节的物资。到了约定回家的日子，老人家大清早从床上爬起来，在准备着丰盛的饭菜的当儿，就几乎一直在倚门而望，直到儿女的身影出现在视线中为止。其实儿女们回来，除了给他们增添许多麻烦，让他们忙碌一阵之外，剩下的，只是家庭的热闹。而老人们要的，就是这个热闹，就是子孙绕膝带给他们的天伦之乐。如果儿女们因为各种原因，不能回家过春节，那么老人们心中的怅然失落，是不可用言语来表达的。

既然春节的基本主题是团圆，那么喜庆的气氛是必然要渲染的。而用什么来渲染喜庆的气氛呢？

首先是吃穿。现如今，吃和穿对一般人家都不是什么大事了。用"度日如年"这个成语的新解形容现在的吃穿倒十分贴切，哈哈，每一天都吃得像过年、穿得像过年一般。不过呢，真正到了春节期间，吃和穿，与平时还是有些区别的。

比方说吃吧。现在的城里人，平常日子，到菜市场去买肉、买菜蔬，打发一日三餐；要过春节了，就互相邀约着，到乡村去杀猪宰羊，而且那猪、羊，是早就预订好了的，是喂熟食长大的，绿色、环保。各种各样的年货，到了春节期间，也是销量大增，商家也是要涨些价的。乡里农家，准备过年物资的时间更早。还在半年前，就已经养了一头猪崽，划算着过年杀了吃肉。这用来过年的年猪，喂的是熟食，吃起来比喂饲料长大的猪，更香一些。除了肉食，还有各种各样有特色的小吃。比方我老家邵阳那儿，还得做猪血粑、蒸甜酒、做油豆腐、炸鸭掌，瓜子花生也得整袋整袋地准备。从除夕开始，整个春节期间，摆在桌上的吃食，一律丰盛得像一座座小山。

还有穿着。孩子们在春节，一律是要穿上新添置的衣裳的。大人们不讲究衣裳是否簇新，但一律是自己最喜欢、最有档次的服装。

丰盛的吃食、漂亮的打扮，显示的是富足，是自己一年的辛勤劳作所得到的回报。尽管每个人一年所获得的收成不一样，但赚也一年，赔也一年，总归是过去了。到了春节期间，总归是要喜庆的。当年的杨白劳，那么穷，到了过年，还要给喜儿买上三尺红头绳呢。一年之中的其他日子，可以委屈自己，但春节期间的吃和穿，是不能委屈自己的。过年嘛，团团圆圆的，亲人们聚在一起，不好好地喜庆一下，还要怎样？

除了吃和穿，春节喜庆气氛的渲染，还有鞭炮和焰火，以及各种各样的风俗活动。

鞭炮和焰火，是中国最古老也最流行的渲染春节喜庆气氛的方式。我小的时候，农村还普遍贫穷，但到了春节，年三十和正月初一的鞭炮，是必须燃放的，哪怕只有一百响的小挂子鞭。每家每户放一小挂挂子鞭，此起彼伏连接起来，那响声炸在天空中，还是非常嘹亮的，喜庆的气氛也给炸出来了。父亲带着我和妹妹到外公外婆家拜年，拜年的手信也许没什么，但必须得朝空中甩几个大炮仗，放一小挂挂子鞭。

现如今随着生活的富裕，鞭炮的燃放就更加不得了了。年三十晚上，电视里的春节晚会仿佛就是为了让大家等待新春的钟声敲响似的。晚上十一点半，那鞭炮就开始炸了，十二点的钟声一敲响，在广袤的乡村土地上，随便哪个角落，只要有人烟的地方，一律就只有鞭炮炸响的呼啸声，和冲天的红的、蓝的、黄的五颜六色的焰火。那声音冲击着每个人的耳鼓，那焰火照亮每个人的眸子。持续的时间，会有半个来小时。了解中国传统习俗的外国人，知道这是中国人在迎接新年的到来，不了解中国习俗的乍看到这一幕，还以为中国发生了战争。

好些年来，许多地方政府为了减少环境污染，城市开始禁炮。我觉得，禁炮在城里禁禁倒是可以，但是要想让整个乡村也做到全部禁炮，首先要把春节这个传统节日给砍了。不砍掉春节，彻底禁炮是不可能的。聪明的做法是，城里禁炮，乡村可以不禁；平时禁炮，除夕至正月十五不禁。在普通老百姓的眼里，鞭炮一响，年味儿就足了，要是过春节不放几挂鞭炮，不放几管焰火，那这个春节，就过得没一点儿味道。因为春节的趣味就在于此。大人们依照习俗放鞭炮、放焰火，在那一时刻，他们都仿佛回到了少年时代，只管把一年来储存起来的欢乐，在春节期间挥霍掉，再积蓄力量，投入崭新的一年。

当然过春节还有许多的风俗，比如逛城隍庙，比如舞龙舞狮，比如家家户户挨个拜年，比如守岁发压岁红包。但这些，都不是核心，只是围绕春节，衍生出来的节目，其意图也是为了渲染春节的喜庆气氛。

不过，我觉得，春节最大的趣味，就在于它相当于一个驿站。有了这个驿站，我们的人生，就分了许多的阶段。

人生从上小学的时候起，就开始起航了，为了学问、为了金钱、为了荣誉、为了地位、为了自己一切伟大的梦想，埋头苦干着。在这个过程中，有顺风顺水者，也有遭遇挫折与失败者。如果没有春节这个驿站，人生从上学一直到去世，就没有个停歇的时候，那么即使再风光，也会在半途中累坏。而那些遭遇挫折者，也没有了调整心理状态的时间。想想吧，如果人生是这样一种状态，该是一件多么恐怖的事情！

有了这个驿站，就让我们的人生有了歇息的时候。每年过了春节，我们就算计着，这一年，我要做成个什么事，然后为了这个打算去努力。一年的时间，不算长，也不算短。顺利的话，能做成很多的事情，如果不顺利，也没关系，不过就是一年的时间，人生还长着呢！到了年底，春节又到了，每个人都可以走进这个驿站，好好地歇息。当然，最好的歇息方式，就是和最亲近的人在一起。成功者，将取得的成功，与亲人一起分享，舒舒坦坦地过几天惬意的日子；失意者，也利用这个机会，将一年的挫折清零，认真地反省一下自己，调整好自己的状态，在亲情的滋润下，满怀信心奔向来年。

春节的趣味，其实就是人生的趣味。人生需要一张一弛，春节就是设在我们人生路上的驿站，是让我们的心灵得到休憩的地方。

浓浓年味儿用酒煮

　　"农历的年底毕竟最像年底。"进入腊月，年味儿就渐渐浓了。性急的人，早早就在准备年货了。乡里用熟食喂养的年猪在屠刀下凄厉的叫声，不时掠过原野，惊起一群群鸡、鸭侧着耳朵打量。鸡、鸭的命运也好不到哪里去，本来声势浩大的阵容，到了腊月，左两只右三只，被主人或者陌生人从队伍中拎出来，最后只剩下七零八落的几只残兵败将在鸡埘鸭舍里寥落。至于吃青草的牛、啃青草的羊，多半也只能在闪着青幽光泽的刀锋面前掉几滴眼泪，引颈就屠。在城里，写春联的桌子已经在公园里架起来了，旁边围满了人，一边满脸笑意地等着，一边赞叹书家们行云流水般漂亮的书法。超市仿佛是自家开的，顾客潮水一般拥进去，然后肩扛手提潮水般涌出来。衣服更加鲜艳，也更加簇新。仿佛一年的辛劳，就为了这春节期间的挥霍，为了装点这盛世的繁华似的。

　　然而，春节最浓的年味儿，是用酒煮出来的。

　　我老家那个村庄，现在基本上不种稻谷了。村前平坦的田野里，长满了野草。可惜了那一垄良田，可惜了良田前那一湾清幽幽的河水。可是，那田野再怎么荒芜，总有一批乡亲，这里那里，点缀着种了一厢厢水稻。比起粳稻来，这些水稻禾秆更高，也更细。这是种的糯稻，为的是酿酒。平日里乡亲们吃的饭，都是买米，唯有酿糯米甜酒，买来的糯米不放心，自己种。到了秋天，糯稻成熟了，被一群年过半百的老头儿、老太太收割回来，碾成米，在重阳节前后温暖干燥的阳光下，就开始酿甜酒了。酿酒得用酒曲。乡亲们多半还是自制甜酒酒曲。那是一种草，辣蓼草。将一部分糯米磨成粉，将洗净的酒曲草捣碎拌进去，团成丸子，晒干，酒曲就做好了。酿酒的时候，将糯米浸泡好，用甑子蒸熟，倒出来，拌好酒曲，再装入一个大陶缸里，密封，用稻草做一个温暖的窝，将陶缸坐进去，再将稻草封了。久则三五天，短则两三天，整个屋子里就都是甜酒的香味儿在乱窜。糯稻不是家家都种，甜酒却是家家都要做的。没种糯米的人家，也不用上粮店里买，就在种了糯稻的人家匀上一斗两斗米。

甜酒做好了，出窝的时候，品咂一下甜与酸，复又封上。这一封，多半要等到过年的时候才会开坛。清甜的糯米甜酒，是乡下人过年必备的美酒。春节来临，家家户户的甜酒缸子就打开了，整个村庄的上空，都是浓浓的甜酒香在弥漫回旋。那香味儿有点儿潮湿、有点儿黏稠，吸入到鼻腔里，有点儿发痒、有点儿发腻，叫人忍不住闻着香味儿做深呼吸。迎春的炮火一响，香味就更加浓烈，仿佛金黄色的糯米甜酒已经从酒缸里飞了出来，在空气中飘浮。

从我记事开始一直到现在，每家每户，无论富有或者困顿，都会煮上甜酒，迎接拜年客的到来。客人进门的时候，主人殷勤地递上一碗，爽朗的笑声就从酒碗里飞出来。一碗红糖煮酒，就是一份新春甜蜜的祝福。吃饭的时候，更需要斟上甜酒，营造浓郁的亲情。糯米甜酒的酒精度不高，平时并不喝酒的大嫂、姑娘、半拉小孩儿，都可以喝上几碗，并不会醉过去，脸上却红扑扑的，快乐的、健康的模样经甜酒一发酵，就在天地之间荡漾开来，春节热烈的气氛就在天地之间营造出来。

并不仅仅是糯米甜酒。男子汉在春节期间传递感情，还得备上各种度数更高的酒。这些酒包括米酒、谷酒、水酒、状酒等。米酒与谷酒是蒸馏酒，但没有分离甲醇与乙醇；水酒则是按甜酒的做法，将酒曲多放一点儿，发酵成甜酒后，再继续发酵成稀糊状，之后将酒水与酒糟分离，所取出的酒水，就是水酒；状酒，则是水酒与米酒或谷酒的混合物。米酒与谷酒多半是原料，一些不那么爱喝酒或者不太讲究的人家，可能就这样备着，招待上门拜年的客人。讲究一点儿的，还得再加工，对米酒与谷酒进行改造。初夏时杨梅成熟了，采摘上好的杨梅，晾干水分，拌上冰糖，买来上好的米酒或者谷酒，用一个硕大的玻璃缸子浸了，封好口，十天半个月，一坛杨梅酒就浸好了。浸好的杨梅酒通红晶亮，倒进高脚杯里，丝滑绵软，喝一口满嘴生香。也有浸各种药酒的，当归、党参，甚至蛇、蜥蜴，都可以用米酒或者谷酒浸了。一个共同的配方是加冰糖。浸好的酒颜色各种各样，金黄、黑褐、浑黄、浅红都有。平时也喝，但更多的是办一个各种浸酒的展览。所有的酒，都用大大小小的玻璃缸浸泡着密封了，整整齐齐地摆在阴凉通风处，亲戚朋友来了，便带着他们参观一下，炫耀主人准备得充分，并约定春节时一起来喝。

　　主人并不会爽约。到了春节，便将酒缸开了封。家人团聚在一起，喝；亲戚朋友来了，喝。开餐之前，将酒倒进酒壶，在火上烫好，再斟到每个人面前的杯子里，大口大口地喝，大口大口地吃菜。碰一下杯，一杯酒就倒进了嘴里，咂咂嘴，吃菜，鸡鸭鱼肉整块整块往嘴里送，满嘴酒香，满口菜香。在酒香四溢、菜香四溢的氛围里，男子汉的豪情就飞扬起来了。每个人都牛哄哄的，仿佛过去的一年，天下都让他赚了一个角。展望新的一年，更不得了，仿佛联合国秘书长都得向他打拱手。他们脸红扑扑的、眼睛亮晶晶的，大手挥舞得如金箍棒似的，嘴里的话如长江水似的。喝到最后，他们互相搀扶，共同约定来年再喝庆功酒。客人们尽兴而散，主人则倒在床上，瘫成一团泥，呼呼睡去，将鼾声打得要把天轰倒。

　　城里人也差不多。一般的普通人家，也囤积了大量的杨梅酒和各色水酒、状酒。也有更牛气的，囤积高档白酒，喝来不上头、不伤身；囤积高档洋酒，上档次、显身份。到了春节，放假了，在家里喝，在酒店里喝，亲戚朋友一起喝，直把个春节喝得酽稠酽稠的。

　　这就是过年的滋味儿啊。一年过去了，喝酒是最好的休憩。它将过去的日子煮进酒中，无论喜悦或者悲伤，都用酒精挥发成缕缕酒香，让它们化成风、化成云，装点我们的生活故事。它也将未来的日子煮进酒中。在每个人的幻想中，未来的日子多好哇！我们必须用上好的酒，去迎接未来每一个美好的日子！

　　春节的酒，从过去涌过来，又向着未来奔流而去。那是我们每一个幸福日子的模样。

行囊里全是父母的爱

过完春节，父母就在准备我回城的行李了。

首先是腊肉。挂在柴火房的腊肉，已经熏得金黄带黑。父母知道我们爱吃腊肉，还在农历十一月，就张罗着熏了。七十五岁之前，父母都是自己养猪，每年春节都要熏很多的腊肉让我们带回城里。后来猪养不动了，才在乡村买肉给我们熏。去年冬天的肉价很贵，土猪肉更贵。父母就合计着买了一千元的肉，熏了十多条腊肉。春节期间我们吃了两条，剩下的，母亲说，给我女儿若干，给我若干，给外孙女若干。他们自己一条都不留。

其次是猪血粑。这是邵阳特产，豆腐拌上猪血、猪肉熏制而成，是最好的下酒菜，也是佐饭极好的菜品。妻子、女儿爱得不得了。为此，父母不顾年逾八十的高龄，亲自磨、亲自滤、亲自烧柴火做好豆腐。父亲又拄着拐棍儿，打着手电筒大清早跑到两公里外的屠户家里，讨回杀猪时没掺一滴水的猪血，做了几十个猪血粑，在我们春节回家前就熏制好了。我们刚回家，父母就煮好了切成片让我们吃零嘴儿。整个春节期间我们吃了好些个，剩下的，给我女儿若干，给我若干，给跟我一起过春节的岳父、岳母若干，给我妹妹若干。算下来，他们自己就只剩下两个了。

还有鸡、鸭。八十高龄的父母一直在农村住着，一年里最主要的劳动就是围绕养鸡、养鸭转。为了把鸡、鸭养好，他们春天种玉米，秋天种白菜、萝卜，作为供应鸡、鸭一日三餐的饲料。为保证饲料供应，他们把乡下所有的田土都利用上了。一年里除了下暴雨和天寒地冻的日子，每天都要在地里劳动四五个小时，回到家就是服侍那些鸡和鸭。劳动强度比种田轻松了不少，劳动时间却仍然从每天清早忙到黑。前两年，我的女儿在长沙坐月子，那些土鸡、土鸭、土鸡蛋，都是我父母也就是女儿的爷爷、奶奶供应的。他们原来准备我们回家过春节期间，除了吃，还让我们每人提好几只鸡回城的。没想到，农历十一月，一个乡下的小毛贼跑到鸡埘里，一下子偷去了十几只。母亲第二天知道后，当场哭得伤心欲绝。哭完了给我打电话，依然在电话中哽咽不已。我劝她，偷了就偷了呗，哭也哭不回，莫伤心。她说："我喂了给你们过年回来吃的，他又不是我的崽，凭什么把我的鸡偷去了？"以此为教训，她和父亲不敢再将剩下的几只鸡放到老屋里，于是在新屋他们的卧室旁边，不辞辛劳又建了一间鸡埘，将鸡放在他们身边养着。又叫我妹妹、妹夫买来一批长大的鸡养了，以保证我们回家过春节时有足够的鸡可杀。

但母亲依然充满了歉意。我们回家过春节，吃了好几只鸡、鸭，剩下的就不多了。母亲盘算着对我说，我们回城，女儿正在哺乳，给她两只鸡，多方凑起来给她一篮鸡蛋；给我岳父一只鸭，给我们一只鸭。这样一来，他们只剩下寥寥三两只鸡、鸭了。这些鸡、鸭必须留下来生蛋，以保证来年能够孵出足够的小鸡、小鸭。

她对我女儿说："久祎，这次奶奶没有鸡了，只要养得好，你夏天回来，就有好多好多鸡了。"

临走前一天，父母把腊肉和猪血粑洗好，把鸡、鸭杀好，又分门别类用塑料袋装好，放在客厅显眼的位置。临走那天清早，父母又一起赶到地里，砍了一大堆水灵灵的白菜、扯了一大担水灵灵的萝卜回来，然后把白菜帮子掰了，把萝卜清洗好了，放在客厅里，等着我们装车。

我们回家时空荡荡的汽车后备厢，被父母给我们准备的鸡、鸭、猪肉及各种各样的农副产品塞得满满当当。

在我们装车的当口，父母站在旁边，一边不舍地看着我们，一边还在仔细回想，还有什么东西没装上。母亲一会儿说："久祎，烘干的鸡肫没带。"一会儿说："还有剁好的红辣椒没带。"一会儿又拍下脑袋，说："看我这记性，还有甜酒。"然后喊父亲："去拿个瓶子装好给他们。"我们说不带了，母亲说："为什么不带？反正有车。"直到再也想不出什么，才站在屋前，眼里满是不舍，目送我们发动汽车远去。

父母在乡下辛勤劳作一年，仿佛就是为了今天能够将他们所养的、所种的鸡、鸭和农副产品，塞满子女汽车的后备厢。

我们走了。我们带走的，是父母对子女满满的爱。而来年，他们依然耕作不息。还在春节期间，父母就对我说了今年要种多少玉米、种多少高粱。要养多少鸡、多少鸭。我对他们说："你们就没想到自己已经老了吗？"是啊，父母确实老了。

父亲过了年就年届八十五，母亲也已八十三。父亲平时稍走远一点儿，就要拄拐杖；母亲的一双脚，整天被风湿折磨得站立不直。但是，他们依然在田野里劳作不息。春节期间天气好，他们就已经迫不及待地扛着锄头，把家门前的地翻了，准备种菜。而在这劳作的当儿，他们自己既舍不得吃，也舍不得用。他们唯一的奋斗目标，就是平日里有鸡、鸭在院落里欢叫，有地里的庄稼夏天绿得郁郁葱葱、秋天黄得澄澄明明。

他们满心想着的，就是春节期间，能够将儿女们的行囊塞得满满当当，让儿女的行囊，全被他们的爱装满。

一个人的端午

　　端午节这天，楚国大夫屈子站在苍穹之上，撩开天幕一角久久注视着东方的土地。他或者泪眼滂沱，或者一脸阳光。在这块丰饶而坚实的土地上，自屈子抱石投汨罗江以往，两千三百多年的时光从未锈蚀，每年，在他抱石投江的日子，这块土地上所有的生民都仰望着天空，用虔诚的内心，与天幕之上的屈子做心灵的对话。撒满江河的龙舟和粽子，是对话的外在形式；挂满门窗的艾叶与香包，则是整个东方民族对他老人家正气如兰的钦佩。每年一度的对话，让屈子的内心充满了安慰。无论是挥泪如雨，还是阳光明媚，都是屈子站在天空对他关注着的生民的诉说。那或是告诉我们，当年楚怀王对他的爱国情怀"久而不闻其香"的昏聩；抑或是告诉我们，他对人间朗朗乾坤的欣慰。

　　端午节注定是属于屈子一个人的节日。

　　屈子在江边的悲愤一跃，是用自戕这一极端方式，在被秦国攻破国都时的楚国衮衮诸公面前自证自己对国家的耿耿忠心，更是在老百姓面前承担自己对国破家亡的责任。上不愧于天，内不疚于心，作为一个伟大的爱国主义者，其心之端，天地可鉴。正是从这一天开始，屈子对国家、对民族、对百姓的殷殷情怀，就如灿烂的阳光，在每一个有正义感的人的心灵里照耀。我们在屈子自尽报国的这一天吃粽子、赛龙舟，用绵延两千多年的岁月来纪念他，就是希望他老人家伟大的爱国情怀，能够如天空中灿烂的阳光一样，端正地久久照耀着我们的内心。

端午节，爱国之节。

确实，端午节不单单是一个自然与气候意义上的节日。它与中秋节、春节是如此不同。就如我的家乡湘西南一带，其他节日都只一个，而端午节却有两个。一个称小端午，农历五月初五；一个称大端午，农历五月十五。小端午节，是用来包粽子、划龙舟的；大端午，则多是用来走亲访友的。在我看来，这两个端午节的分野在于，大端午节，更多是归属于自然与气候意义上的节日，如春社、秋社、冬社一般，可称之为夏日；五月初五的小端午节，则是专门用来纪念屈原的。那些回旋在浩渺的水面上、回旋于辽阔的天地之间的热情的呐喊，迸发出来的，是来自屈原的激越人心的力量。而家家户户摆在餐桌上的粽子，则在默默地诉说着后人们对他老人家的怀念。

一个人，能够让后世用一个节日来纪念，这该是何等的伟大！屈原在世的时候，"亦余心之所善兮，虽九死其犹未悔"，是一心为国、善待人民的坚持；"朝饮木兰之坠露兮，夕餐秋菊之落英"，是他自正其身的期许；而"路漫漫其修远兮，吾将上下而求索"，则是他对真理、对正直的不懈追求。修身齐家治国平天下、以人为本，一切士大夫应该具有的优秀品质，是如此完美地集于一身。而作为一个浪漫主义诗人，他开创的

"骚体诗"，与《诗经》里的"风"遥相呼应，独领"风骚"两千多年，至今被历代文人奉为圭臬。屈原几乎就是完美的化身。

然而，事实却告诉我们，完美者是孤独的。屈子的一切优秀品质，最终招来的，是同僚的谗言、是国君的不信任，并逐渐被贬斥、被边缘化、被流放。他不被权贵所容，只能用投江自尽这样的方式向天地自证。完美是完美者的悲剧，奸佞是奸佞者的乐园。当奸佞者在饮酒作乐时，完美者却在悲怆地融化于天地之间。我不知道，屈原倘若不用投江的方式来警醒世人，后人们是否还能够用一个节日来纪念他。在我看来，那结论多半是可疑的。可是，爱国者的高尚情怀，需要用这样一种残酷的方式来自证，那当时的社会环境，该是何等的腐败与不堪！

用端午节来纪念一个人，是后世者的警醒吧？确实是需要警醒的。天下太平之时，尤其需要警醒。这个时节，凭信誓旦旦就能够最便捷地达到自己的目标，这使得追名逐利者甚多，也就免不了泥沙俱下、鱼龙混杂。更何况，忠心耿耿者不免言辞拙讷，心藏机巧者却巧舌如簧，稍不留神，就会让这样的人钻了空子。不让投机取巧者得逞，让爱国者获得应有的地位，这应该就是前人设立端午节的初衷。

端午节的粽子，用洁白的糯米饭包裹着红枣、猪肉等，再用粽叶包好，蒸熟即可食。蒸好的粽子一揭开锅，就有一股清新的香气直扑口鼻。观其外形，并不美观，将粽叶剥开，最先显露的也是普通的糯米饭，并无特别之处，只有咬一口之后，才能发现最可口的包裹在粽子的最里面。一个具有爱国情怀的人，其形象也恰如这粽子。他的言辞可能并不漂亮，他的举止可能并不潇洒，可是，在他内心的最深处，跳动着一颗最炽热的心。

那是如屈子一样，永远让我们崇敬的心。一年一度的端午节提醒我们，这样的心怀，永远不要辜负。

清 明 祭 祖

二十多年前，我老家的谢姓族人开始做"清明会"。

"清明会"每年在清明节当天开展活动。这一天，所有谢氏成年男人，八点钟左右开始集合，扛着锄头、砍刀甚至割草机，带着香烛、旗幡、鞭炮和祭品，一起去给谢氏列祖列宗扫墓祭祀。

谢姓祖上有一个集中的坟山。但并不是所有祖先都葬在坟山里。稍稍清点一下，大致有五六个地方。其中两个偏远的地方，每个地方都只葬了一个先辈。

谢氏宗族的男性成年人集合以后，在族上几个长辈的带领下，一个地方一个地方祭过去，把茅草、杂树砍了，把坟茔稍做修葺，挂了清幡，供上祭品，作三个揖，响一挂鞭炮，便向下一个地方进发。每个地方葬的祖先，与自己血缘近一点儿的，祭得就殷勤一点儿；疏远一点儿的，祭得就散漫一点儿。但不管亲疏，都得去。祭祀完毕时已到中午，当年管饭的那户人家早已做好了可口的饭菜，大家一齐来到这家，一边喝酒吃饭，一边共同回忆祖先轶事，商讨一下族上的事情。商量完了，酒足饭饱，便各自散去，一年一届的"清明会"，就算圆满完成。

"清明会"看似简单，却很隆重。其隆重之处在于，不管成年男性在多远的地方上班做事，都得回乡祭祖。每年的"清明会"，有从广州、深圳赶回的，有从广西百色赶回的，有从北京、上海、江西赶回的，省内的更不用说。他们从遥远的地方赶回，参加"清明会"半天的活动，又得返回遥远的地方去上班。当然，也有几个实在走不开没有回来的，只得安排小孩或者在家的媳妇替代。

春节期间，人们从四面八方赶回家，与亲人团圆过年，不可谓不隆重。但倘若春节期间匆匆赶回家，却只能在家待上一天两天，那在外打工的人，绝大多数会选择不回家过年。倘若以此来比对，那么人们对"清明会"的重视程度，比之春节有过之而无不及。

在宗族的群体意识里，清明回乡扫墓祭祖，是比春节回家过年更重要的事情。

但这仅限于男性，女性不在此列。

谢家嫁出去的姑娘不在"清明会"祭祀之列。按常理说，谢家坟山埋葬的，都是谢家嫁出去的姑娘的父母、前辈，是她们的血缘所系，她们给父母扫墓祭祀，理所应当。但是，根据中国的宗族文化传统，她们已嫁往外姓人家做媳妇，在出嫁迈出家门之际，即行了"辞堂礼"，成了其他宗族的媳妇，也成了其他宗族的人。她们不用回娘家来祭祀自己的列祖列宗。在清明祭祖的行列中，也有谢家的小姑娘跟着一起祭祀，但仅限于还没有出嫁的姑娘。她们天真烂漫地跟着自己的父亲甚至祖父一起祭祀祖先，并无禁忌。然而只要她们一出嫁，将不会再来谢氏的祖坟前祭拜。

自有"清明会"以来，还没有一个出嫁了的谢家姑娘，在清明节这一天与谢家的成年男性一起扫墓祭祖。

当然也有嫁出去的姑娘清明节这天与自己的男人一起回来给父母扫墓的，那都是纯女户。因为没有亲兄弟在清明这天为父母扫墓祭祀，她们出于对父母的孝心，清明节回来代行儿子之礼。但她们都是单独行动，并没有与族上的"清明会"一起祭祀。她们给父母扫墓祭祀完了，也就独自回去了，并不再去祭祀谢氏的列祖列宗。

嫁入谢氏家族的媳妇倒是有一两个跟着一起扫墓祭祀的。但基本上是因为她们家的男人在外地打工回不来，由她们代行清明扫墓祭祀之礼。而且，因为她们祭拜的，并不是自己的生身父母，所以她们的祭拜，总有些意兴阑珊，颇有些"小和尚念经——有口无心"的味道。而只要有男人在家，这些媳妇们是从不上山给公婆家的列祖列宗扫墓祭拜的。除非公公婆婆新故，与家人一起挂新青，才会来到坟前祭拜。

故而，清明节的扫墓礼拜，在我故乡的谢氏族上，其实就是家族男性的一个宗教仪式。这个仪式从外在形式上看，是宗族男性的一种义务，他们必须在清明节这一天赶回家里，为列祖列宗扫墓祭拜。但在这种义务的实施过程中，祭拜行为实际上是在不断强化其谢氏后人的身份，为其带来对宗族的认同感与归属感，使其在漫漫的人生路上，时刻牢记自己是谢氏的后人，他的一举一动，甚至他的整个生命，都与谢氏家族紧密联系在一起。

　　我只是叙述清明节期间，我老家谢氏家族扫墓祭拜的一些细节。推而广之，其他地方各个宗族是不是也一样？以我的了解，大致也差不多。清明节给父母扫墓上坟，可能单独行动；给整个家族的列祖列宗扫墓祭拜，也基本上采取与"清明会"类似的方式。如此，从本质上说，也都是一个家族男性的宗教仪式。

　　汉民族是无神论者，在生活中仿佛没有一个统一的信仰，也仿佛没有统一的宗教仪规。但在清明节祭拜宗族祖先的仪式上，其虔诚的程度与对女性的排斥度，几乎可以达到宗教的层面。

　　中国唯一可以上升到宗教层面的文化传统，在我个人看来，就是对祖先的虔诚，以及在这个过程中对女性的排斥。

　　对祖先的虔诚，是一件好事，需要发扬光大。但对女性的排斥，以及女性在这个过程中自觉不自觉的回避，却是需要不断改进的。

姑 娘 辞 堂

己亥年正月初十，是侄女谢剑虹出嫁的日子。

剑虹是一个非常聪颖、非常勤快的姑娘。出身农家，自小帮助父母料理家务，家里的家务、田里的农活儿，样样做得像模像样。难得的是，在艰苦的生活中勤于学习，学习成绩一直出色。高中毕业考上中南林业科技大学，成了我在乡村的子侄辈中，第一个考上大学本科，也是至今唯一一个考上大学本科的孩子。

这样的孩子，父母都爱。父辈们看着她自小乖巧伶俐的模样，一致夸奖这个姑娘有出息。她的父母更是把未来的希望寄托在她身上。事实上她也没有辜负父辈的夸奖与期许，大学毕业后，她成了长沙一家大公司的员工，工作做得非常出色。

女大当嫁。

大学毕业后，剑虹的婚事就提到了父母的议事日程。不过，她的父母虽然着急，但也无能为力。一是，女儿大学毕业在城里工作，留在乡村的那些游手好闲又没多少文化的男孩子，自然入不了她的法眼；二是，现在的婚姻，父母基本上不能为儿女做主。好在剑虹是个有心的女孩子，她知道父母为自己着急，工作之余，她也用严谨的态度，来寻找自己的爱情归宿。大学毕业第四年，她找到了一个同在长沙工作的憨厚的男孩子，通过两年多的交往，走进了婚姻的殿堂。

男孩也是农村出身。他俩的婚姻，虽然糅进了许多新时代的元素，但基本的程序，仍然按传统的婚姻模式进行。纳彩、问名、纳吉、迎娶的程序虽然简化了许多，却一个都不少。到了侄女出嫁当天，侄女离开娘家前的"辞堂"仪式，依然是出嫁的一个组成部分。

所谓姑娘"辞堂"，就是在姑娘走出娘家门坐上婚车前（当年是坐上花轿），与新郎一起，面向堂屋正中供奉祖宗的神龛，举行的拜别祖宗的仪式。与之相应的，是男方迎娶新媳妇进家门时，婚姻的男女双方在男方家堂屋正中的神龛前拜见男方祖宗的仪式，也就是俗称的"拜堂"。

通俗点儿说，就是姑娘出嫁时，要拜别自己的祖宗；新媳妇进门时，要拜见男方家的祖宗。拜别与拜见，意味着姑娘自出嫁那一天开始，不再是女方家族的成员，而成了男方家族的一员，由生她养她的家族的姑娘身份，摇身一变，成了嫁过去的男方家族的媳妇。

三牲、香、烛、米、茶叶、盐，是男方先一天送彩礼时，一并送过来的。出嫁当天，当早上的出嫁酒吃完散席，侄女就该乘坐男方家来娶亲的婚车，前往夫家了。侄女本来就漂亮，化了新娘妆，穿上婚纱，再加上当新娘子的兴奋，就更漂亮了。满脸灿烂的笑容，让整个天空都乐开了花。只有在离家前的那一刻，当侄女与侄女婿被叫到神龛前，准备行"辞堂"礼时，神色才庄重起来。

　　神龛前的供桌上，烛已点燃，三牲、米、茶、盐已摆放周全。侄女的父母，也是我的弟弟、弟媳站在神龛旁边。侄女与侄女婿面向神龛肃立。主持人一脸庄重，将青烟袅袅的檀香双手捧着，插放于香案前的米桶中，然后上告谢氏家族列祖列宗，意谓今天是本家女儿谢剑虹出嫁的日子，感谢祖宗保佑，谢剑虹出落成了大姑娘，婚配罗氏族上某某，今天来告别谢氏堂上列祖列宗，请各位祖宗来享谢家姑娘剑虹的三拜九叩之礼，继续庇佑她生儿育女，子子孙孙健康成长。

　　祷告完毕，主持人让侄女剑虹与她的夫婿上前一步，面向神龛，庄严行礼。只是三拜九叩之礼已简化为向列祖列宗三鞠躬。

　　向祖宗行礼毕，侄女、侄女婿又在主持人的引导下，向父母三鞠躬，感谢父母二十多年来的养育之恩。

　　行礼虽已简化，但仪式进行时那肃穆的气氛，还是让在场的每一个人都神色肃然。尤其是侄女的父母，在女儿、女婿向他们行礼的那一刻，母亲不由得抽泣起来，泪水盈满了她的眼眶，父亲也是一脸的不舍。见到母亲抽泣，侄女在行完礼后，不由自主走上前去，抱住母亲，两人同时哭了起来。父亲见到母女俩伤心、不舍的情景，也忍不住双手抱住母女俩，一边安慰，一边自己的眼眶里也有泪光打转。

　　"辞堂"的仪式进行得很简短。但"辞堂"对侄女、对侄女父母的心灵冲击，却是非常大的。作为女儿，侄女在娘家生活了二十多年，在她的内心，她一直坚信自己是谢家的女儿，是谢氏家族的一员。可是，在出嫁的那一刻，一个简短的

"辞堂"仪式，让她突然意识到，她的出嫁，意味着从此永远告别了生她养她的谢家，告别了孕育了她生命的谢家的列祖列宗。她成了要嫁入的罗家的媳妇，并从此成为罗家的一员，在罗家祖宗的保佑下，开始自己新的生活，并作为罗家人，进入罗家的族谱。而对侄女的父母来说，自己辛苦养育大的那么优秀的女儿，一个从前在自己的怀里撒娇、在自己的家里自由自在撒欢儿的女儿，就在一个"辞堂"仪式之后，嫁入了别人家，再回来，就不再是这个家庭的一员，而是以罗家媳妇的身份，来娘家做客了。"姑娘自此身为客"，作为父母，岂不心酸？

"辞堂"仪式之后，迎亲的车队，便在震耳欲聋的鞭炮声与礼花绽放中，载着侄女驶向新郎家了。前来祝贺的客人也陆续回去了，只剩下侄女的父母，在收拾着酒宴后的残局。天地很宽阔，衬托着不再年轻的弟弟、弟媳已显苍老的身影渺小得如同天地之间的两根草。

在那一刻，我站在他们的旁边，突然觉得，养育一个女儿，就如今天的这个场面。在女儿出嫁之前，煞是热闹，煞是温暖，也煞是骄傲。可是，一旦女儿出嫁，就是热闹过后的无边的寂寞与苍凉。

在传统观念中，这是一个命中注定的结局。而现在，我们依然生活在传统的观念中。

女人注定两个家

在中国传统农耕社会里，每一个女子都有两个家：一个是娘家，生她养她的地方；一个是婆家，是女人出嫁以后，在那里生儿育女的地方。

当然娘家与婆家的概念，并不是女子生下来就有的。女子在做姑娘的时候，是没有婆家、娘家的概念的。也许，她刚刚开始懂事，就听长辈说过，她长大了，必须离开父母，嫁到命中注定的某个男人家去，在那个和自己没有半点儿血缘关系、订婚前几乎完全陌生的家庭里过日子。但是，那是多么遥远的以后！在娘家做姑娘，无忧无虑，谁还会想那些个烦心的事！且享受这最美好的在娘家做姑娘的时光吧！

只有慢慢由黄毛丫头出落成水灵灵的大姑娘，络绎不绝有媒人上门，把这姑娘介绍给某个标致的后生，然后在一场隆重的婚礼之后，来到这个陌生的地方，跟着小伙子及其家人一起过日子了，这婆家与娘家的概念，才陡然如村子对面的那排高高的山冈，横亘在女人们面前。

是的，嫁鸡随鸡，嫁狗随狗，来到男人家过日子，在传统农耕社会里，几乎是每一个女人不可避免的宿命。因而每一个女人，都注定有一个娘家，有一个婆家。男人没有。男人都是将女人娶回来的，所以孕育了他的地方，就是他终老的地方。当然有极个别倒插门的，到女方家做上门女婿。但那对男人来说，只有到走投无路的时候，才会走到这一步。而且，他到女方家里入赘"招郎"，心中的羞耻感，可能会一辈子如影随形。可是男人们想过每一个新娘出嫁时的感受吗？在娘家，她被自己的生身父母和兄弟姐妹宠着、爱着，她顽皮也罢，偷懒也罢，使点儿小性子也罢，尽管有时被父母呵斥，但总是被包容着的，那种由血缘关系凝聚而成的情感纽带，任什么风浪也解不开。可是，她一旦长大，就不得不离开自己熟悉的环境，来到一个完全陌生的家庭：陌生的环境，陌生的人，陌生的生活习惯。而且一嫁过来，迎接她的就是挑剔的眼光。除了她的夫君，几乎没有谁包容她，没有谁照顾她，她必须几乎凭一个人的力量，操持这个新家。何况她的一举一动，都必须小心翼翼，稍有不慎，就可能给婆家人，尤其是婆婆，留下一个坏印象。再如果男人不体谅她心中的寂寞与孤苦，不给她在感情上以慰藉，她在婆家的日子，就非常难过了。她如果强势一点儿，家里就可能整天鸡飞狗跳；她如果柔弱一点儿，便几乎只有受欺负的命。在这个时候，"娘家"的概念，便在每一个女子心中升腾起来。娘家，娘家，那是多么温暖的母亲的怀抱哇！

女子必须嫁到婆家去，这一宿命就决定了女子地位的低下。她只是寄居在婆家的人，她和自己的男人生了孩子，但那孩子是男人这个村庄的。她是孩子的母亲，虽然母爱浓于血，可是从宗族观念上来说，孩子好像与她没什么关系。因为所有的孩子，都不会将母亲的血缘视为自己最基本的血缘。好不容易孩子长大了，将她尊为长辈，那也是她男人这一宗族的长辈，而不是她做姑娘时的娘家的长辈。在娘家，她永远被视为嫁出去的姑娘，"嫁出去的女，泼出去的水"，她一辈子再也回不到娘家了。女人有婆家，有娘家，看起来有两个家，而实际上，她当年在娘家时是寄居，后来嫁给了自己的男人，她依然是寄居。她一辈子，只是一棵没有根的浮萍。

所以女人的内心，就一直在娘家和婆家之间纠结徘徊。在婆家遭遇了不如意，无法排遣，就跑回娘家，期望通过娘家人的温情，医治自己内心的创伤。可在娘家待上一阵子，又觉得这不是自己真正的家，只好又不情愿地回到婆家那个自己的家。在娘家和婆家之间，女人就这样三番五次地犹疑着、纠结着。娘家再好，娘家人再体谅她、包容她，她也再回不去了。婆家再怎么不如意，她也是婆家的人了，在婆家后山的青青山林中，有一块地，是属于她的永远的归宿。

只是叫我疑惑的，为什么要将这两个家称为娘家和婆家，而不以男性的家称代呢？也许，娘的温暖的怀抱，叫出嫁的女子，一辈子也不会忘怀吧？而婆婆，那是压在传统女子身上的一座山，也叫她不可忘怀吧？

好在现在随着城市化的加速发展，刚结婚的两口子，往往既不在娘家生活，也不在婆家生活，而是自己单独在城市里生活了。娘家的概念、婆家的概念，慢慢地淡化了。女性的地位，也随着这种淡化提高了许多。然而，她不管在外面多么风光，当她回到婆家的村庄，她的身份依然是那个村庄的媳妇，她的婆婆，甚至整个村庄，依然在用挑剔的眼光，看待她的一举一动。

女人心中娘家与婆家的心结，还远没有消失呢！

等待被移栽的苗

男大当婚，女大当嫁。

这句流传了上千年的俗语，意义所指并不确切，或者说，有意模糊了男女在婚姻中的关系。确切地说，称为"男大当娶，女大当嫁"更为恰当。在婚姻事实中，民间更普遍的是按照"男大当娶，女大当嫁"这一关系来称谓的：男人结婚，叫"娶媳妇"；女子结婚，叫"出嫁"或者"出阁"。

在中国传统的乡村宗法社会体系中，界定男女是否结婚的最基本的方式，就是姑娘是否来到了男方的家里生活。封建时期的婚姻没有结婚证一说，判断男女是否进入婚姻状态，唯一的标准就是一个仪式：男方通过一系列的程式，将女方从她的娘家娶回到自己家里，并成为婆家家庭的一员。有了这个仪式，男女就可合法地生活在一起生儿育女过日子而不会被别人指指戳戳。

民国之后有了结婚证。但在相当长一段时间内，传统的乡村社会体系对结婚证式的婚姻依然并不认可。哪怕结婚证扯了一万年，只要男方没有履行仪式将女方娶回自己家里，成为婆家的一员，婆家就可以不认可这个媳妇。在这期间如果女方怀孕生子，依然会被认为是伤风败俗。相反，那些甚至至死都没扯结婚证的，只要通过仪式娶回了婆家，生儿育女也被认为是理所当然。

所以，在一个漫长的时期里，中国女子的宿命就是：她在娘家出生，在父母和兄弟的呵护下长大成人，却必须离开娘家，嫁入一个陌生的家庭，成为婆家的一员，为婆家生儿育女，为婆家操持家务，并在死后埋进婆家的坟山，并以"某氏"的身份，进入婆家的族谱。

而在出嫁之前的一二十年里，她的身份是游离的：生在娘家，却在等待着成为婆家的一员。她在童年甚至青少年所熟悉的故乡山水，绝不是她的终老之地。她究竟要嫁入谁家，究竟要去哪个陌生的地方生活，她在娘家做姑娘的时候，一概不知。一直要等到媒人上门，在父母或者兄弟的主持下，将婚姻之事定好了，她才会知道，自己将要成为哪个家庭的一员，将要去哪个地方生活到终老。

她注定被移栽。在做姑娘的日子里，她只是一株等待被移栽的苗。

一百多年前的五四运动，让中国女性的社会地位提高了很多。至少，缠足、殉夫、封建卫道士倡导的贞节等恶习，已经受到了猛烈抨击。近四十年来，随着中国经济的飞速发展，中国的城市化速度越来越快，当年的乡村社会体系已处于分崩离析之中。在这样的现实之下，中国女性的地位更加得到了提高。几个有力的证据是：

一是贞节观念逐渐淡化。随着时代的发展，女性的贞节观念越来越淡薄，适龄青年婚前同居，已被普遍认为是正常的行为。再婚再娶，也属平常。而且，不管老年人愿不愿意接受，男女之间不以结婚为目的的同居，所占比例已相当大。城市越大，此风越甚。

二是自我决断能力的空前提高。随着女性经济地位的提高，女性在经济上不再是男性的附庸。经济的独立，带来了个性的独立。一言不合，就将工作辞了；一言不合，就将男朋友甩了；一言不合，就将婚离了；一言不合，就决定独身了。至于抛头露面，奇装异服，那是想怎么就怎么，根本不用考虑的事情。

但是，这些都不足以说明妇女的地位得到了本质的提高。换句话说，所有妇女地位的提高，都不能够涉及婚姻。一旦涉及婚姻，依然还是那句俗话里形容的关系：男的，"娶"；女的，"嫁"。

婚前再怎么潇洒的姑娘，一旦与男性进入婚姻状态，她就必须嫁入婆家。在城市，不管女方的家庭多么富有，社会地位有多高，她的家庭给女儿办的婚宴，依然是"出嫁酒"，给女儿送的礼物，依然是"嫁妆"。

在城市的结婚仪式中，有一道"娶亲"程序可谓意味深长：一个长长的娶亲车队，首先来到女方家，男孩手捧鲜花，来到女孩闺房前，叫开房门，捧上鲜花，将女孩抱出来一直抱到车上，然后车队浩浩荡荡再开往自己的家或者酒店。这道程序，哪个结了婚的女孩没有经历过？在这个过程中，女孩的内心，或许是对幸福的陶醉，而理性分析一下，却是对"出嫁"的认可与陶醉。这一仪式的核心，依然是男"娶"女"嫁"。

随着中国乡村宗法社会体系的分崩离析，很多结了婚的姑娘，并没有到婆家随婆家人一起生活，而是与老公一起在城市生活，也有与娘家人一起生活的，因而婆家的存在感没那么强。但是，存在感没那么强，并不等于没有。在几个关键节点上，依然表现出她已是婆家的人。

一是在婆家，她已被认为是婆家的女主人了。婆家有什么事，或者婆家的家族有什么事，她的老公不能缺席，她也不能缺席。甚至，当她的老公因为忙或者缺少主见，很多家庭的事、家族的事，都需要她来做出决断。这表面是要她来做主，而在潜意识中，是把她当成了婆家家族的主人。反过来，她的娘家家族，因为她的出嫁，很多的事，却不要她来参与了。这样久而久之，她在具体的事情上，慢慢变成了娘家的"客人"，婆家的"主人"，并在内心里对娘家"客人"、婆家"主人"的概念逐渐认可。

我认识的一个白领女性，出生农家，从小就在外面求学，后来嫁给了同样出生乡村在城市工作的小伙。两人婚后一直在城市居住。可是，在她的口里，她所称的"弟弟""老弟嫂""叔叔""姨"，一概指的是她老公方面的亲人。而对她自己的同胞弟弟，却用"我娘屋里老弟"称之。我不知道出嫁了的女性有多少人采取这样的称谓，但这一称谓所反映出的她内心对婆家的认可，却是显而易见的。

二是孩子出生后，除非事先约定，都是随父姓。是的，现在有很多的孩子随母姓。但是，孩子出生随母姓，有两个重要因素。首先是现实前提，因为实行了几十年的计划生育政策，两个独生子女成家后，对于两个家庭来说，生下孩子随夫妻哪一方姓都非常重要。其次是需要约定。两个独生子女成家，可以生育二胎、三胎，于是，婚前双方家长约定，两个孩子，一个随父姓，一个随母姓。如果没有这两个条件，孩子出生后，那理所当然是随父姓的，这个几乎没有道理可讲。所以，孩子随父姓，依然占有绝对的统治地位。

所以，尽管妇女的地位在当前发生了翻天覆地的变化，但在根本上，女性依然是一株被移栽的苗。在她当姑娘的时候，她可以疯，可以癫，但她再疯再癫，也避免不了等待被移栽的命运。

所不同的是，在传统乡村社会体系中，她及她的父母知道她必然会被移栽，那么越早移栽越好，并因此，当年的早婚成为一种普遍现象。而现在，一些个性独立的女性为了自己的自由空间，觉得越晚移栽越好而对婚姻采取拖延的方式，甚至，一些女性为了自己个性的独立而奉行独身。

"发 财 饭"

　　我老家邵阳北路（包括西路）的风俗有点儿特殊。端午节其他地方吃粽子，老家的风俗是轧面条、吃饺子（名为饺子，其实是馄饨）；中秋节到处吃月饼，老家的乡亲时兴吃鸭。尤其年夜饭，老家的乡亲从来不叫"团圆饭"，而名之为"发财饭"。

　　这"发财饭"不是在大年三十晚上吃，也不在三十白天，须提前一天。如果阴历腊月有个三十，就在腊月二十九，只有二十九天，就在二十八。具体吃"发财饭"的时间也五花八门。比如我那个村庄，谢姓、邓姓是腊月二十九晚上，唐姓是腊月二十九中午。最晚的是李姓，大年三十清早，在天亮之前吃过"发财饭"。其他村庄大致如是，总之得提前一天，在大年三十天亮之前，将年过了，将"发财饭"吃了。

　　有些人家大年三十晚上也得热热闹闹在一起吃个饭的，但那也不叫"团圆饭"，叫"断年饭"。

　　这风俗何时兴起，是何意思，我一直没弄清。但从老家过年的顺口溜儿中可探知一点儿端倪。顺口溜儿这样唱道："二十九，君子友；三十日，溜子精；头初一，大现身。""溜子"即老鼠，人人见了喊打，所以必须远远地躲开人群。这几句顺口溜儿的意思大致是：二十九乡亲们见面，互相之间亲如朋友，一个个都是翩翩君子。大年三十，大家都如老鼠一般，不知道躲到哪里去了。到了正月初一又如神仙出山，兴高采烈出现在乡亲们面前祝贺新年。

大年三十为什么要像老鼠一样躲起来？要躲债呀。这顺口溜儿唱的，就是躲债。

其实我老家那一块，属于典型的低浅丘陵地区，土地还算平整，田野还算肥沃，并不是山高水瘦、地瘠土贫的山区。然而不管是当年，还是现在，故乡的乡亲，大都一如勤劳的愚公，有蛮力，却无心计；有智慧，却无运筹，朴实得就如他们脚下的泥土。他们多是凭自己的力气，用自己的劳动所得，换得糊口的米粮，却少有通过运作，将人家口袋里的钱，轻松装进自己口袋的。这样一年下来，累则累矣，年底一盘算，所得报酬极其有限，没欠债就算万幸，更多的是养不了家，糊不了口，倒欠了人家一屁股债。

年底是结清一年账目的时候。到了大年三十，那些"黄世仁"们，就会登门要账。可是，家里一贫如洗呀！只得先觍着脸捎个话给债主：今年歉收，你那个账，容我年后结清。又害怕债主不答应，大年三十那天登门逼债，只得提前一天，草草将年过了，大年三十天没亮，就一头钻进山里面不知什么地方躲了起来，任凭债主在自家门前脱裤子骂娘，全当没听见。年关年关，过年就是过一道关哪。过了这一天，年也就过了，难受也过了。到了正月初一，从山里走出来，没事一般，满怀希望，迎接新年的到来。

　　这希望是那么具体，就是要发财呀！所以那提前吃的团圆饭，就是"发财饭"。不管这过去的一年，是发了财还是亏了本，都过去了，在亲人眼里，都是在"发财"。更多的，是寄希望于来年"发财"，不管这年夜饭是丰盛还是简陋，在乡亲们眼里，这顿饭与其说是在总结过去一年所遭受的苦难与辛酸，不如说更是寄托来年的希望。

　　然而这希望又是那么渺茫。生活在这块土地上的乡亲们，祖祖辈辈，每年都在吃着"发财饭"，却每年都得提前吃了，然后，去躲债。他们的生活没有好起来，却将这个习俗流传了下来。

　　近些年来，随着生活水平越来越提高，我的乡亲已没有几个需要提前吃过"发财饭"外出躲债了。提前吃年夜饭，只是多年以前从祖宗那里留下来的习俗。然而，以我们那个地方的区域优势，我觉得，是应该比现在更加富裕的。这些年在外奔波，见过许多比故乡偏远得多的地方，却比故乡富裕得多。其中的原因，我觉得更应该从文化层面来分析。他们勤劳朴实，不玩心思，这是肯定的。他们易于满足，缺少更加进取的精神，也是肯定的。

　　在我写这篇小文的时刻，正是我故乡族上的本家人吃"发财饭"的时刻。家家户户震耳欲聋的鞭炮声和璀璨的烟花，应该在夜空中响彻和绽放了吧？作为在外过年的游子，我真诚地祝福我的父母、我的乡亲，在新的一年里幸福快乐、身体健康！

　　祝他们来年在"发财饭"营造的氛围里，梦想成真！

犹记端午馄饨香

　　我家乡那个镇叫新田铺，旧属宝庆北路地辖。宝庆城即今之邵阳市。从城里往四周辐射，称之四路。东路通两市塘，南路九公桥，西路周旺铺、岩口铺，北路新田铺、龙溪铺。把这几个地方用公路围起来，可称之为宝庆城外环。

　　这几个地方的饮食多受宝庆城影响，以重口味为主。炒菜多放辣椒，煮个白菜，也得扔几个进去。更喜欢腊味。腊肉、腊鸡、腊鱼、腊鸭，细分还有腊鸭掌、腊鸡胗、腊猪头、腊猪大肠，凡动物诸器官，皆可腊。最值得炫耀的是猪血丸子。新鲜豆腐、不掺水的猪血、新鲜五花肉剁碎，或可加一点儿辣椒粉，拌成红彤彤的豆腐泥，团成比拳头大一点儿的长方形豆腐粑，轻轻放进炕篮里，挂在柴火灶上用烟火熏半个来月，熏成黑不溜秋的样子，就成了。洗了切开，内里也是暗红的颜色，外地人看了不敢下嘴，宝庆人吃得满口生津。

　　这些腊味，是宝庆人旧时拜年待客最有特色的小吃。正月初一早上，拜年的客人来了，家家户户无论穷富，都要在桌上摆几个碟子，除了装上瓜子、花生、糖果，还有腊味，包括猪血粑、腊鸭掌、腊鸡胗、腊猪耳朵等。虽不多，且基本上是摆相，客人除了吃几颗瓜子、花生，至多吃一块猪血粑，其他的不会动，但主人的好客，都用摆在碟子里的腊味体现。当年贫穷，这些腊味，除了猪血粑，基本上是过年时才可以解解馋的。过完年，这些东西总会吃掉，就得等来年才会有。所以至今，差不多半个世纪过去了，回想起来还会有口水泛出嘴角。当然，富裕人家的腊味熏得更丰富，也收藏得更精致，一年到头桌上都不缺。倘若生在这样的人家，那可真叫幸福。

宝庆城四域虽然口味基本相同，但是四域地盘已经很大。当年空间阻隔，交通不便，虽同受宝庆城辐射，但不同区域，总会发展出自己的一些特色饮食，异于其他地方。因而不同地域，饮食上还是有所区别的。就如我所在的北路，新田铺那一个小区域，有些饮食习惯就为当地独有，其他地方还没见到过。

比方说端午节。端午节时兴吃粽子，这是全国绝大部分地区从古至今流传下来的习俗。可是宝庆北路、西路，以我家乡新田铺镇为中心，包括紧挨着新田铺镇的小塘部分地区，在20世纪八九十年代之前，端午节是不吃粽子的。端午节吃什么？吃饺子。

端午前后，小麦已经收割，乡村里弥漫着新鲜的麦香。这个时候，村子里尘封了差不多一年的轧面机被男人们擦得锃亮摆在了轧面房里。各家各户将生产队上分回来的小麦用米斗装了，来到轧面房，兑换饺子皮儿及面条儿。轧面机既轧面条儿，也轧饺子皮儿。面房的男人们吭哧着用石碾将小麦磨成粉，用团筛将小麦粉里的麦麸团出来，和成面团，就用轧面机轧。轧成薄薄的面皮儿，再用刀片切成三寸左右的正方形薄片儿，就是饺子皮儿；面皮压厚一点儿，轧面机中间置一排金属刀片，轧出来的就是面条儿。

端午节前一天或当天上午，是轧面房生意最好的时候。许多媳妇、姑娘都端了麦子来换饺子皮儿，她们的莺声燕语，将轧面房男人的积极性调到最高。兑换饺子皮儿时，也不忘多给俏姑娘媳妇们那么几张，有时也有争吵声发出来。但总归属于玩笑性质，活跃一下气氛，不会当真。

吃饺子不能只有皮儿，还得有馅儿。端午节前一两天，每个村的支书都会跑到食品站，批一张屠宰票。食品站知道当地习俗，也会慷慨地批准，大一点儿的村庄，甚至会批到两张。端午节当天上午，新田铺、小塘周围，每个村庄都有尖厉的猪叫声。按人头每个人都能分到二两左右的猪肉，肥瘦不论。当然得出钱买，没钱的话，也可赊。围在屠桌边的男人，一个个都喜气洋洋，用棕叶提着一块肉回去，脚步轻快得很。

饺子皮儿有了，馅儿有了。回到家里，一家人围在案板周围，剁馅儿、包饺子。每个人都极认真，不会包的学会了，总有掌握一项技能的喜悦。包好之后，用菜锅煮上一大锅滚沸的开水，调好汤，将饺子下锅，到了中午，在方圆十多公里的区域，家家户户都有饺子的清香飘出来，经久不散。

70 年代末，我离开村庄来到城里，才知道饺子与馄饨的区别。故乡端午节吃的饺子，其实是馄饨。也才知道，端午节应该吃粽子，不是吃饺子。而从离开村庄开始，四十多年过去了，我还从未在端午节吃过饺子。年轻时候在外蹉跎，没回家陪父母过端午节，家乡又只在端午这一天才吃饺子，所以吃不上。现在，我清闲了，端午节常回去，可是，家乡也和外地一样，流行吃粽子，没有谁轧皮儿剁馅儿包饺子了。

但我一直记得端午节饺子的味道。清鲜、柔滑，倘若放一滴香油，撒一撮葱花，那就更加齿颊留香了。

尝 新 节

六月六，担新谷。

当田野里的稻谷，被农历六月灿烂的阳光和温暖的风，在几天之间吹染成金黄色的时候，叫我们这群小孩子盼望已久的尝新节，也伴随着第一绺金黄的稻谷被父亲母亲们收割，如期而至。

江南三月好风光，草儿肥，苗儿长，桃红李白油菜儿黄。可是，在我的少年时代，这大好的春光，总是抵挡不了饥饿带来的惊慌。先年在生产队上分得的不多的稻谷，这时候差不多已经见底，今年的早稻，还刚刚插下去，离收割还早着呢，还要将近三个月的时间。

在这个时候，在旱地里和田野的各个角落蓬勃生长的菜蔬，就几乎成了我们的主粮。先是牛皮菜，在冬令蔬菜将尽、春季蔬菜还没有开花结果的时候，牛皮菜就成了我们饭碗里的主粮。牛皮菜吃完，初夏的当令蔬菜便接上了，先是四季豆，再是豆角，运气好的话，南瓜的瓜花儿也有了。从农历三月到五月底，盛在碗里的，几乎没有几粒米，翻来覆去，就是这些蔬菜在打转儿。这些绿色的菜蔬吃啊吃，吃得我们的脸皮都绿了。饥饿从每天清早醒来开始，就一直伴随着我，直到晚上在饥肠辘辘中睡过去。

终于，当阳光越来越热烈的时候，我们迫不及待地等来了尝新节。

具体哪一天过尝新节，是没个定准的。在农历六月初的某一天，大人们审视一眼正在田野里茁壮成长的水稻，觉得哪一片田，在某个日子可以开镰了，就将第二天、第三天，定为尝新节。这开镰的日子，往往是提前的，地里的稻谷，还没有熟透呢！但乡亲们已经等不及了，已经饿了多久了呀！当打稻机转动的声音，在空旷的田野里回响的时候，我们这群十来岁的小孩子，便忍不住欢呼雀跃着。能够吃饱肚皮的那一天，终于快来了呀！

大人们也在欢呼雀跃着。尝新节一大早，队上的精壮劳动力，就被队长一个个派去塘里捞鱼。大草鱼、大鲢鱼，在一片吆喝声中，被捞了上来，集中到了大木盆里。而鲤鱼、鲫鱼和小鱼小虾，则是谁捞着归谁。到了中午时分，眼见得差不多了，就将鱼儿归到一处，每家分那么一条两条。也不精细，有个大致就行，谁也不去计较的。高高兴兴提了鱼回去，母亲在家里做的新米饭，早已经香透了整个屋子。那久违了的醉人的饭香啊！带着田野里淡淡的泥香、幽幽的花香，带着农历六月的阳光香，也带着乡亲们的汗香，在柴火的炙烤下，满屋子里打转儿，直冲鼻子，再顺着鼻子，冲击肺腑。

除了饭香，还有鱼肉的香味儿，鸡肉的香味儿，还有过年时节留下的腊肉的香味儿。要是整个村上都在同一天过尝新节，那说不定还有新鲜猪肉的香味儿。各种各样的香味儿，在村子里飘荡，叫我们觉得，尝新，竟比过年还要令人神往。

过了尝新节，盛在我们碗里的，不再是青青的蔬菜甚至野菜，而变成了喷香的大米饭！每年的尝新节，就是我们从饥饿到温饱的渡口。它把我们送到了幸福的彼岸，让我们的身体，在米饭的滋润下，退去菜色，茁壮成长。我们能感到体内的骨头，在吱咯吱咯地拔节，我们能感到殷红的血液，布满我们的脸颊。尝新节，那是我们在饿得全身发慌的时候，久久盼望着的节日啊！

根据记载，尝新节并不是汉民族的节日，而是南方苗、瑶、土家、仡佬等少数民族的节日。那多半是因为对食物的敬畏而衍生出来的节日吧？我的故乡，离苗、瑶等少数民族居住的地方不远，入乡随俗，也就有了这个节日了吧？由于没有固定的日期，自20世纪80年代后，随着故乡饥饿问题的解决，这个节日，已被乡亲们渐渐淡忘了，也被我淡忘了，只在记忆中如一面旗帜，在那儿隐约地飘摇。

就在前两天，一个朋友对我说，六月初五，他母亲叫他回家，过尝新节。我才清晰地回忆起来，少年时代的我，是那么热切地盼望着这个节日的到来！我突然发现，我已经那么长时间，没有尝过饥饿的感觉了！

那些吃厌了的食物

现在好了。虽然收入不高，不能如富豪一般一掷千金，"食不厌精，脍不厌细"，但衣食无忧，还是不用操心的。市场上凡有的食材，只要价格不是高得太离谱，买那么一点儿回来尝尝，也不需要思忖再三了。

春上的时候，父亲陪着舅舅、小叔叔来我所在的城市玩耍。我当年求学，这两位老人没少资助我，但他们却一直生活在乡村。在我家的五天时间里，我陪着他们，去了一趟韶山以及花明楼，了却他们瞻仰毛泽东同志、刘少奇同志故居的心愿；又去了芷江，看了日军投降纪念馆和飞虎队纪念馆，欣赏了芷江美丽的夜景。韶山，在老人们心中，就是圣地。芷江，是老人们的父辈心中的圣地。在我们那个只有四五百人的小山村，他们的父辈，就有十一个牺牲于抗日的烽火。在这五天中，每顿饭做些什么菜，我也费了些心思。我带他们去实惠的饭店，让他们感受在饭店用餐的氛围，我请他们吃海鲜，到西餐馆里吃牛排，让他们当一回城里的"文明人"。他们玩儿得很开心，也乐意品尝那些新奇的食物。但他们的一句话，却叫我啼笑皆非。那是在西餐馆。当他们尝着我为他们点的炸薯条的时候，他们异口同声地说：没农村里的红薯好吃！

仔细回味一下，不得不承认，确实没红薯好吃。农村人，诚不我欺也。

可是当年，我是多么痛恨红薯，直到如今！

整个少年时代，仿佛一直在和红薯进行一场看不到终点的战争。村子后面的旱土里，整个夏天，漫山遍野，全是蓬勃的红薯藤。到了深秋，那些顺着藤蔓隐藏在地下的红薯，就抖一抖身上的泥土，摆动着滚圆的身躯，如一队队冲锋的战士，争先恐后朝我冲过来。从深秋收红薯开始，到第二年阳春三月，它们变着各种法子，蒸红薯、煮红薯、红薯米、红薯条、红薯干、煨红薯、烧红薯，冲到我面前，前仆后继，耀武扬威，一个一个，占据着我的嘴，占据着我的胃。一个冲进去了，紧接着是另一个，绵绵无期，了无断绝。刚开始的时候，我并不惧怕，来一个，消灭一个。可是不久，一看到它们被盛进我端着的饭碗里，我的胃就忍不住痉挛，反感到真想把它们统统扔进潲水桶。可是不行。饭锅里，全被它们占据着，仿佛全世界，都被它们占据着。没有它们，我就没有力气去上学念书，没有力气去田野里从事繁重的体力劳动。它们是我保持体力、延续生命的唯一源泉。也许是父母念着我还小吧，偶尔，在满锅的红薯饭里，也掺杂着几粒白得耀眼的大米饭。而只要看到这几粒白胖胖的大米饭，我的眼睛就立即放光，抄起饭勺，将红薯撇在一边，几乎兜底将大米饭抄进碗里，全然不顾父母的感受，狼吞虎咽，三下五除二就将米饭全部吞进了肚里。那份吃饱后的满足感，现在回想起来，仿佛还能感觉得到。然而这样的美好日子过不了几次，下一顿，那看不到边的红薯，又虎视眈眈地冲到我面前，用一种胜利者的姿态，逼着我让它们占据着我的胃。

我赶不走它们！无论怎么样，在漫长的深秋到阳春三月的时间里，红薯的身影，就一直在我的眼前晃动，叫我忧虑，让我恐惧。

而更让我恐惧的，是那个叫作牛皮菜的植物。

牛皮菜在我老家那儿叫"甜菜"，是一种叶片肥厚、茎片呈青白色的可食用的植物。名为"甜菜"，可一点儿甜味儿也没有。不仅不甜，还有一点儿苦涩的味道。在油菜花开的季春三月，在各种菜蔬青黄不接的日子里，牛皮菜，成了我最主要的食物。它那如牛耳朵一般厚实的叶子，被母亲撕扯下来，煮成一锅，不放一滴油，就撒点儿盐，然后端在我的面前，成了我一餐的主食。那些青白色的茎片，母亲拿到水里洗一洗，切成片儿，放一点儿油、盐、豆豉、辣椒炒了，就成了唯一的下饭菜。我把它们送进嘴里，咀嚼着、咀嚼着，那股子苦味儿，在我的舌尖上发酵，直冲我的口鼻肺腑，让我怎么咽也咽不下去。往往父母早就吃完了，盛在我面前的那一碗牛皮菜叶还没吃几口，而出工的哨音，已经在空旷的原野里尖锐地响了起来。我原本就吃不下，听到哨音，马上解脱似的放下饭碗，跟着大人一起出工。累了半天回到家里，我差不多已经饿晕。而等着我的，又是下一碗牛皮菜！我慢慢地吃着，父母并不催促我快点儿。他们知道，饿晕了的我，总会强迫自己吃下去的。不吃，家里是再没有别的东西吃了的。我确实也一碗碗将它们吃下去了。我要维持最低限度的营养不致饿晕。但那种难受的滋味儿，至今叫我一想起来，就要作呕。

红薯、牛皮菜这两种食物，现在已被当作乡村健康绿色食品，出现在城市高档酒楼的菜单里。那些大鱼大肉吃多了的城里人，也在饭里放些红薯，炒一两次牛皮菜，来保证他们健康的生活。可是，我不愿意再吃，一点儿也不愿意。尽管这两种粗粝的食物，曾经照亮我的生命，让我的生命直至目前依然燃烧。没有它们，我不知道会不会饿死。但是如今，我从内心里拒绝它们，不想再品尝它们。

我尝够了它们的味道。那是苦涩的味道。我永远记得那种苦涩，并时时提醒自己，不要再品尝那种几乎苦涩到绝望的味道。

隔　膜

中秋回家看望父母。年事已高的父母高兴得紧，老两口大清早起床，开始准备丰盛的午餐。照例要炖一只土鸡、蒸一碗颇具地方特色的"鸡脖子"（鸡蛋皮卷肉馅）。吃饭的时候，将鸡、"鸡脖子"不停地往我们的碗里夹，边夹边殷勤地劝："多吃点儿，在城里难得吃到这些。"

父母一辈子生活在农村。在父母的眼里，土鸡、鱼肉，就是最好的菜肴。可是他们哪里知道，在他们眼前装着很听话的样子、顺从地将他们夹到碗里的菜吃下去的儿子，在城市酒楼用餐的时候，整只的鸡、整条的鱼，几乎筷子都不动，就毫不心疼地剩在那儿，让服务员端走倒进了潲水桶里。

可是这些，我能和父母说吗？我说了，他们除了惊讶得几乎将眼珠子掉到地下，除了心疼得唉声叹气之外，能够理解这样一种生活方式吗？

我是一个农家子弟，深知农民生活的艰辛。然而经过几十年城市生活的历练，当年缺衣少食、忍饥挨饿的农家生活已经渐行渐远。即使这样，面对城市酒楼里那种毫不珍惜暴殄天物的行为，还是会心疼，偶尔想起当年的农村生活，也会在内心里责备自己忘了本。对此，我还能奢望一辈子生活在农村、从来没有经历过那种场合的父母能够理解吗？

不同阶层的人的生活方式，另一阶层的人，几乎永远无法知晓，也无法理解。

我当年的一个中师学生，来自农家，毕业后分配到一所乡村小学教书。他的一个同事很热情地给他介绍一个城里的营业员处对象。两人第一次见面，女孩很满意，买了一把香蕉，和男孩一起逛公园。女孩一边在公园里欢欣跳跃，一边让男孩吃香蕉。男孩提着香蕉，哼哼哈哈地答应着，却不吃。直到下午五点多，女孩逛得有点儿饿了，才让男孩把香蕉递给她，她要吃。看到女孩将香蕉剥了皮儿往嘴里送，男孩才恍然大悟：香蕉是剥了皮儿吃的。赶忙学着女孩的样子，狼吞虎咽吃了起来。

这是一个让人听了笑不出来的笑话。彰显的是男孩、女孩在不同生活环境里的不同的生活方式。香蕉做零食，在女孩的生活中，很平常，所以她不知道世界上还有不知道怎么吃香蕉的人，也就不会特意告诉男孩该怎么吃。男孩呢，则刚从一种低层次的生活方式，转入相对较高的生活方式，他对这种生活方式还非常陌生，可又害怕暴露自己的不懂，宁愿自己饿肚子，也不好意思问。

现在，不会吃香蕉的农村孩子，不知道还有没有。我想，在穷乡僻壤，也许还有的。但作为一介平民，不会吃鱼翅、燕窝，地处内陆的人不会吃海鲜，应该是非常普遍的。王跃文《梅次故事》中就有这么一个细节：一个刚刚成为地委书记私人秘书的小伙子，跟随书记到首都某国家机关汇报工作，在地区驻京办设宴招待国家机关客人。因为人少，秘书也忝陪末座。餐后那秘书对陪同进餐的驻京办主任说，今天的酒宴，那一小碗米粉最好吃。主任哈哈笑着告诉他，那不是米粉，那是鱼翅，那么一小碗，三百六十元。有一定地位的国家工作人员尚且不知，普通平民，就可想而知了。

我在城里的生活方式，我的一辈子面朝黄土背朝天的父母无法理解。同样，作为城市里普通工薪阶层的一员，我也永远理解不了富豪们的生活方式。

对一些一掷百万金、一掷千万金的做派，除了认为荒唐，我怎么也理解不了。

当然，也别希望富豪们能够理解穷人的生活方式。在这方面，晋惠帝在听到臣下禀报灾民们已无果腹之食时，那句"何不食肉糜"的回答已成千古名言。晋惠帝成了我们嘲笑的对象，可是，类似于"何不食肉糜"的现象，现在依然在不断发生。某地发生天灾，我们送衣、送食、送钱、送帐篷，无可厚非，可我们还给灾民送一台"豪华"的文艺晚会，一批富人坐在台上台下，找那么几个灾民作为点缀，就是赈灾。那些在贫困线下挣扎的乡村孩子，他们需要的依然是一张课桌，我们却送给他们平板电脑；那些城市平民，他们需要的是一份相对稳定的工作，我们却送给他们豪华的公寓和硕大气派的广场。

也许，他们还是知道的。那些一掷千金的富豪，那些个挥霍公帑的官员，很多也是穷苦人家出身。可是，他们一旦发达，就仿佛得了健忘症，将过去的生活忘记得一干二净。他们忘记了当年赤着脚，在田野里劳作的辛苦；他们忘记了当年青黄不接的时候，盛在他们碗里的野菜；他们也忘记了，在家里揭不开锅的时候，乡邻们对他的接济。他们一发达起来，一富裕起来，就忘记了依然在贫困线上挣扎的阶层。而他们在城市灯红酒绿中的奢侈无度，一半是追求对过去贫困生活的补偿，另一半，则是为了在仍然处于贫困潦倒生活中的那个阶层面前炫耀。

　　他们知道还有许多人过着并不富裕的生活，可是，他们不愿意再去理解、再去体察。不仅不理解、不体察，而且敲骨吸髓、变本加厉，想着法子，榨干他们身上的最后一滴血。

乡村露天电影节

"张军长，张军长，看在党国的分儿上，拉兄弟一把！"小伙伴在上学的路上逞能，要去采摘陡峭田塍上长着的一串熟透的红泡。红泡采着了，脚下一直打滑，左蹬上不来，右蹬上不来，只好求助伙伴："张军长，张军长，赶快拉兄弟一把。"塍上的同学一脸贼笑："顶住，给我顶住哇兄弟！"直到小伙伴蹬得精疲力竭，才笑嘻嘻地牵住他的小手，把他拉上来。

小伙伴们的对话，是电影《南征北战》的经典对白，当年我们追剧的成果之一。

整个少年时期，我们几乎一直在追剧，确切地说，追电影。电影中的许多台词，我们能够一字不差背下来。

其时我们在旷野里无拘无束枝生蔓长。旷野里无遮无挡，四处是风。风吹来，全是乡村里稻谷与青草的香味儿，还有发霉的牛屎味儿，只是偶尔地，能够吹来电影放映的消息。

我们全都知道，一年里电影队能够来村里放映两到三次电影，但我们不清楚什么时候会来。只有电影放映到附近哪个村的消息吹过来了，我们才可以掰着手指头计算，什么时候，我们能够过上一次电影节。

那风是越过许多山峦吹过来的，电影来到自己村放映的日子还很漫长。但那没关系。我们有脚，我们可以跑到其他村去看。离本村五华里，如果是精彩的电影甚至离本村十华里的村庄，全是我们追电影的目的地。每放一次电影，我们能够以本村为圆心，连续看上七八次。一般的电影节，也就一个星期吧？我们连续看上十来天，相比一个电影节绰绰有余。

　　黄昏总是来得那么缓慢。在田垄里，我们一边盼着太阳下山，一边热烈地讨论本周期将要放映的电影的情节。有看过的，一塌糊涂地描述着精彩的细节，听得我们更加糊涂，更加百爪挠心要看个究竟。眼看着离下工还有一段漫长的时间，我们便在田野里唱歌。都是电影里的插曲："提篮小卖拾煤渣，担水劈柴也靠她；里里外外一把手，穷人的孩子早当家。""小小竹排江中游，巍巍青山两岸走……红星闪闪亮，照我去战斗。""军号嗒嗒嗒吹，来了游击队……"歌声仿佛掺了催化剂，唱着唱着，西边的太阳就要落山了，队长下工的哨声甫一吹响，我们就把锄头或其他农具一扔，作鸟兽散，微山湖上静悄悄。不对，田野里立即静悄悄。

　　田野里静悄悄，通过村外的山路却立即热闹了起来。总有一个最先来到村前的路口，扯起喉咙喊：牛伢子，快点儿快点儿。狗伢子，快点儿快点儿。被喊的小伙伴打起飞脚跑出来，他娘在后面追着骂："天天看天天看，看电影作死啊！看了今天没明天了。"眼看挡不住了，赶快又喊自己的男人："你崽又去看电影了。咯远的山路，几个豆子鬼，出个岔胡子何得了？还不快去管！"男人巴不得呢，笑眯眯地走出门，对婆娘说："你莫管。我陪他们去，再怎么也不会出岔胡子！"喊上几个大人，呼啦啦，和我们一块儿去。气得当娘的，气咻咻地跺脚转回屋去了。

跺脚生气是当娘的事，我们只管呼啦啦兴高采烈赶往电影场。

山路漫长，我们的脚步，快赶上神行太保了，挨挨挤挤地在路上腾云驾雾飞得起。跑到目的地一看，宽敞空坪里一块洁白的银幕前，影影绰绰地挤满了人，中间的黑影愈来愈黑，外面的黑影拼命往里拥，偶尔踩着别人的脚，挤了别人的胸，引起一片惊叫声，迅速又被笑声盖住，互相打起了招呼。那都是近邻乡村的几个熟人，挤着挤着就互相谦让了。也有"水佬倌"故意往乖态妹子身上蹭的，被姑娘"剁脑壳"狗血淋头骂走了。我们这些小豆子鬼不管那么多，一心只管往前挤。也只能往前挤呀，个子矮，不往前挤看大人的后背脊吗？在一片惊叫声、一片埋怨声中，我们不管不顾挤到了最前面。吵吵嚷嚷之间，那秩序也慢慢地建立了：小孩子拥在银幕的最前面，姑娘、媳妇们居中，男人们在最后面悠闲地抽着烟，在随处可以听到的骂声中聊天。

人到得差不多了，空坪旁边小屋里的发电机就响起来了，电影放映员气定神闲地踱到人群正中的电影放映机前，在某个机关上咔嚓一声，一道雪白的光芒立即射出来。这道白光就是学校的上课铃，嗡嗡嗡的吵嚷声立即安静下来。放映员对着喇叭，煞有介事地清清喉咙："电影马上开始了，大家莫吵了。"把白光在银幕上对正，把胶片架到放映机上，随着放映机吱咔吱咔转动，一场乡村电影，正式开始。

先是垫场片:《新闻简报》。一边放,一边等着迟到的观众。接着是正片。即使到现在,几十年过去了,这些正片也还是如雷贯耳的片子。《地雷战》《地道战》《南征北战》《铁道游击队》《奇袭白虎团》《沙家浜》《红灯记》《智取威虎山》《闪闪的红星》,1976 年下半年以后,还有《洪湖赤卫队》《打铜锣》《补锅》《野火春风斗古城》《羊城暗哨》等。每一个片子,至今都铭记在我们的脑海里。

放映员一边放,一边当着解说员。正面人物第一次出场,他对着喇叭说一句:"这是杨子荣,这是李玉和。"反面人物出场了:"这是座山雕,这是龟田。"我们看得很是入神。英雄一亮相,一片赞扬;坏蛋鬼鬼祟祟出场了,一片咒骂。英雄慷慨就义,革命遇到困难,一片无言沉默;坏蛋被击毙,事业取得成功,一片热烈掌声。我们看电影,与银幕上的英雄同喜共悲,自己恍惚之间,就成了顶天立地的英雄。

月有阴晴圆缺,天有风雷雨雪。看着看着,突然有人惊呼:"下雨了!"果然下雨了。照射到银幕上的光束,有雨点儿在飘忽。有热心的观众撑过一把雨伞,将放映机遮住。一般的雨,是不当回事的。淅淅沥沥中,放映员和我们都会坚持到最后。可是雨越下越大,光束中的雨点儿变成了细密的雨丝。尤其是夏天,刚刚还是一片星空,突然就狂风大作,银幕被风东卷西扯,旋即瓢泼大雨劈头盖脸铺将下来。狂风暴雨一来临,我们这些小屁孩立即英雄变成了狗熊,抱头鼠窜跑到就近的屋檐下躲雨。只有大人们是真正的英雄,在风雨中将放映机抢救回屋,然后抽着烟卷一边看天,一边讨论着雨是否会一直下下去。眼看着雨越下越大，悬挂银幕的树桩也被狂风吹得几乎伏地，我们就明白，今晚的电影，泡汤了。

我们心里一点儿都不着急。已经连着看了好几遍了，不差今晚这一遍。回家时的心情，比来时要从容得多。小孩子走在前，大人们揿亮手电筒在后照亮着崎岖的山道，慢慢地一边走，一边细细地讨论电影里的人物和情节。无论大人还是小孩，当时感到困惑的同一个问题是：电影中那些牺牲的英雄，那些被打死的鬼子和汉奸，是真的死了吗？如果没有死，怎么会那么逼真？如果为演个电影贡献了自己的生命，那岂不太可惜了？

讨论来讨论去没个结果。回到家，悄悄地进屋，溜到床上睡觉。第二天电影转到另一个村，我们将头天看电影的过程再复制一遍，一连看上三五个晚上，直到电影放映转场到了遥远的村庄，我们才作罢。电影中的情节，已经复制到我们的脑海里。空闲的时候，我们依样画葫芦，演将起来："脸红什么？精神焕发。怎么又黄啦？防冷涂的蜡。"

儿时的整个生活，我们和电影紧密联系在一起。在电影的浸染下，我们那一辈人，多数养成了"临行喝妈一碗酒，浑身是胆雄赳赳"，打不完老虎绝不下山冈的气概。

第五辑　心情

请把你的微笑留下

展现在我眼前的，是一张张写满了沧桑的脸，是一个个充满了自信仿佛泰山压顶有我顶着的身躯，还有，当他们亲切地叫我老师的时候，那一双双晶亮的眸子和从内心里荡漾出来的年轻迷人的微笑。

是的，在和他们相处的三天时间里，他们的微笑依然如当年一样，年轻迷人。

每一位同学见到我，总是微笑着恭恭敬敬地主动叫我老师，然后与我拥抱、握手。他们同学之间相见，那种热烈融洽的场面，更是深深地感染着我。他们也许有的发达，有的困顿，但三十年后的见面，一声直呼其名的称呼，一脸真诚的微笑，再加上一个拥抱，或者擂上去的一个拳头，便让他们把所有的外在身份剥离，从"同学"二字中所散发出来的真诚、平等、和谐，洋溢在整个同学聚会的时间里。相互的称谓，依然是当年的；相互的嬉闹，依然是当年的；甚至，男女同学之间相互的情愫，依然是当年的。

联欢晚会的那一幕，与当年的班级联欢晚会，是何等相似！当他们走进歌厅，男同学，女同学，那么自然地，各自凑成一堆，分别占据着歌厅一侧，依然是当年青涩的模样。当我乱点鸳鸯，要将他们软拉硬拽男女搭配时，每当我点到一个名字，他们依然如当年我要将他们男女同桌一样，脸上是腼腆的笑容，人却坐在那里不动。他们当年一起求学的时候，只是十五六岁到十八九岁的年纪，心中的情愫朦胧生起，却正是愈有情愫愈加疏离的时节，要男女同学手牵着手表演一个节目，从内心到外形，都是羞涩的。现在，在他们已为人父、为人母，甚至当了爷爷奶奶之后，同学相聚，却仍然如当年一样羞涩着。他们依然拥有当年的同学情怀呀。

　　只有在晚会的高潮时刻，当熟悉的《青年圆舞曲》《金梭和银梭》奏响的时候，他们才稍稍放开。这两个曲子，是当年他们参加学校集体舞比赛的曲子。当曲子在歌厅里响起时，首先是一个、两个活跃的同学，手牵手舞了起来，然后，一个拉一个，一个拉一个，直至全体同学，在舞池的中央，手牵着手围成一个圆圈。当年熟悉的音乐，在歌厅里奏响，每一个音符，都是一只抽丝的手，将埋在心中的同学情怀，如丝如缕地抽出，在舞池里依稀写出少年浪漫的模样，将晚会的气氛推向高潮。而当音乐的最后一个音符响过，他们又一如当初，微笑着走过舞池，走过当年曾经令他们内心怦怦跳动的同学身边，复又回到自己的座位坐下。我站在旁边，默默地看着这一幕。一丝感动，从内心升起。是的，他们是同学，当年在情窦初开的时候，他们也许暗暗喜欢过一位那么帅的小伙、喜欢过一位那么美丽的姑娘。现在，三十年过去了，当年的喜欢依然是喜欢，而当年的神圣依然是神圣，并不会因为经年的磨砺而对当年的情感稍有亵渎。

他们知道，唯有将当年的情怀一如当年默默地埋在心中，他们才配得上同学的称号。同学，多么美好的记忆，多么美好的情怀！

聚会的时间并不长。短短三天时间，和三十年的沧桑比较，只是一瞬。然而同学的情谊历经三十年的沉淀，更加醇厚。这种醇厚，让他们对短短三天的聚会倍加珍惜。他们相约着，来到当年的母校，寻找当年依稀的影子；他们相约着，走过当年曾经走过的路，寻找当年少年的情怀；他们更相约着在一起嬉闹吵嚷，通宵地打牌，通宵地聊天。当年班上的"领导"依然是"领导"，当年班上的"跟班儿"依然是"跟班儿"。没有钩心斗角，没有蝇营狗苟。平日里所有的伪装，全都剥去；平日所有的块垒，全部卸去。在"同学"这个神圣称号所营造的美好意境里，他们将全部身心投入，将当年的情怀，全部抒发。

是的，他们各自走过了三十年漫漫人生路。当然有的富裕，有的困顿，有的发达，有的平凡。然而在相聚的时刻，富贵者并不显摆，困顿者并不自卑，发达者并不跋扈，平凡者并不猥琐。有了"同学"的称呼，他们就有了平等的人格，就有了自由的表达。在平日里，他们也许会为了一个职位而自损人格、为了一份收入而低声下气，唯有来到同学之中，他们才可能将利益之心放下，不用设防，不用心计，就那么自然地，把自己当作一个真正的人，用一脸的微笑，换得同学们更加真诚的微笑。"同学"就是挂在他们人生道路上的一方方幸福的黄手帕，让自己的人生道路，有了更真切生动的回味。

三天的时间过去，他们一个个用真诚的微笑向我告别，然后，走了。我目送着他们离去的背影，心静如水。他们的微笑，已经长印在我的心里，永远不会消失。我也知道，他们当中的每一个，也将同学的微笑，留在心里，长驻心间！

客 居 城 市

　　农村的孩子通过考学、参军，告别了乡村贫瘠的土地，在城里的单位谋到了一份差事，原以为自己从此变成了城里人，可是，在最初的兴奋与梦幻如潮水一般退去时，才知道自己并没有成为真正的城里人，而是像一个出身贫寒的姑娘，嫁给了一个富户人家做媳妇。在富户人家看来，她仅仅是一个做事的媳妇而已，却又被贫寒的娘家视为攀上了高枝。处于这种境地，这些农村走出来的孩子，便只有寂寞与尴尬。

　　他们无法走进城市的内心。在那些自认为"真正的"城里人眼中，他们的一半仍然在乡下贫瘠的泥土里。他们搭不上城里人"优雅"的话题，对城里人那蜘蛛网一般的关系完全摸不着头脑，甚至一举一动，都没法做到像城里人那样优雅与洒脱。他们的拘谨木讷，往往成了自诩为真正城里长大的人嘲笑的话柄；而他们的单纯善良，又往往使自己成了城里人捉弄的对象。那些城里人，甚至不愿意让自己的女儿嫁给这种刚刚洗脚上岸的半截子城里人，哪怕这个人是满腹诗书的才子，而那个城里长大的姑娘，仅仅徒有一个"金玉其外"的皮囊。那理由不能不让农村出来的人气短：城里人，不愿让自己的女儿再回到农村的公婆面前受苦哇。于是，这些刚刚进城的农村人，只得眼睁睁地看着真正的城里人，在城市的缤纷海洋里游来游去，并且用一道堤坝，将自己隔离在岸边。

他们每个月从单位领一份固定的薪水，还要抽出一份，孝敬远在乡下的父母，自然没钱装点城市的娇艳。所以，尽管城市的繁华如绚丽的鲜花在春之煦日里四处绽放，然而这繁华与他们无关。他们独自奔波在陌生的城市里，没有背景，没人提携，有的只是更多的艰难。要想成功，就需要一个脚印一个脚印地付出辛勤的汗水。自然有些人成功了，成了那些真正的城里人众星拱月的对象。但更多的，是最终默默无闻，化作肥沃的泥土，去滋润城市之树的丰茂。工作之余，想找一个人倾诉衷肠，可是举目望去，全是陌生的面孔，便只有将自己关在门后，独自享受那份思乡的涩果。

然而在故乡，他们已成了不起的人物。他们在城市的陋室里，常有衣衫半旧的乡亲找上门来，让他们帮着弄升学指标，帮着联系生意，甚至推销农副产品。即使打官司，也要找上门来，让他们去找路径开后门，以壮胆气，仿佛他们一个个都有通天的本事。看着乡亲们饱经风霜的脸和辛酸的倾诉，他们不忍叫乡亲们失望而唯有应承，然后再焦头烂额东奔西跑，最后总免不了自己掏腰包，做尽小人受尽窝囊气。每次从城里回家，就犹如衣锦还乡。长辈们常常奉承他们说，打小时候起就知道这个小孩有出息。而当年亲密无间的伙伴，突然变得拘谨疏远。当和他们在乡下的田埂上相遇时，这些因为生活困顿而变得木讷的伙伴，早早地便为他们让出了道路。随便走进哪一家的门槛，主人们会立即倾其所有招待，还要满怀歉意地说一些"不如城里"之类的话。和乡亲们相聚在一块,他们悲哀地感觉到,自己已经不被当作是农村的孩子,而仅仅是被乡村开除了乡籍的客人,是扎领带、穿西装、将皮鞋擦得锃亮的城里人!

他们从乡村客居城市。他们既不是城里人,又不是乡下人。他们是处于城市和乡村夹缝中的第三种人,是从农村嫁到城市侍奉公婆夫婿的"媳妇"。

只有这个"媳妇"生下的儿女,才有可能变成真正的城里人。

可是,到那时,这些"城二代",还能记起自己远在乡下的根吗?他们应该明白,城市不比乡村,只是一株没根的浮萍啊!

梦里依稀球场飞

经常和前几届弟子开玩笑，说当初教他们，正儿八经的上课基本是糊弄，误人子弟，但有两样技术，是扎扎实实教给了他们的。其中教得最好的一项，是羽毛球。

他们都认可。当初大学一毕业教的那个班，那些活跃一点儿的男孩子，基本上都跟在我屁股后面，在羽毛球场上厮混过。现在他们分散在各地，在教育界都有个一官半职。前一阵子同学聚会，他们一直嚷嚷，要成立一支班级羽毛球队，到各县市学校去比赛，请我当教练。我掰着手指头数了一下，他们班高手（或者自认为高手）如云，成立一支羽毛球队，正式比赛前确定上场队员，估计还得通过抽签来碰运气。

当第二届班主任时也是如此。那个时候我忙于恋爱、忙着结婚，和弟子们在球场上厮混的日子少了许多，但依然带出了一支班级羽毛球队。而且，这个班男女队员比较均衡，不像第一个班，阳盛阴衰。后来当第三届班主任，觉得前些年挥霍的日子太多，要干些正经事了，于是用了一些业余时间鼓捣文学，打起羽毛球来就有点儿意兴阑珊了。即便如此，他们班的羽毛球队员，依然茁壮成长。前不久，某市举行教工羽毛球赛，三届弟子中，有众多选手参加比赛，完了他们聚在一起喝酒，一介绍，才发现师出同门，于是赶紧打我电话，让我去带头喝。我嘴巴上客气，心里已嘚瑟得要死。

　　总结自己几十年来的爱好，可以分为三段：80 年代，打球；90 年代，写作；进入 21 世纪，打牌。整个 80 年代，几乎每天都抱着个羽毛球拍，在球场上度过。那时候还没有多少室内场地，都在室外。每天下午四点半，准时拿起球拍，蹦跳着来到球场上。有对手，就对练；没对手，就一个人用球拍单挑，等待对手的到来。夏天收工的时间是近八点，冬天则是六点，总之要等到天大黑，在场上看不清球时，才收工。从大二开始，一直到 1990 年，几乎天天如此，风雨无阻。自己的几个工资，几乎全花在羽毛球身上。

　　开始的时候，和其他人一样，打的广场球，没套路。后来入了迷，就从图书馆借、从书店里买来《怎样打羽毛球》之类的书籍，一边看，一边琢磨。明白了该怎样握拍、怎样站位、怎样在球场上滑动，明白了支撑腿和滑动腿之间的关系，明白了扣、挑、推、拉、搓、吊等击球动作的含义，掌握了抖腕、变线、变速、正反手击球等的基本要领。没多长时间，我的羽毛球技术在众多羽毛球爱好者中，就开始卓然出众了。动作标准，姿势优美，球路刁钻，节奏奇快。一些不熟悉我的人，看着我，或者在场上和我较量一下，就会很崇拜地问："你是专业羽毛球队的吧？"直把我捧到九天云中，飘飘然不知道自己姓什么。

　　我的众弟子，或许就是被我打羽毛球的英姿迷惑了，在我的带动下，纷纷在课后拿起羽毛球拍，练习打羽毛球。当然，他们一般没有直接和我较量的机会。呵呵，大家知道，打羽毛球，如果技术上差一档，那几乎是无法打的，三下五除二砍瓜切菜，败者无趣，胜者亦无趣。但我会一个一个指点他们，怎样握拍、怎样站位、怎样在场上跑动。然后众弟子按我的指点，在一边练习。几个进步快的，也有和我较量一下的机会。其中的一个，很倔，过两天就缠着要和我较量一下，屡败屡战，终于在毕业前夕，险胜了我一局，把他高兴坏了，扔了拍子在运动场上就欢呼着跑圈，又买来一箱啤酒，庆祝胜利。

　　至于当年的水平到底怎么样，我举两个例子。1987 年下学期开学，一个刚从武汉体院毕业的老师来学校教书。他不知听谁说的，我打羽毛球厉害，就在一天下午主动叫板："听说你打羽毛球厉害，打一盘如何？"结果呢，第一盘给他剃个光头，第二盘也只让他得了可怜的两分。从此以后他不再叫我打球，也从来没在羽毛球场上看到他的身影。1997 年，这时候我已经好些年没认真打过球了，与同城的一所兄弟学校比赛，比赛完了，那所学校打得最好的一名老师，不停地称赞我场上跑动和手腕技术一流。后来，那个老师调到长沙，与我的一位大学同学同校。当我与那位大学同学见面时，那位大学同学每次见面都要说，某某说你羽毛球技术太棒了。

　　哈哈，有看官要说了，你说得这么神乎其神，全是虚的，没半句实在话。你倒是说说你获得了什么比赛的名次呀！我承认，这些全是虚头巴脑的，但是，我也是很无奈呀，当年基层正式的羽毛球比赛，是没有的。即使有，也是兄弟学校、兄弟单位之间的友谊赛，当不得真的。所以，除了得了个全校教职工羽毛球比赛三十岁以下组的冠军，实在没成绩可晒了。而现在，比赛多了，我却老了，你叫我怎么着？

不过，我也晒一晒在我1990年之后基本没打球以来的成绩单吧！

2004年，娄底市直教职工羽毛球赛男子单打亚军。不分年龄段。我在十多年基本没摸球拍的前提下，没有任何系统训练，直接比赛。这次比赛完了后，我的右腿膝盖，近一个月不能自如弯曲。

2006年，湖南省高职院校教职工羽毛球赛，普通教师组进前八。这次参赛的人数达到创纪录的七十多人，其中包括罗毅刚这位曾经的国家羽毛球男队主力、获得过全运会冠军的选手。这一次，也是在没有任何训练的前提下参赛的。此次比赛之后，我的右腿膝盖完全报废，再在球场上打球，几乎只能站着不怎么跑动打了。

现在，我已经十多年没打过羽毛球了，除了能够给我的弟子队当教练，就只能在梦中回忆当年在球场上的英姿了。

到江河去游泳

　　各路媒体播报的天气预报，气温都在一路飙升。尽管到了38℃后，播报就开始犹抱琵琶，但毒辣的阳光摆在那儿，究竟是瞒不过人的皮肤的。走在城市并无多少绿荫的宽阔的马路上，就犹如跌进一个巨大的汗蒸房，那烈火一般的阳光迸发出来的热气，呼呼地往人的皮肤里钻，直要把人的心肺烤焦才罢。这样的时候，那些花枝招展的靓女，也没有太多心思在太阳底下秀性感了，男人们在马路上秀肌肉的也不多。如果没有非出门不可的理由，大多数人都选择窝在空调房里，享受空调的习习凉风。当然每天也不得不出门暴晒一阵，比如中午上下班，匆匆从这个空调房蹿到另一个空调房。但即使只是这样蹿一下，也热得像条在树荫下伸舌头的狗一般。

　　这个时候，城市里游泳馆的生意，出奇地火爆了起来。

　　游泳是消暑的极好方式之一。浸在水里面，让清凉的水温柔地抚摸着皮肤的每一个细胞，那种感觉，比与年轻美丽的姑娘谈恋爱还要消受。所以到了傍晚，热够了的人就一个个争先恐后，下饺子一般往游泳池里跳。何况在游泳馆里游泳，在消暑之余，还能享受欣赏美女帅哥好身材的福利！不过我们这样的城市，游泳馆就那么一两家，去那儿游泳，从池边看下去，那几乎就是一锅翻滚着的饺子。男的女的，老的少的，全在水里翻滚着，想自由畅快地游一下，基本上不是碰上这个美女，就是撞上那个帅哥。所以多数只能在水里站桩似的戳着，几个熟悉的，互相浇浇凉水，就已经不错了。这样的游泳，凉快倒是凉快，说快意，却谈不上。想在这样的环境里学会游泳，难度也是很大的。我的一个朋友，从去年开始发誓要学会游泳，还请了专门的教练，结果从去年夏天到今年夏天，还是秤砣一般，除了在浅水区狗刨一般游一通，到了深水区，仍然义无反顾地沉下去，让教练为他干着急。

真要游泳，就得到江河里去。

记得当年在农村里干活儿，每当酷暑，正是"双抢"最紧张的时候。毒辣的太阳下，踩打稻机，挑百斤重担，犁田、耙田，全身热得恨不得把皮剥下来，从骨头里渗出来的汗水，能够在皮肤上结下一层白色的细盐。这样的天气，这样高强度的劳动，热，根本不能与城里人形容的热来相提并论。但是没法子，在那个年代，要想让自己活下去，让城里人活下去，农村人就必须在酷暑下劳作。

而在这样的劳作中，最惬意的事情，莫过于在傍晚或者月上中天的时分，甚至在劳作的间隙，跳到塘里河里，畅游一番了。

老天垂青，老家的前面，就有一条青幽幽的河在岁月里流着。到了夏天，它就是乡亲们最佳的消暑去处。很小的时候，我就得跟着大人劳动，也就从小跟着一个叔叔学会了游泳。他并不懂游泳的高深理论，教学方式也非常简单粗暴：不顾我恐惧的惊叫，抱着我就直通通地往水里扔，然后看着我在水里浮沉，手脚乱舞。等我呛水呛得差不多的时候，再把我捞上来，丢在一边往外吐水，看我将灌进肚子里的水吐得差不多了，再一次将我提着扔进水里去。如是三番，直到我自己在水里手忙脚乱扑腾之后，突然轻轻地划着水自己浮了上来，游泳就算学会了。

　　学会了游泳，就不再惧怕夏天的劳动了，反而盼望着夏天的到来。村前的小河，成了我夏天的乐园。放牛的时候，我们几个小伙伴，将牛放在河滩上，一个个就扑扑地跳进了水里。全是光屁股，身上仅有的一条小短裤，被我们脱下丢在岸边。河水缓缓地在我们身边流动，清澈而又清凉，那股凉意，拥挤着往皮肤里渗透，不一会儿，我们就能感到无边的舒畅从心底涌上来。小河并不宽阔，几十米的样子，我们在水里慢慢游一会儿，就开始比赛，从河这边游向河那边。那时候我们并不知道蛙泳、蝶泳、自由泳什么的，都是清一色的狗刨，脚在水里响声震天地扑腾着，往河对岸游过去再游回来，河水在我们的身后溅得老高，少年清脆的欢叫声在河的两岸传得很远。到了傍晚，大人们来了。清一色的男人，他们也几乎把全身脱得精光，跳进河里畅游起来。他们在前面游，我们就在后面跟着。可惜的是，我完全跟不上他们，他们已经游了好几个来回了，在浅水里从容地洗濯了，我们还在河的中央扑腾。这样在河水里慢慢地享受着，一直到月上中天，我们才会依依不舍地爬到岸上。这时候，我们皮肤上的鸡皮疙瘩出来了，全身凉兮兮的，在盛夏的天气里，舒服至极。然后慢慢地回到家，晃悠一阵，仰天八叉睡到床上，一晚上都感觉不到天气的燥热。

　　不过温柔的水，却并不是时时温柔的。每年夏天，村前的这条小河，都几乎有人被淹死，或大人或小孩。每逢这样的时候，我们的心里也总是戚戚然，有那么十天半月，不敢往河里去。但是，我们究竟忘怀不了河水赐予我们的快乐。到了某一天，一个伙伴一声吆喝，我们就又在水里，享受那温柔清凉带给我们的乐趣了。河水有边，快乐无边；河岸有束，欢笑无束。在小河里，我们享受了整个少年时期最幸福的时光。

　　现在，在城里住得久了，热得难耐的时候，偶尔也到游泳馆里，去游那么一两次，尽管游泳馆里，穿得极少的美女一个个从身边晃过，叫我饱尝眼福，但总是寻找不到当年在河里游泳的快乐。

坐 茶 馆

　　有人调侃说，城里人，去咖啡馆是恋爱，去歌厅是暧昧，去广场是健身，去茶馆呢，则是创收。哈哈，归纳得很有道理。现今遍布城市各个角落的茶馆，茶客们在里面干什么呢？除了喝茶，大多数时间，是打牌。

　　提到茶馆，首先想到的是老舍著名的话剧。通过截取同一个茶馆三个不同时期的变化，深刻反映了时代的变迁。老舍是一个时刻触摸着时代脉搏的著名作家，他对社会的理解，入木三分。影响所及，茶馆而取名为"老舍"的，竟成了连锁。现如今，茶馆在城市里如雨后春笋一般冒出来，也是秉承着中国悠久的茶文化传统吧。中国与境外的贸易，就是以茶、丝绸、瓷器作为发端的。而茶叶浸泡出的或红或绿的茶水，让中国的传统文化，散发着浓郁的茶香。当然，也散发着瓷器细密温顺的肌理，散发着丝绸飘忽如仙的味道。最典型的一个画面是，一个飘髯老者，穿一袭或洁白或深黑的丝绸衣服，坐在茶馆的包厢里，很从容地端起摆在面前的茶杯，揭开杯盖，用杯盖在杯沿上轻拂两下，然后将茶杯送到嘴边，滋滋地轻抿一口，复又将杯盖上，慢慢地将杯置在面前的茶盘里。在这幅画中，茶、瓷器、丝绸，这些中国文化最典型的元素，是那么自然地融合在一起。茶只是一种饮料，但是，包含在一杯浅浅的茶水中的文化意蕴，是一般的人很难体会到的。

茶馆里当然是有音乐的，茶馆大也好小也罢，音乐不可或缺。从丝弦的界面上漫溢出来的音乐，在茶馆的每一个角落里飘溢，或欢乐，或悠远，顽强地坚持着，仿佛要直达每一个茶客的内心。茶客们对音乐，却是一副漫不经心的样子，他们喝着茶，不时将桌上的点心捏一颗，花生啊、葵花籽啊，慢慢地磕着。当然是要说话的。到茶馆里喝茶，是个借口，聊天才是主要的内容。如果是漫无目的的聊天，那一帮人肯定是要好的朋友，利用茶馆这块场地，聚一聚，各自说说对世事、对时局的看法，也聊一些或荤或素的段子。喝好了，看看时候到了，就拂拂衣袖从容地离开、从容地回家。也有谈正经事儿的，或官或民，或政或商。当然能够到茶馆里谈正经事儿的，那互相之间，也非一般的关系了，不然，就只有到办公室谈的资格。正事谈罢，就专心地喝茶，仿佛那正事儿，是在不经意间提出来的。

茶馆里的节奏，是慢条斯理的。所以一般进茶馆的，都是中年以上的汉子，年轻人少，女性也不多。中年人已经经过了世事的沧桑，性子也慢慢地磨了出来，对人、对事，都已经看得悠远了，与茶馆幽静的气氛，很是协调。家里也没什么事儿，因而一下班，首先某个人就拨开了电话，邀请这个朋友那个朋友，去茶馆里坐坐。朋友如果没急事儿，就欣然答应了。到了约定的时间，就先后来到了茶馆里。先点茶，根据各人的爱好，铁观音、碧螺春、乌龙、毛尖、龙井，在我们这个地方，还有本地的名茶渠江源、梅山毛尖等，想喝什么，就点什么。然后凑在一个包厢里，聊会儿天，茶就热气腾腾地端上来了。当然，包厢里是有一个牌桌的。聊会儿天，喝会儿茶，慢慢地就坐到牌桌上去了。或麻将，或扑克。这是从容的做法，先谈正事儿，再打牌。更多的是不从容的。一进茶馆，就坐到了牌桌上，迫不及待就打起来。喝茶，倒成了点缀，如果要谈事儿，也在打牌的过程中，有一搭没一搭地谈妥。所以说去茶馆是为了创收，不是完全没有道理的。我们这个地方，时兴玩"放炮罚"，很刺激，也需要有很高的技术水平，能很好地锻炼人的智力，每个人只要沾上它，就有可能爱不释手。打得兴起，往往一个通宵就打下去了。打牌肯定是要带点儿彩头的。或大或小，根据自己的经济实力而定，但也不太大，怡情而已。风气所至，如今我们这座内陆城市，几乎每个中年以上的男人，都会打"放炮罚"，如果不会，都有点儿不好意思了。打牌总会有输有赢的。今天你赢点儿，明天他赢点儿，到最后，总是茶馆赢了。

茶馆就是一个放松心情的地方。茶馆里丝弦奏出来的音乐，如水一样漫过来，让每一个走进茶馆的茶客，都觉得从容、安静，仿佛走过火一般的激情岁月之后，用它来清洗自己或悲或喜的内心。当我们坐在茶馆里，或聊天，或打牌，仿佛并不觉得音乐的存在。但其实，我们一走进茶馆，茶的香味、音乐的曼妙，就包围了我们的周身，我们每时每刻，都在享受着它送来的那份闲适与悠然，在它的浸染下，我们也慢慢将复杂的生活看淡，内心里充满了云开见日般的闲情逸致。

咖啡里弥漫着音乐的味道

现如今，城市里放松身心的地方其实很多。歌厅、体育场、健身房、茶馆、阔大的广场，甚至还有暧昧的洗浴场所和按摩院，都可以让你绷紧的筋骨得到放松。不过，在我看来，既能让身心得到放松，又不失浪漫温柔的一个去处，就是咖啡馆了。

咖啡馆和茶馆，是两个温和的场所。安静、舒适、周到，既充满了愉快的情调，又布满了历史的沧桑。但咖啡馆和茶馆，毕竟不同。茶馆是中国的古董，浸泡着中华民族古老的传统，宜穿着中式褂子、布鞋，留着长长的山羊胡，在其间的包厢里流连。茶当然是要沏的，音乐也是要放的，喝茶之间，来一管烟，那也是极妙的。而音乐，最适宜的，还是二胡、琵琶奏出的天籁。咖啡馆不同。那是从西洋传过来的舶来品，讲究的是西洋的情调。所以去咖啡馆，穿中式大褂，显然不适宜。最好是西装、晚礼服，白色的当然最迷人，深色的也不错。而且，去咖啡馆，最好是男女相间，一男一女，两男两女，均可。要是几个大男人坐在那里喝咖啡，那也是和其间的气氛很不协调的。

坐在卡座中，咖啡馆里的侍者，主动地就来了。弯着腰，很热情，然而又很小心地请你点单。你舒服地坐在那里，当着女友的面，很绅士地和侍者交流，点了咖啡，吩咐他要加多或少加点儿糖。等咖啡端上来，你和同来的女士，就可以细细地享受了。人很多，几乎都坐在卡座里，但是并不嘈杂。咖啡厅是一个优雅的地方，身处其间，说话是要尽量放低声音的，不可高声喧哗。正因为如此，你带上女友慢慢地啜着咖啡，低低地交流着，就彰显了你的身份。那是不同于一般体力劳动者的，也不同于那些除了钱多其他什么都缺的土豪。

　　这样的地方，当然需要音乐。其实你刚走进咖啡馆，音乐就已经如水一样，漫布了你的周身。高级一点儿的咖啡馆，大厅正中央显眼的地方，是要摆一架钢琴的，三角钢琴当然最有档次。在一定的时间里，有音乐人优雅地坐在钢琴前，专心地弹奏着各种各样的外国曲子。一般的咖啡馆，没有专门的音乐人来弹奏，也要通过音响，让每一个卡座，都布满了音乐如水一样的声音。弹奏的也好，通过音响放出来的也好，那曲目一般是外国的经典名曲，肖邦、舒斯特、柴可夫斯基、贝多芬。从钢琴里飞出来的音符，在咖啡馆的每一个角落里跳动，如舒缓的私语，细腻、饱和，让你觉得全身的每一个毛孔，都被音乐抚摸着，然后慢慢地渗透进了你的皮肤，渗透进了你的内心。尤其是那曲《献给爱丽丝》，当它的音符从钢琴里飞出来，你就忍不住拉住了女友的手，绅士一般地，深情地吻着那如玉笋一般的指尖。卡座里的光线，并不特别明亮，大厅里也如此。你的爱意在这样的氛围里，就随着音乐，慢慢地弥漫上来。咖啡和音乐伴在一起，音乐中有咖啡的味道，咖啡里弥漫着音乐的味道。你就会觉得，这，是爱的味道。

　　不过在我所处的内陆城市，从西方舶来的咖啡馆，也有了很多入乡随俗的改良。音乐、咖啡、西餐，这些基本元素当然有。但是青椒炒肉、一面黄豆腐，在每家咖啡馆里也都是必备的。大米饭、老面馒头，也常备着。这可以理解。毕竟是在中国，受传统的生活习俗影响使然，任你什么样的舶来品，都能将其改造过来。还有大声喧哗。尽管在咖啡馆里，喧哗的分贝，没有中餐馆里那么响亮，但年轻人朝气蓬勃的声音，不管在任何时候，都要从体内发泄出来。他们在一起时的生动与活跃，通过他们清脆的声音宣示出来，让我们觉得，他们如早上的阳光一般跳跃着的生命之光，正如一首奔放的音乐，最值得我们羡慕。

　　在城市里奔波，我们每一个人最需要的，就是身心的放松。咖啡和音乐，就是让我们放松身心的可人儿。它不激烈，不需要我们去发泄。它就那么如水一样地笼罩着我们，在我们不经意间，轻轻地洗去我们周身的疲惫，荡涤我们内心的杂念。当我们离开咖啡馆，挽着爱人或者女友，甚至就是几个同伴相伴着走出，都会想：活着，原来这么有意义！

读　　书

　　自己是没有资格来谈读书的。这一来是受各种俗务的牵扯及自己心情的影响，竟日里浑浑噩噩浪费了大好时光，没读过多少书。二是即使读的那些可怜的书，也是非常芜杂，不成体系。我只是要说说自己读书的目的。这正如天上的太阳。太阳的光芒是永恒的，它每天照耀着我们，但是我们却可以将它派上不同的用途。农人们用它来种庄稼，科研人员用它来发电，而有些人，只是躺在阳光下，慵懒地晒着自己的身体。

　　我于读书也是这样，在不同的阶段，有不同的目的。当年，读书是我的事业；后来，读书是我的职业；现在呢，读书成了我的爱好。

　　年少的时候，对书的痴迷、对知识的痴迷，几乎到了狂热的程度。不管什么书，即使是在路上捡着的一张旧报纸，也要拿在手中看上半天。记得读小学的时候，一个同学不知从哪里弄了一本《野火春风斗古城》，扉页、封底全没了，书也卷成了油渣子一般，我看了一下开头，立即在我的心中打开了一扇崭新的门。那时正是"文革"时期，能读的公开出版物不多，我惊讶地发现，小说还可以写得那么有情调！我央求同学借给我看看。同学答应了，但只答应借一晚，因为他也是借人家的，要马上归还。那一晚，就着微弱的煤油灯，我看了个通宵。书里那着墨不多的爱情描写，让我的少年之心怦怦乱跳。我的小叔叔是"文革"前的初中毕业生，后来他不读书了，但他读过的那些教科书，都被他珍藏着。我发现后，将他的那些教科书全部搬了来，语文、历史、地理，全部读了个遍。

　　读着读着，悄悄立下了要当一名作家的志向。为了实现自己的梦想，我贪婪地读着身边能找到的所有的书。四大名著是在读中学的时候就看完了的。后来高考恢复了，各种文学期刊也恢复发行了。我在紧张地学习迎接高考的同时，每到下午放学时间，就冲进学校的图书室，如饥似渴地阅读着杂志上各种小说、散文、诗歌。直到现在，我仍然能清楚地记得《班主任》《伤痕》《墓场上的鲜花》《我应该怎么办》等小说的基本内容、作者、所发表的杂志。甚至连不那么出名的刘心武的小说《到远方去发信》、肖建国的小说《被卖掉了的琴声》，我也记得。除了看，我还尝试着写。在高考完后的那个暑假，写出了三个短篇。那可是我的处女作呀！后来上了大学，知道自己的孤陋寡闻，更加如饥似渴地读书，曾经创造了一个星期阅读了四部共十本长篇小说的纪录。那些中外名著，被我阅读着，那些唐诗宋词，被我背诵着。每天每天，我都沉浸在名著里，读到动情处，忍不住潸然泪下。每天晚上，总要读到深夜，才依依不舍将书放下。除了读书，就是写呀写。写好了，觉得太差劲，就放在书桌里锁着，再去读书。读小说，也读历史、读哲学。一边读，一边思考，一边学着写。终于到大四上学期，当年的全国石榴杯大中专学生散文征文比赛，我的散文处女作在《南昌晚报》头条发表。现在回过头来看，那篇散文令自己脸红，但在当时，是多么兴奋哪，仿佛自己的梦想，已经实现了。

后来到一所学校教书。教书本是我不情愿的事。但命运如此，奈何？心中充满了惆怅。但依然热爱读书。利用当老师的机会，把学校图书室里那些喜欢的书籍，几乎全部搬到了自己家中，一看就是一个学期。只有到了期末，图书室老师多次催促，才将书还去，再在下学期初搬一摞子回来。依然是什么书都读，依然在不知疲倦地写。只是，在这个时候，开始读一些为职业计的书籍了，如《语文教学法》之类。但仅仅是看了些皮毛而已，并不当真的。真正读的书，还是为了自己当作家需要的那些文学、哲学、历史传记之类的书。在这个过程中，自己的事业也算小有成就。出版了两部散文集，得了几个小文学奖，也有散文作品入选了中国作协选编的《年度散文精选》，但与登堂入室，总是隔了那么一层纸。

后来，我就被学校领导安排做行政工作了。

做行政工作之后，就没有那么多的时间来读自己喜欢的书了。经常读的，是一些官样文章，政府工作报告、决定、通知等。天天做的，就是看材料，写材料，送材料。自己明知道写这些东西，毫无成就感，但为职业计，必须硬着头皮对付下去。为了让自己写的材料、起草的公文质量更高、更规范，有时候也不得不阅读那些应用文写作之类的书籍。这样写呀写，写到后来，只要一听说要写材料了，头皮都发麻，对文字产生了厌烦症。每次接到写材料的任务，心里就没来由地紧张，吃不下饭，睡不好觉，倍受煎熬。只有到材料终于写完后，才长舒一口气。不想写，但又不得不写；不想看，但又不得不看。这是自己的职业，是自己赖以谋生的饭碗，不写，得挨饿。就这么写下去，写着写着，终于放下了为事业计的读书，也放下了手中文学创作的笔，专门读那些官样文章，也专门写那些官样文章了。不过聊以自慰的是，在写作这些官样文章的过程中，自己也有了一些心得，编写了一本《行政机关公文写作与范例大全》，在红旗出版社出版了，当年还出现了很多盗版。

韶华易逝。现在呢，自己早过了知天命的年纪，也已经从写材料、看材料的岗位上退了下来，又可以做自己喜欢的事了。自己喜欢的事，这一辈子，除了读书，没别的。富余的时间，就利用它来读书了。因为自己也没有当作家的梦想来鼓劲了，看书就看得从容。想看了，就看一看，遇到自己喜欢的读物，就认真一点儿看，没喜欢的，就浏览一下，书中的喜怒哀乐，也不放在心上了，因为知道那都是作者的矫情，来赚读者的眼泪的。依然是什么书都看，那些网络上的段子，也能看得哈哈大笑。当然，自己喜欢看书，也喜欢打牌，别人喊我打牌的时候，也能放下手中的书，去打牌。只有遇到自己特别喜欢的书籍，看得入了迷，才会婉拒人家打牌的邀请，专心地看书。

当然，这样的机会不多。

同　　学

　　母亲在电话那头说着说着就哭了起来。抽泣了好几回，才说清事情的原委。村里架高压线，要将一根高压电杆竖在我家预留的宅基地里，不仅将来建房要挪出一大片宅基地，高压线更会挨着房子的墙壁经过。母亲与测量线路的人说了好几回，要求将电杆移到地基外面，从现场看，移到宅基地外五米，并不影响高压线经过，但村干部们都不答应。眼看就要埋电杆了，无奈之下，母亲只得向我求助。我在外面工作，也许有办法能让他们将电杆从宅基地移开。

　　我让母亲别哭，安慰着她说我去想办法。母亲说："你一定要把这件事办到。这宅基地，就是为你留的。"我犹疑着答应母亲，让她放心。放下电话，心里头却沉甸甸的。不错，我是在外面工作，但我只是一个普通老师，在哪位面前说话都没分量。每件事情，都是求人的事情，而自己又生性不愿求人。可是，这件事是母亲吩咐的。三十多年了，母亲从来没有要求我为她做过什么，这一回，是她第一次开口要求儿子将事情办妥。我该怎样，才不会拂了她的心意呢？

　　想了好久，我终于拨通了一个高中同学的电话。

　　同学在县城担任一个局的局长。我把意思跟他说了。在详细了解事情的原委之后，同学很爽快地说："你这事不大，我跟你们镇上的党委书记说一下，应该没问题的，你放心。"然后撇开话题，互相问候了一下近况，开了几句玩笑，就将电话挂了。

过了两天，母亲打来电话，开心地告诉我，事情已经办妥了。

挂了母亲的电话，一股暖流涌上心头。我又拨了那位同学的电话，向他表示感谢。同学在电话那头安静地说："这个是合规定的，也是我做得到的，不用挂在心上。"然后撇开话题，说，"同学们都希望你回来看看当年的红衣少女（一个女同学，纯属玩笑）呢！什么时候回来让美女同学瞧瞧你现在的风采？"两个人在电话中，无所顾忌地开起玩笑来。

当年，我俩都是班上最出色的学生，两个人非常要好。整个高二，我俩是同桌。冬天，教室里北风直灌，一个个冻得像麻花。晚自习的时候，我俩就手捧着书本，面对面坐着，互相将双脚伸到对方的臀下取暖。我们的体温温暖着对方，更温暖着我们少年的心怀。高中毕业后，我上大学去了外地。他大学毕业后，回到县里，从老师干起，慢慢地成了乡长、镇长，成了县里的局长。关山阻隔，我们此后一年也难得见上一次，而同学之情，被我们小心地封存在内心一角，历久弥新。青春漫卷诗当酒，中年豪情酒为诗。每次见面，都是一场同学情怀的大释放，他会将所有联系得上的同学叫到一起，一醉方休，然后在醉意朦胧之中，回忆我们美好的少年时光。

同学是什么？同学就是我们青春的记忆。我们的青春在一起疯长，由一棵小苗，长成参天大树，直到枝挨着枝、根连着根。这份连绵的风景，被我们珍藏着。当我们经历了年轮的风吹雨打，伤痕累累的时候，它依然挂在蓝天之上，向我们温暖地招摇。同学又是那个能为你两肋插刀而不求任何回报的人。不管在什么时候，它仿佛就是你的影子，在你最需要的时候，出现在你的面前。

清楚地记得当年，我的大学同学为我女儿读研而操劳的情景。女儿考研，超过分数线许多，然而因为名额的缘故，初录没有被录取。我的一帮大学同学得知后，十多个人聚集在一所大学的松涛园里，由一个同学做东，在酒桌上商量该如何解决这个问题。美酒摆在他们面前，一桌子的佳肴摆在他们面前。可是，一个同学脸色凝重，说："今天，要是老茂女儿的问题不能解决，我们就不举杯。"另一个在大学工作的同学马上接过话茬儿，爽快地说："这个包在我身上，我们学校有调剂指标，来我们学校。"之后举杯，我那一帮子同学，轮流敬酒，将那个在大学里工作的同学，灌了个烂醉如泥。我不喝酒。但当天在酒桌上，我端着酒杯，走到每个同学面前，每个人都满满敬了一杯。

我敬的不是酒，敬的是同学之间的情谊。那天晚上，十多个同学，为了我女儿的事情，仿佛都回到了青春时代。喝完了酒，去K歌，K完了歌，去打牌。那些挂在他们身上的所有的名头，都从身上退去，剩下的身份，只有两个字：同学。

每每想起当时的情景，我的心情都会莫名地激动，难以平复。

当晚所有的消费，都是一个经商的同学买的单，他开玩笑说："你们出力，我出钱。钱算个屁，老茂女儿的事，才是大事。"

过年的时候，又接到了邓君的电话，嘱咐我回老家过春节，一定跟他联系。他的儿子也打来电话，给我拜年。

当年高考，邓君儿子的分数惨不忍睹。他把情况跟我说了，我对他说："你把儿子送到我那儿来吧。你儿子已经超过了我校特殊专业分数线，我给你录上。"后来他儿子真的录取到了我校，入校后，一改过去懒散的学习态度，专业学得非常好，在拿到专科文凭的同时，也拿到了本科的自学考试文凭。由于表现突出，还入了党。毕业时，正赶上县里招收那个特殊专业的人才，他儿子被录上了，成了公务员。邓君和他儿子一直认为，他儿子能有一个好的前程，全是靠我，对我感激不尽。

而我，面对他的感激，只是惶恐。他是我的同学。能够为同学尽自己的绵薄之力，这是我的荣耀。

谁叫我们是同学呢？

影　子

太阳出来了，你的四周，就有自己或长或短或粗或细的影子。

如果没有太阳呢？

读中学的时候，好些同学，都以能够跟我在一起玩耍打闹而自豪。他们，就是我的影子。当年，我是一个学习成绩特别出色的学生，几乎所有的老师，都认为我考上大学有十足的把握，是一个将来有出息的人。他们跟在我这个有出息的人身后，将我簇拥得像一朵盛开的鲜花。

他们是我的同学，和我一样，是纯朴的农村孩子。他们谁也不用巴结我，和我一起玩耍，只是单纯的和优秀的同学在一起的自豪。然而他们对我的宠爱，却被我挥霍着，我经常凭着自己成绩好，随意地支使他们。我让他们替我搞卫生，在上劳动课时替我挑肥、挑土，让一些同学从家里带来杨梅、梨子等水果供我享用，寄宿的同学从家里带来了一点儿好菜，我也会主动前去尝尝。有时候他们面对着作业题抓耳挠腮，向我讨教，我往往先要骂他们蠢得像头猪，而后草草地告诉他们怎么做。他们如堕五里雾中，还得一脸讨好地乖乖听着。

我觉得这没什么不好。谁叫我成绩那么优秀呢？

谁叫他们乐意接受我的指派呢？

后来我果然上了大学。

后来，我的身后，就几乎没有影子了。

大学毕业后，我被分配到一所中等师范学校教书。教书是"传道"的职业，只有"道"，没有"器"。和那些手握"公器"者比起来，非常安静，安静得你若暑假待在家里，几乎没有一个人来敲你的门。我就守着这门职业，安静地待着，读点儿书，写点儿东西，或者整天赖在床上睡觉。除了我教的学生，除了学校的同事，那座小县城的所有的人，都不认识我。几个高中同学，不时来看看我，我的乡亲，却没有一个主动上门。中间去了一趟长沙，与毕业后分配在省委政研室做秘书的两个同学聚了一次。他俩请我在省城的小饭馆里吃饭，差不多快吃完了，其中一个才匆匆赶来，充满歉意地解释：他老家的县委书记来了，因为公事要报一个材料给省委，先给他看看合适不合适。我听着，没作声。我知道他的同学情谊还在，但我和他的交往层次，已经隔了不知道多少条铁轨了。

身后也不是完全没有影子。我教的那些学生，就是我的影子。春节后返校的学生，有那么三五个，会带着家乡的土特产，略带羞涩地敲开我的房门，将那些喷香的花生、红薯片，还有糍粑、米酒，红着脸往我怀里一塞，飞快地就跑了。这些充满情意的土特产，我安然地享受着。这些味道鲜美的食物并不需要回报，我只要在讲台上，认真讲好每一堂课就行。他们毕业之际，也会送一些纪念品。那是他们的情意，我也坦然地收下了。

他们从师范毕业，像一把细细的沙子，被命运轻轻一撒，撒在乡村的各个角落。他们走了。但作为我的影子，依稀还在。年节的问候，他们是不会少的；教师节的贺卡，他们的到得最早。慢慢地，他们中有的成了校长，也有的在机关握有"公器"。他们也会主动邀请我，到他们供职的地方走一趟两趟，临别时送我一些特产。我都收下。我知道，这些都是师生的情谊，浓浓的，化不开，时间越久远，越醇香。

当然还有我的同学。大学的同学，自不必说。他们之中有好些人，现在的身份，与我已不可同日而语，但同学的感情，与身份没有任何关系。要说有关系，也是当我遇到难事，觍着脸上门找他们的时候，他们对我提供的最无私的关怀与帮助。我在心里默默地记着他们的好。虽然这一辈子再也还不清，他们也无须我来还，但心里的感动，永远不会消融。中学同学、小学同学，只要一见面，仍然是当年青葱少年的模样，无拘无束地重温我们逝去的青春。他们并不因为我后来做了老师，无权无势，就弃我而去。他们仍然崇拜我，将我当年读书的威名，挂在嘴边。家中有任何风吹草动，他们只要知道，都会主动上门，成为我最可靠的支撑。

他们，是我永不消逝的影子。

我当然希望，自己身后的影子越长越好、越大越好。当年醉心写作，随着作品在报刊上露脸的次数越来越多，身后的粉丝也聚集了一些。但这些粉丝，崇拜的是我的作品，并不是我能够帮他们做些什么。他们是我的影子，但绝不利用我的价值。自然，因为本性，我也不会利用别人的价值，脸皮厚到到处夸耀"我的朋友克林顿"。要是我脸皮够厚，只要利用同学的关系，我也会将身后的影子弄得又粗又壮的。后来在单位做行政，常年在领导身边晃悠，只要善于经营、善于钻营，也有很大的机会把自己身后的影子弄得粗壮一些的。但自己天性使然，既不屑，也不会。我知道自己的心中有太多的悲悯之心，有太多的对人类美好的幻想。

　　唯有看着自己身后的影子，慢慢地黯淡下去了。

撒　谎

　　撒谎是人性恶的品行之一，且诸恶之中，莫大于此。诺贝尔说："撒谎为万恶之首。"诚哉此言。盖撒谎之目的，大抵是为了骗，骗权、骗名、骗财、骗色，在诸方面为自己争得好处。自己争得了好处，对他人甚至国家来说，则肯定是损害。因而自古以来，人们对撒谎者，都痛恨入骨。中国封建社会时期，如若有大臣犯下欺君之罪，那可是要杀头的。因此那个时期，即使贵为王公贵胄，也不敢无边无际地撒谎。如果一个社会，撒下弥天大谎竟能鸡犬升天，那这个社会，肯定到处都是谎言的陷阱，哪怕自吹自擂得天花乱坠，绽放的也是丑恶之花。当然也有为避祸而撒谎者，但那又怎么样呢？无论如何，你撒的谎，既伤害了自己，更伤害了别人，其结果除了丑恶，无他。

　　有些人自称从不撒谎。在我看来，这句话本身就是一个弥天大谎。如果有人在你面前如此自夸，你却善良到愚蠢地相信他说的每一句话，那就活该你倒霉，他的连篇谎话，能够把你忽悠到晕头转向。而如此自夸者，往往又以心直口快示人，让人觉得他简单、诚实。可是你不知道的是，他完全就是凭自己的经验、好恶来判断是非，好像他的标准，就是世间万物的标准，其余皆为错误，不为他允许。他并不知道，也不想知道，他的所谓标准，恰是一个虚无的谎话。

也有人辩解说，撒谎有两种：一种是善意的，说说无妨；一种是恶意的，让人憎恶。其实呢，既是谎言，就该为恶行，何来善恶之分？所有谎言，都是毒药，如果谎言分善恶，毒药就成了人人都来赞美的良药。而且，那些所谓善意谎言，比之所谓的恶谎来，更能迷惑人心，就如我说的"一分耕耘一分收获"的谎言一般，撒了谎，还要摆出一副关心体谅对方的模样，叫对方不但不能发作，还需要感谢。好像正是他的说谎，成全了对方。正因为有了善意谎言的包装，被别有用心的人，拿来用作拉大旗的虎皮，流弊所及，我们这个世界，就被打扮成了安徒生笔下的皇帝的新装，除了那个小孩，全成了谎言的海洋，以至于自己说了谎话，自己还不觉得，倒还扬扬得意，以为自己诚恳得很呢。我自己平生经历的第一个谎言，也是一个所谓善意的谎言。那时我还只有六七岁，读小学一年级。放学回来，正好大人们在我家门口乘凉。一个叔叔见了我，立即笑眯眯地说："你回来得正好，你父亲买了很多新鲜桃子回来，你快去吃。"我信以为真，迈进家里就问父母要桃子吃。父亲笑着说："你叔叔逗你玩的，哪儿来的桃子？"我便从家里出来，将父母的话对叔叔说了。叔叔又笑着说："他不想给你吃，藏在床头的酸水坛子里，留给你妹妹吃的。"我又信以为真，转身就到床头揭酸水坛子。结果当然是没有，却把正在门口乘凉的大人们笑了个前仰后合。这个叔叔用他的一个谎言，给他们带来了乐趣，却没想到这个谎言，却给我留下了终生难忘的记忆。这个记忆就是，说谎，是不要付出代价的，倒还生了许多的乐趣。因而在很多时候，这一类谎言，也被我用作调侃捉弄别人的工具。最有名的一次，是骗一个痴心小伙说，某某姑娘要我转告你，她在某某地方等你，让你晚上几点钟过去。痴心小伙乐不可支，屁颠屁颠去了，结果当然是扑空，除了冻出一场重感冒，事后还被当作神经病取笑。

这不是恶，又是什么呢？

当然，最难以防备的谎言，是那些看起来、听起来没有一丝一毫破绽的谎言。中国现代历史上一个最著名的谎言，就是汪精卫的那首狱中诗："慷慨歌燕市，从容做楚囚。引刀成一快，不负少年头。"如果当年汪真的在菜市口"引刀成一快"了，他在历史上将是一个英雄。可惜，在二三十年之后，时光证明了，这是一个包装得多么严实的谎话！

我们对谎言早已从宽容到习以为常。"蓬生麻中，不扶自直；白沙在涅，与之俱黑。"我们每一个人都可以扪心自问：现如今，哪一天我们没说过谎呢？又有哪一天我们没听到过谎言呢？孔子说："始吾于人也，听其言而信其行；今吾于人也，听其言而观其行。"孔子说的，不失为辨别谎言的一种方式。

至于铲除滋长谎言的土壤，那又是另一个话题。

文　言

　　文言有诸多好处。比方说简洁。很多意思，用白话表达啰唆得很，文言一个字就够了。封建时期的六部名称，吏、礼、兵、工、刑、户，既简约又明确，不像现在一些部门，一行都写不下了，还没法包罗万象。比方说韵味足。文言写就的著作尤其是诗词，不是用来读的，而是用来吟唱的。上大学的时候，教我们古典文学的老先生，用他标准的长沙腔，吟了一首金昌绪的《春怨》给我们做示范。当他用拖长的音调，起伏有致地吟出"打起黄莺儿，莫教枝上啼。啼时惊妾梦，不得到辽西"的诗句时，全班同学哄堂大笑。至今我仍然能够模仿他的语气，把这首诗吟诵出来。

　　文言有千般好，唯有一样不好，难学。普通学子，高中毕业了，拿一篇高古时期的文言文给他，如果不加句读，很难把意思全部理解通透。我当年上大学，念的是中文系，大一下学期，老师为了考察我们文言文阅读能力，将《尚书》一则拿来考我们，既考句读，也考翻译。百十来字，我们考了一个小时，结果及格者只有不到三成。中文系学生尚且如此，其他专业可想而知。当然此后通过专业学习，同学们的文言功底有了显著提高，但对不以古典文学为业者来说，一般文言尚可，倘若面对上古文言，还远没有达到完全离开译文阅读原著的程度。因而，没有接受过系统而严格的专业训练的人，是很难完全掌握文言的。

可是，有多少人，有机会接受文言的专业训练呢？

现在的大学生，学文学的不多，选学古典文学的更少，所以能够系统接受文言训练的人，也就不多。更难堪的是，文学类专业学生中，女性占绝对优势，寥落的几个男生，是点缀着的风景。有人曾调侃说，照此下去，中国古典文学的故纸堆，以后恐怕要全靠中国的女性来钻了，中国传统文化发扬光大的重任，也历史性地落到了女性的肩上。

正因为文言难学，所以，一百多年前的新文化运动，陈独秀、胡适之、鲁迅等代表人物，旗帜鲜明地提出了废除文言、提倡白话的口号，而且身体力行，用白话文写作。胡适之和刘半农的白话文诗歌、鲁迅的白话小说等，犹如春风扑面，倍受平民百姓喜爱，而文言则日渐式微，退出了主流书面语言行列。

有人说，文言必须得学呀。中国的传统文化，都浓缩在文言写就的古代经典之中，不学文言，我们怎么能将国学发扬光大？

根源恰好在这里，学文言，目的是光大国学。

新文化运动的倡导者，都是博学鸿儒，深受中国传统文化浸润，对中国传统文化理解之深，粗陋如我辈者，恐怕难以望其项背。照理说，他们更应该偏爱文言，何苦要自砸饭碗，倡导白话呢？其实这正是他们那一代人的担当。他们深知必须建立崭新的平民文化，方能救中国于水深火热之中。他们在提倡白话的同时，更注重新文化的启蒙性，今天，对中国旧文化的局限，我们是可以看个明白了的，比方说女人的缠足和贞节牌坊，还有那"三纲""五常"，现在是再无可能回到从前了。倘若他们地下有知，知道他们的后人，不但没将白话发扬光大，复又钻入文言的故纸堆，并汲汲于恢复旧学，用一些早已被新文化摒弃的封建传统文化来愚弄大众，那他们当年的努力，不都白费了吗？

中国的传统文化当然有其精华，不然也不会确保中国封建社会的繁荣领先世界近两千年。但肯定有其局限，不然也不会故步自封到后来，只有任人宰割的份儿。自鸦片战争以降至五四运动，七十多年时间，多少忧国忧民的知识分子，寻找振兴中华之路，先是洋务运动，后有戊戌变法，但事实证明，这些都是死路，都没有触及中国传统文化这一灵魂。胡适之、陈独秀、李大钊、鲁迅等中国新文化运动的先驱，有感于中国传统文化的"吃人"本质，深知只有建立起以"人"为本的新文化，方能重振中华雄风。而要唤醒每一个平民百姓的灵魂，首先就必须使用普通百姓都通晓的书面语言，那就是白话。废文言而兴白话，不仅是语言运用上的颠覆性变革，更是文化的革旧布新，正由于白话文的兴起，让新的文化观念广为传播，让人的思想、人的个性得到大解放，才有了后来的民主革命及马列主义的传播与实践，中国人特别是普通中国人，才基本上成为具有独立人格的人，不再是别人的附庸。

文言和白话，从形式上看，只是文体的不同，但承载着的，是文化观念的迥异。文言要不要学？当然要。但终究只需要培养专业人士掌握就行，中国传统文化的精髓部分，是可以由专业人士将之译成白话，再在大众中推行的。如果言必称孔孟，诗必称李杜，文章写得没几个人能够看得懂，窃以为那是成心和普通大众作对，有意将文化的诠释当作部分人的专利。他们表面上是要光大国学，恢复传统，实际上，是要让大众远离文化，将文化变成任由他们摆布的玩偶。

如果说白话是一个年轻的姑娘，那么文言就是枯瘦老头儿。他老人家瘦骨嶙峋，一副仙风道骨、衣袂翩翩的模样，但毕竟，那模样有点儿不食人间烟火的味道，因为太"高大上"了，也就得不到人们的垂青了。

白　话

　　走在大街上，遇到一个熟悉的人，很热情地打着招呼，关心地问道："吃了吗?"对方的脸上也洋溢着笑容，回答说："吃了。你呢?"再唠一些闲话，然后友好地道别："你先忙吧。方便的时候来我家做客。"这样的交流，很朴实也很热情融洽，犹如五月的春风，把两个人的心吹得暖洋洋的。

　　他们在交流的时候，所操的语言，就是白话。白话犹如空气，须臾不可或缺，要是有人让你闭上嘴巴，三五天不准说话，看把你憋死去。白话是不分阶层的，不管是高级官员、大学教授，也不管是贩夫走卒、引车卖浆者流，日常交流，都是用的白话。倘若与人交谈，硬要如孔乙己先生那样装出很有学问的样子，一口一句"多乎哉，不多也"。恐怕只会引起别人的耻笑。何况，酸腐如孔乙己者，在说完"多乎哉，不多也"之后，还要加一句"不多了，我已经不多了"这样充满人情味的白话做注脚。

　　白话的历史比起文言来，要悠久得多。作为中华民族最重要的交际工具，在文字发明之前，人们之间的交往，使用的就应该只有白话。即使再丰富的想象力，也不可能想象史前人类用"别来无恙否"之类的"之乎者也"来对话。人类的口传历史，也只能是白话，最多编成韵文以方便传诵。文言的出现，那已经是仓颉老先生"始作书契，以代结绳"很久以后的事了。

即使是作为书面语言的白话文，也是有着悠久的历史的。五四以来，白话取代文言成为主流自不必说，家喻户晓的四大名著，就是用白话写的。这四大名著，虽被正宗文化人讥为"不入流"，然而其流传之广泛、影响之深远，是那些用文言写的作品比不上的。还有千家万户传诵的唐诗宋词，流传最广的，都是偏口语化的作品："床前明月光，疑是地上霜。举头望明月，低头思故乡。""白日依山尽，黄河入海流。欲穷千里目，更上一层楼。"一句一句，全是偏口语化的。白居易每写好一首诗，都要念给邻居一个不识字的老太太听，如果老太太听不懂，他就一直要改到她听懂为止。他的那首"江南好，风景旧曾谙。日出江花红胜火，春来江水绿如蓝。能不忆江南？"我们读下来，除了沉浸在江南美好的风景中，还需要白话翻译吗？可以说，凡是脍炙人口的作品，都是用的晓畅如话的语言。即便是"四书""五经"之一的《诗经》，学术界公认的最有价值的《国风》部分，也是史官们搜集到的各地民歌，也就是民间文学，其口语化的成分相当多。倒是到了后来，诗词歌赋被一些自诩为很有艺术造诣的人窃去，作为卖弄学问的平台，弄得文绉绉的，失去了明亮如画的意境，变成了文人孤芳自赏的雅玩，虽未曾寿终正寝，但早已被读者打入冷宫。

有人说，白话文写出的文章，没有文言文那般高端大气上档次。文言是阳春白雪，白话是下里巴人。可是，谁能说，四大名著不上档次？还有，五四白话文运动以来，那些用白话文写出的作品，如鲁迅的《阿Q正传》，徐志摩、戴望舒的诗歌，朱自清的散文，谁能说不上档次？

白话最大的功劳，是让文化水平不是太高的人，能够接受文化教育，并从而接受文明的教化。白话文因为和口语相近，学起来比文言文要容易得多，它使真正的平民教育有了实现的可能。而老百姓掌握了白话文，再加上信息载体的发达，既能够随时接受新思想、新知识、新文化的观念，也能及时表达自己的心情和想法。而即使是旧时的启蒙读物如《三字经》，基本上就是将中国传统的伦理道德融合在朴实的语言之中的。

白话文的运用是如此广泛，与之相比，文言文的使用，要狭窄得多。有人说，中国的国学经典，不是古典诗词和小说，而是"四书""五经"。中国的传统文化，都浓缩在"四书""五经"之中，所谓"半部《论语》治天下"。可是，这些"四书""五经"，都是可以译成白话文来进行传播的呀。《诗经》里的《关雎》篇后八句，有人是这么翻译的：长短不齐的荇菜，姑娘左右去摘采。善良美丽的姑娘，弹琴鼓瑟亲近她。长短不齐的荇菜，姑娘左右去摘取。善良美丽的姑娘，敲钟击鼓取悦她。读起来，朗朗上口，意境也不错。

文言也好，白话也罢，只不过是一个载体，本身并无好坏之分。关键是谁在用。白话文既可以传播好的思想、好的情感，也可以传播坏的思想、坏的情感。文言文同样如此。现在不是有人说吗？中国良好的社会风气，只有到偏僻山区的农家去寻找了。可是，这些偏僻山区的农人，基本上都是文化程度很低的只会操白话的人。而那些在城市里不断扰乱社会治安的跳蚤，也是一些只会操白话的身无长物只能靠坑蒙拐骗为生的人。而一些文言文学得极好、自诩为很有学问的人，其道德水平并不见得高尚。

白话是什么？白话就是未经雕琢的邻家女孩。她健康阳光、不施粉黛，更不矫揉造作，她表里如一，生动而真实地展现在我们面前，成为一道亮丽的风景。如果把她稍稍打扮一下，那就是倾国倾城的美女了。当然，她未来的路很长。她有可能堕落风尘，也可能贤淑端庄，关键是，我们怎样去引导。

俚　　语

　　女孩子慢慢长大了，就有媒人上门，要把她介绍给某某地方某家的某某伢子。某某地方听起来不那么熟悉，某家某伢子更是陌生。女孩及她的父母听了媒人的介绍，沉吟一会儿，先答应了媒人，然后说，要找个时间，先看一下。于是在约定的日子里，媒人带着女孩的父亲，或者女孩也跟着，来到男孩所在的村子，亲眼看看这里的位置是否偏僻，看看这里的田园是否肥沃宽广，再到男方家坐坐，看看这户人家家境是否宽裕，主人是否敦良大方。当然，更要仔细观察男孩的一举一动，看他是否聪明伶俐、手脚勤快，是不是一位值得托付终身的人。如果觉得各方面都满意，男孩、女孩姻缘可续，就留下来吃顿饭，慢慢商量以后的程序了。如果觉得不满意，就找个借口，饭也不吃，溜之乎也。

　　这样的行为，在我们老家那个地方，叫作"看当"。

　　如果翻译成普通话，"看当"庶几与普通话"看地方"相同。但是，在我老家的方言体系中，"看地方"却另有所指：家里要建房子，要请地仙来，对地基四维与朝向进行确定，叫"看地方"；村子里老了人，要确定墓穴的位置朝向，也叫"看地方"。"看当"是"看当"，"看地方"是"看地方"，两者的含义是非常明确不可混淆的。

在我看来，"看当"所包含的意蕴是不可翻译的，既不能在普通话里找到对等的词，更不能翻译成外语。如果要翻译，就得有文章开头那么多的解释。

离开老家在外奔波已经几十年了，也就很久没有听到"看当"这个词了。前些日子回老家，碰上有人给堂妹的女儿做媒，听到妹妹、妹夫告诉我要去给女儿"看当"。愣了一下之后，竟然哈哈笑了起来。"看当"，多么生动有趣而又蕴含丰富的一个俚语词！

当年在故乡，从小接受方言的熏陶，里面有多少生动有趣的俚语呀！比方说，对别人的叫嚷不耐烦，就会生气地对对方说"你亚腮呀"；比方说种田当农民，粗俗点儿叫"挑大粪"，文雅点儿叫"种阳春"；读书读不好，叫"读狗脚迹"；字写得丑，叫"鸡扒烂的"；再比方说青年男女谈恋爱，我们那叫"吊膀子""扯脉眼"；比如说打牌赌博设局，叫"捉四爷"。几乎每一句普通话，我们那方言里都有另一种说法。不仅我老家的方言自有一套俚语体系，其他地方的方言，也自有一套区别于其他方言的俚语体系。大学毕业后，我先去了新化、冷水江，后来又到了娄底。在新化方言体系中，谈恋爱叫"钓蛤蟆"，盖谈恋爱都是男方在追求女方。如果和别人一起做一件事，没做好，没得到报酬，白干了，叫"陪着黄牯晒日头"。有人用新化俚语编了一段顺口溜："格子眼高楼咯葫芦牯崽，班到阳泥坑里匹克派汰死哩。"译成普通话，就是"窗台上一个玻璃瓶，跌到了屋前的沟里，弄得非常脏"。听起来犹如听天书。

　　方言俚语是那样充满了趣味，那么生动活泼。以致每次回老家，听到那些或年长或年轻的乡亲，一个个眉飞色舞地用方言交谈，竟也不自觉地丢掉已经操了几十年的普通话，重捡起当年牙牙学语就开始掌握的母语，和他们一起交谈。当我用母语交谈的时候，我也和他们一样，眉飞色舞，生动形象，比起用普通话交谈，要自如得多，也让自己整个人的形象，去掉了古板正经，变成了一个生动有趣的人。当然，其他方言区的人聚到一起，用自己的方言交流，也一样充满生趣。比如我熟悉的新化方言，瞧他们在一起交流的亲热劲儿，不熟悉的以为他们在吵架，可是他们欢快的笑声，可以把屋子哄抬了去。前一阵子，本地微信朋友圈中有一条《雨，井到个落》的微信被大家疯转，这条微信有两个版本，一个版本是邵阳方言的，一个版本是新化方言的。每一个熟知这两种方言的人看了，都会被这条微信逗得会心大笑。那是多么熟悉的家乡话呀！又是多么有趣的家乡话呀！

　　每个人从小接受熏陶的母语，是最生动形象、幽默风趣的语言。我们在社会交往中，尤其是在不同方言区的交往中，当然应该操普通话。然而，普通话，那真是"普通话"哟，在正式、庄重的场合使用，肯定庄重，可是在同一个方言区内，人家说方言，你讲普通话，那会显得多么古板！和其他人的距离，又拉得有多么远！很多人觉得，北京人讲普通话，讲得特别幽默风趣。可是别忘记了，普通话就是以北京语音为标准音的，北京话里的方言词，一点儿也不比其他方言的少。当他们操起俚语交谈时，外地人可能一句也听不懂。

方言俚语，这自小伴随着我们长大的母语，是留在我们心中的文化记忆。一个地方的文化、风俗、习惯，都隐含在这方言俚语之中，润物无声，滋养着我们，我们不自觉地接受着这种文化的熏陶，在与自己的内心非常贴近的环境中，如鱼得水。当我们长大成人后，为生计四处奔波，时间长了，对家乡的方言俚语，仿佛慢慢淡忘了。然而，家乡文化的浸润，只是暂时被我们安置在内心的一角。在紧急时刻，当我们内心的情感需要抒发的时候，我们口里喊出来的，依然是故乡的方言俚语！

从这个意义上来说，方言俚语，就是我们独特的文化传承。我们的传统文化、我们的国学，当年就是通过这些甚至有些粗鄙的语言，传播到千家万户的。那些很斯文、很雅致的语言，仅仅在学堂里、在书本上。只有在将它们化作老百姓都听得懂的语言后，才会在老百姓心中生根发芽。

妖　娆

　　妖娆是女性独占的一道风景，犹如春风拂柳，犹如夏荷带露，也犹如红梅立雪，让每一个男人为之动容销魂。倘若是男性而妖娆，那就是人妖。对女性而言，妖娆不单纯是美丽，更是一种情态，一颦一笑既摇曳多姿又柔肠百结者，方能称之为妖娆。中国古代的四大美女，西施常捂胸口，一副病恹恹的神态，那是配不上妖娆的形象的。王昭君也配不上，她虽然美丽，但更像一个美丽的女汉子。只有贵妃醉酒的时候，那才叫妖娆，妖娆得叫多情汉子李隆基一把老骨头都酥了。当然还有妲己、褒姒，她们比贵妃还要妖娆，或者说，妖媚。贵妃还好，虽则自己"宛转蛾眉马前死"，也只是让夫君丢了皇位，毕竟还有一个"太上皇"的名分。另外两个呢，自己的下场悲惨不说，还让夫君丢了江山、性命。

　　但我不能说，妖娆是一种不好的情态。不，恰恰相反。作为女性，唯有妖娆，才能尽显女性的味道和魅力，让世界变得温柔和谐。你看众多的言情剧中，那些个美丽妖娆的女主角，在自己钟情的男主角面前，一个妖媚的眼神，一个暧昧的动作，再加上莺声燕语般的娇滴滴的如春天的雨雾一般丝丝入心的娇声，哪怕只是没有任何语义的一声拖长了声音的"嗯"，也足以让铁塔般的男人全身酥软，心甘情愿为女人赴汤蹈火、洗衣做饭。妖娆就是男人的销骨水，让世界少了许多的打打杀杀，多了许多的侠骨柔肠。当然有人会说，中外历史上，因为女人而起的战争，正不知有多少起，特洛伊战争、古埃及的灭亡、西周东迁，皆是因为女人。可是，假如，这世界上没有女人，没有女人在男人面前的妖娆柔情，男人之间的战争，包括打架斗殴，又会增加多少？估计应该是遍地开花吧？唯有女人用妖娆化解了男人的野性，这世界总算平和了一些。

但妖娆不是一般的女性都具有的。许多男人常把"我家那只母老虎"挂在嘴边，心中遗憾的，其实是老婆在自己面前不够妖娆。那么，什么样的女人，才能称得上妖娆呢？

女性而称得上妖娆，首先得具备独特的才情。这种才情不单纯是有多么高的文化知识，一些职称很高的高级知识分子，在妖娆方面，也许是终其一生也不得要领的。这方面的才情，更多的是艺术上的天分。琴棋书画、诗词歌赋，需得有那么一项或几项出众，才能称得上妖娆。你看那中国古代四大名妓，红拂女、鱼玄机、李师师、陈圆圆，放到现在，哪一个不是著名的音乐家、画家、诗人？正因为她们艺术才华出众，所以才叫一干老中青男人们甚至皇帝三公拜伏在石榴裙下。当年的林徽因、陆小曼，正因为她们美丽出众而又摇曳多姿，才有了众多的追求者，只不过，她们的妖娆，虽然叫男人们着迷，但她们自己并没有迷失方向。林徽因在众多的追求者面前，选择了婚姻，把一生的爱，都给了梁思成。陆小曼选择了忠贞的爱情，在徐志摩因飞机失事身故之后，不再出入交际场所，青衣素面，为爱枯守青灯。她们两个，都是体现了女性妖娆真谛的典范。再看看当前，影视界、音乐界集中了众多的妖娆美女，演艺歌舞样样了得，男人们的目光，自然都聚焦在她们身上，她们身后的追求者，英俊小生、高官土豪，不知道排成了几列纵队。他们的攻势绝对凌厉，妖娆美女们有定力的，依然淡定如常；没定力的便成了俘虏，甚至成了他们的盘中菜。我常常觉得，所谓琴棋书画、诗词歌赋，基本上属于阴柔之列，加在女性身上，那女性就有分外的妖娆。若加在男性身上呢，男人也有就了女人味儿。所以男性的艺术家，哪怕他外表再粗犷，他们的内心，其实仍然是柔软的，体现在外在行为上，便是总有点儿娘娘腔儿，甚至会做出一些很不男人的事来。明末名儒钱谦益，其在国破家亡的关键时刻，觍脸迎降，竟比不上柳如是一介女流，就是明证。

当然，能称得上妖娆的，除了得具备艺术的才情，还得全身洋溢着热情。在与人相处的时候，她的一颦一笑、言谈举止，必须一半是海水一半是火焰，像火焰一样，让对方的情感燃烧起来，像海水一样，让对方的内心波涛起伏。而且，火焰也好，海水也罢，必须拿捏得非常有分寸。该热情似火的时候，就该热情似火，该柔情似水的时候，就该柔情似水，让男人们心里像猫爪子在挠着一般，不由自主地随着她的感情起伏，如此方能把男人俘虏了，成了她的忠实信徒。倘若故作冷艳，一见人就爱理不理，任何时候对男人也没个笑脸，脸上的肌肉是僵硬的，举手投足也是僵硬的，那么即使具备艺术上的才情，也是称不上妖娆的。这样的美人，在我们的身边，是不是有很多？她们过高地估计了美丽的威力，也过高地估计了艺术才情的威力，成了男人们眼中的冰美人。对这样的女性，男人们开始时还有点儿欣赏，接触得久了，觉得"可远观而不可亵玩"，便往往敬而远之，弃之去也。

其实，妖娆是男人们对女性才情、性格的一种感受，也是男人心仪女人的标准。在男人们看来，女人们最迷人的，就是妖娆。至于漂亮不漂亮，倒在其次。对这一点，那些冰雪聪明的美女们，心知肚明得很，她们如果打定了主意，要俘虏某个男人，就会在这个男人面前使出自己妖娆的手段，每天风情万种地在这个男人面前招摇。而男人，几乎无一例外，会被女人的妖娆击倒。

后　记

　　近些年工作清闲了，回故乡的日子渐渐多了。一些在记忆中生疏了的故乡风景，又渐渐熟悉起来。不仅仅是日月光华，不仅仅是田野青山，更多的是人、是事。离开故乡时太年少，少年情怀总是诗。当年，我也熟悉故乡的山川草木，熟悉乡亲们明媚的笑脸，但那只是一个不谙世事、不知生活苦难的少年的视角，不知道在散发着青草气味的故乡原野下，隐藏着乡亲们巨大的苦难。在经过了四十多年的漂泊之后，再一次熟悉故乡，我才蓦然发现，故乡的亲人们、乡亲们，每一个生活细节，都是用汗水甚至是泪水和生命呈现出来的！故乡的田野依旧是我当年离开时的模样，但是这些田野，只有经过乡亲们年复一年的耕耘，才能依旧保持得像过年印糍粑的印版一样。倘若让其荒废几年，就会变成杂草丛生的荒野。反过来，生活在故乡的乡亲，看上去都还过得不错，但是，他们绝大部分都是没有技术、没有资金、没有资源、没有人帮衬的普通的芸芸众生，他们要维持基本的生活，就必须年复一年地打拼苦作。倘若稍微懒惰一点儿，他们就维持不了基本的生活。

　　为此，再一次走近故乡，我的眼里饱含泪水。无论是在父母身边，还是与乡亲们沟通交流，我都虔诚地在内心里向他们致敬。他们撑起了自己生活的支架，也同样撑起了整个家国继续向上攀登的支架。他们值得我深深地敬佩。

其实，不仅仅是现在生活在这里的一批乡亲。一代代在此耕耘的故乡的前辈，又何尝不是如此！在熟悉村庄的历史之后，我才知道，他们的苦难，比起现在活着的人更为深重。就如我的爷爷辈吧。他们刚刚成人，正逢烽火连天的抗日岁月。保家卫国、征战杀敌，成为他们那一代人的首要职责。故乡这个小小的村庄，前后就有十二个年轻小伙被抽丁征战，其中十一个从此杳无音信。也许，他们上前线征战的目的并不如我们歌颂的那么崇高，但是，这十一个人在征战途中失去了生命，却是崇高的。

故乡是我的根脉所系，无论在外如何漂泊，总是不能将故乡忘怀。每一次回到故乡，融进故乡美丽的自然风光中，我的内心就特别宁静。但同时，它的每一处优美的风光，都是乡亲们用生命的苦难换来的。当我明白了这一点之后，我尝试着用自己的笔，把故乡的风景写进文字当中，也把乡亲们的苦难写进文字当中。这是我的职责，也是我写作的意义所在。只有把他们的苦难写出来，才能彰显一个民族生存的不易。国家的繁荣、民族的复兴，都是最广大的基层群众用苦难撑起来的。倘若没有他们做支撑，没有他们做出巨大的牺牲，那么一切都是空谈。

由故乡引申开去，其实，凡是长期生活的地方，都可以看作是故乡。"月光所至，皆为故乡。"我生活的地方并不多，几十年来，就在新化、冷水江、娄底等几个小地方打转儿，这些地方离故乡并不远。由于职业的原因，也没有深入到这些地方的寻常巷陌，并不熟悉这些地方生活的细节。但是从整体上讲，还算是熟悉的，内心里也把这些地方当作第二故乡。夜深人静的时候，我也经常用故乡的风物人情与这些地方的风物人情进行比较。在比较中我发现，尽管各地的风土人情不尽相同，养成的性格也并不相同，但是，所经受的苦难却是一样的，我的内心所获得的感受也是一样的，那就是，所有繁荣的大厦，都是用大苦与大累支撑起来的。为此，在写故乡的时候，我也不由自主地把这些地方当作自己的故乡来写。这并不是错把他乡当故乡，而是切切实实的，把他们当作滋养自己的故乡。他们所承受的生活苦难，也常常在我提起笔的时候，让我的眼眶里饱含泪水。

　　我知道我写得并不好。我并没有很高的写作天分，坐在电脑前，常常因为找不到合适的词把他们的苦难表达出来而痛苦不堪。勉强表述出来，也与我自己最初的构思相距甚远。唯有自己的情感是真实的，唯有自己内心深处的善良是真实的。而这份真挚的善良，就是远在乡下的故乡的乡亲们赐予的，就是我生活过的几个第二故乡的朋友们赐予的。在此，我要深深地感谢他们！

　　在编辑这本书的时候，我的母亲正因为大面积脑梗躺在病床上。我的母亲一辈子都在苦作，直到她生病实在做不动为止。大面积脑梗让母亲既说不出话、咽不下食，又躺在病床上不能动弹，我只能眼睁睁看着她整个身体慢慢消瘦、整个生命慢慢枯萎。在与病魔顽强地斗争了五十六天之后，她老人家终于离去了。我原本是希望母亲生前能够见到这本书的，可是，这最后的愿望，终究还是落空。我只有把这本书，献给已在天上的母亲，感谢母亲对我近六十年的抚养与照顾，愿天上没有病痛。要感谢的人还有很多。我的父亲、我的亲人、我的领导、我的同事、我的同学，和每一个关心支持我的人。他们包括：刘志坚、胡卫平、刘演林、陈立楚、杜祥培、朱忠义、张征澜、刘富华、安鹏翔、安敏、廖志理、李新吾、刘国忠、蔡金龙、李哲等。尤其感谢我家乡邵阳的"文胆"刘诚龙君，他在百忙之中抽时间为拙作作序，使本书生色不少。

在这里，我真诚地说一声：谢谢！我爱你们！

由于水平有限，书中的错讹之处肯定不少，敬请各位大家批评指正。

2023 年 10 月